A ILHA
DA RELÍQUIA
SAGRADA

Marcello Simoni

A ILHA DA RELÍQUIA SAGRADA

Tradução
Gilson César Cardoso de Sousa

JANGADA

Título do original: *L'Isola Dei Monaci Senza Nome*.

Copyright © 2012 Marcello Simoni.

Copyright da edição brasileira © 2017 Editora Pensamento-Cultrix Ltda.

Texto de acordo com as novas regras ortográficas da língua portuguesa.

1ª edição 2017.

Todos os direitos reservados. Nenhuma parte desta obra pode ser reproduzida ou usada de qualquer forma ou por qualquer meio, eletrônico ou mecânico, inclusive fotocópias, gravações ou sistema de armazenamento em banco de dados, sem permissão por escrito, exceto nos casos de trechos curtos citados em resenhas críticas ou artigos de revistas.

A Editora Jangada não se responsabiliza por eventuais mudanças ocorridas nos endereços convencionais ou eletrônicos citados neste livro.

Esta é uma obra de ficção. Todos os personagens, organizações e acontecimentos retratados neste romance são produtos da imaginação do autor e usados de modo fictício.

Editor: Adilson Silva Ramachandra
Editora de texto: Denise de Carvalho Rocha
Gerente editorial: Roseli de S. Ferraz
Produção editorial: Indiara Faria Kayo
Editoração eletrônica: Fama Editora
Revisão: Vivian Miwa Matsushita

Dados Internacionais de Catalogação na Publicação (CIP)
(Câmara Brasileira do Livro, SP, Brasil)

Simoni, Marcello
    A ilha da relíquia sagrada / Marcello Simoni ; tradução Gilson César Cardoso de Sousa. — 1. ed. — São Paulo : Jangada, 2017.

    Título original: L'Isola dei monaci senza nome
    ISBN: 978-85-5539-087-6
    1. Ficção italiana 2. Suspense - Ficção I. Título.

17-04196   CDD-853

Índices para catálogo sistemático:
1. Ficção : Literatura italiana 853

Jangada é um selo editorial da Pensamento-Cultrix Ltda.
Direitos de tradução para o Brasil adquiridos com exclusividade pela
EDITORA PENSAMENTO-CULTRIX LTDA., que se reserva a
propriedade literária desta tradução.
Rua Dr. Mário Vicente, 368 — 04270-000 — São Paulo, SP
Fone: (11) 2066-9000 — Fax: (11) 2066-9008
http://www.editorajangada.com.br
E-mail: atendimento@editorajangada.com.br
Foi feito o depósito legal.

*A meu pai, que me encantava com
suas histórias quando eu era criança.*

E ao mar, que correrá sempre por minhas veias.

Não te fez nem celeste nem terreno,
nem mortal nem imortal — para que,
como artífice livre, revestisses a
forma que mais te aprouvesse.

— Pico della Mirandola, *De Hominis Dignitate*

Em junho de 1535, um exército de 30 mil homens, a maioria espanhóis, italianos e alemães, desembarcou nas costas setentrionais da África, pondo a ferro e fogo a cidade de Túnis, na Tunísia. O empreendimento, comandado pelo imperador Carlos V de Habsburgo, desferiu um golpe formidável na mais importante base dos corsários turcos e libertou uma quantidade impressionante de escravos cristãos. As fontes históricas falam de 20 mil almas arrancadas ao jugo otomano. Entre elas estava uma mulher, Emília de Hercole, raptada doze anos antes na ilha de Elba e levada para o harém de um corsário. Este não era um pirata comum, mas Sinan, o Judeu, general da frota otomana às ordens de Khayr al-Dīn "Barba-Roxa".

Após a tomada de Túnis, Emília voltou para Elba com um filho de 10 anos. Mas, apenas se soube que seu pai era o terrível Sinan, o menino lhe foi tirado e mantido em custódia por Jacopo V Appiani, senhor de Piombino e do arquipélago toscano.

A vida dessa criança apresenta um verdadeiro dilema. Segundo os documentos históricos, Barba-Roxa reclamou-o por pelo menos duas vezes, em 1543 e 1544, atacando Piombino e a ilha de Elba.

Muito se discutiu sobre os motivos pelos quais o grande almirante da esquadra turca se dispôs a derramar rios de sangue para ter consigo aquele menino. A resposta está no fundo de uma antiga caverna, à espera de vir à luz.

PRÓLOGO

Ano de Nosso Senhor Jesus Cristo 1534.
Uma noite sem lua, sobre o mar da Toscana.

O monge se inclinou para apanhar o punhal que havia caído no assoalho da ponte, levantou-se apressadamente e afastou-se, cambaleando, em direção à popa para escapar à luta que se travara ao pé do mastro grande. Os piratas turcos, aproveitando-se da escuridão, haviam assaltado a galera. A única via de escape era o mar, mas, ao correr para a chalupa, se deu conta de que alguém vinha em seu encalço. Viu-o sair da sombra, indiferente ao balanço violento do navio, com uma cimitarra numa das mãos e uma lanterna na outra. Não lhe pareceu um homem robusto, mas algo em seu porte o induziu a recuar. É demais para mim, pensou, sentindo-se enrubescer de vergonha. Até então sempre havia conseguido evitar esses perigos, embora estivesse preparado para enfrentá-los; e, como um farol na tempestade, os preceitos de seu mestre lhe atravessaram a mente. *Jamais hesitar diante do inimigo.* O monge se decidiu, calculando que um olhar firme e uma voz ameaçadora seriam suficientes para dobrar um ânimo feroz; mas temia que a escuridão e o fragor da borrasca anulassem esses dois recursos.

Num instante o perseguidor o alcançou e o monge concluiu que não tinha escolha. Devia lutar como faziam todos os outros a bordo daquela amaldiçoada galera. No entanto, seus pulsos não tremiam por causa do medo e sim da consciência do que aconteceria se ele fosse morto. Sua vida era dedicada a proteger um segredo antiquíssimo, que nunca deveria ser descoberto.

Em nome desse segredo, encontrou coragem para estender o punhal num gesto de desafio ao perseguidor. Viu o turbante enorme, o rosto sem um olho e a barba preta que se abria em leque sob o queixo. Tinha o peito protegido por um corselete laminado de ouro e o resto do corpo protegido por roupas caras. Não era um pirata comum.

— Abaixe a arma — intimou o turco com voz cavernosa — ou eu mesmo a arrancarei juntamente com a mão que a empunha.

O monge sentiu a voz do inimigo ribombar em seu peito, mas acolheu a ameaça sem demonstrar nenhum medo.

— Encontrará mais resistência do que espera! — E, com um salto repentino, arriscou um golpe.

O pirata esquivou-se facilmente e derrubou-o com um pontapé. Viu-o rolar no convés; o punhal voara para longe. Aproximou-se e ergueu a lanterna.

— Só a coragem não basta — zombou. — Todavia, se serve de consolo, você merece o meu respeito.

— Mate-me! — gritou o monge, deixando que a raiva sufocasse a humilhação. — O que está esperando?

Para sua grande surpresa, o pirata embainhou a espada e se inclinou sobre ele, pegando-o por um braço a fim de ajudá-lo a se levantar.

— Não estou aqui para derramar seu sangue — declarou —, mas para conhecer seu segredo. — Falava num tom sério, quase confidencial.

O monge pressentiu que podia confiar nele, mas se esforçou para duvidar dessa sensação.

— Não tenho segredos — reagiu, desvencilhando-se.

O turco riu novamente.

— O único *monachus peregrinus* a bordo de uma galera do papa — encostou-lhe o indicador no peito — finge não guardar segredos?

— Levou a mão ao punho da cimitarra. — Solte a língua, sei muito bem o que esconde.

— Nunca!

O único olho do pirata se estreitou.

— Prefere então confessar à fraternidade dos Escondidos?

A essas palavras, o monge esqueceu a raiva e fitou-o, incrédulo. Nenhuma pessoa comum conhecia aquele nome, nenhuma! E os poucos eleitos que sabiam seu significado pronunciavam-no com temor reverente.

— Como chegou a...

— Para onde pensava que esta galera estava indo? — replicou o pirata, mostrando a insígnia com as chaves de Pedro na ponta do mastro. — Para Roma, sem dúvida, mas não a Roma do pontífice.

— Garantiram-me proteção — balbuciou o monge, cada vez mais aturdido.

O homem sacudiu a cabeça, deixando entrever uma ponta de decepção.

— Não entendeu ainda? Enganaram-no! Na verdade, você é esperado nas masmorras dos Escondidos, onde só encontrará grilhões e tormentos. — Estendendo rapidamente o braço, agarrou-o pela gola e puxou-o para si, encarando-o. — Sabem do *diário*! O diário do templário. Você não pode permitir que caia nas mãos deles.

Um desfalecimento quase o fez cair.

— Como pode um homem de guerra... um turco... estar a par desses assuntos?

O pirata olhou para trás a fim de se certificar de que não era ameaçado por um perigo iminente. A luta na ponte continuava sem quartel, mas parecia que no momento ninguém lhes dava atenção.

— Conheço o seu segredo, já lhe disse — admitiu, soltando-o. — E conheço-o muito bem, para ser sincero. Sei do *Rex Deus* e também da Loja dos guardiões sem nome que o conserva há séculos. Você é o último deles.

Agora o monge estava mais que surpreso, mas fez um esforço para manter-se lúcido. Por certo, nenhum chacal vindo do mar o desviaria de sua sagrada missão, não importa o que lhe dissesse sob o açoite do vento salgado.

— Então sabe também que estou disposto a morrer para preservar o segredo — exclamou. — Pois ninguém é digno de conhecê-lo.

— Ninguém, exceto os herdeiros legítimos.

— Você se refere a coisas muito antigas. Coisas proibidas, ocultas pelos símbolos sagrados.

— Pelo *símbolo*, é o que quer dizer — retrucou prontamente o turco. — É um só e corresponde à serpente coroada que libertou Adão, mostrando-lhe o caminho do conhecimento do bem e do mal.

O monge não pôde conter o espanto. Havia ouvido aquelas palavras apenas uma vez, pronunciadas por seu mestre antes de morrer. Além dos Ofitas e dos iniciados de algumas lojas esotéricas, pessoa alguma conhecia aquele ensinamento ancestral.

— Por favor, posso saber quem o instruiu? — A pergunta literalmente saltou de seus lábios.

— Meu pai — respondeu o homem da cimitarra —, que foi instruído pelo dele, conforme um costume transmitido desde a noite dos tempos.

— Mas isso é impossível! Todos os herdeiros legítimos desapareceram.

— Não a estirpe de Esmirna, da qual provenho. — Assim dizendo, o pirata retirou um pequeno objeto do alforje que trazia suspenso à cintura e exibiu-o com orgulho.

O monge examinou-o com atenção à luz da lanterna, mas logo ao primeiro olhar teve certeza de não estar enganado. Já tinha visto aquele objeto num velho desenho em pergaminho e sabia exatamente do que se tratava, embora sempre o houvesse considerado uma lenda.

— A chave cilíndrica... — murmurou, fazendo um sinal afirmativo ao turco. Com toda a certeza, nenhum de seus predecessores vira aquela relíquia mística; e, enquanto os pensamentos cruzavam velozes sua mente, perguntou-se de súbito se acaso não teria chegado o momento. Talvez, após quinze séculos de silêncio, o mistério do *Rex Deus* estivesse para ser revelado aos homens.

— Prove-me que diz a verdade... — gaguejou, incapaz de concatenar as palavras. — Que é mesmo quem diz ser...

— Farei isso, fique tranquilo. — O pirata devolveu com cuidado o objeto ao alforje, desembainhou a cimitarra e virou-se para a cena do combate. — Primeiro, porém, devo levá-lo para minha nau.

— Com que objetivo?

— Com o objetivo de subtraí-lo aos olhos daqueles que querem destruir o *Rex Deus*.

Primeira Parte
O PACTO

1

Ilha de Elba, 1º de julho de 1544.

O jovem Cristiano de Hercole contemplava o pedaço de mar que lambia a meia-lua de praia compreendida entre o golfo de Ferraio e a ponta rochosa do cabo Branco. O calor do fim da manhã parecia acentuar a sensação de espera que fazia seu sangue referver, embora ele teimasse em escondê-la e mesmo em combatê-la, enquanto desafiava com seus olhos negros o fulgor do sol. Sob a limpidez do céu nada parecia se mover, exceto as ondas que rebentavam na costa delimitada por uma densa floresta. No entanto, sentia alguma coisa agitar-se em seu íntimo, um presságio, como se pairasse no ar a iminência de um acontecimento funesto. Que não tardou a manifestar-se.

Um rumor se ergueu a leste, semelhante à chegada de uma tempestade. Mas não era uma trovoada e sim um canhoneio. Cristiano virou-se instintivamente naquela direção, procurando descobrir o que estaria acontecendo para além dos promontórios atapetados de verde, ao longo da costa nordeste da ilha, mas só ouviu outros disparos acompanhados do toque de alarme dos campanários. A torre da praia de Rio defendia-se de um ataque proveniente do mar.

Procurou conter-se e, observando o cabo Branco, avistou a proa de uma galera assomar atrás dos brancos paredões rochosos e dirigir-se para a enseada de Ferraio. Era de grandes dimensões, com um enorme esporão, cinco canhões apontando das barbacãs de proa e dois mastros com velas latinas. Ultrapassou os afloramentos rochosos exibindo seu perfil de ao menos cinquenta metros e mais de quarenta bancadas de remos, o costado fino e elegante como uma cimitarra, a popa erguida acima do convés. Fendia as águas com uma desenvoltura letal, mais temível ainda devido ao pendão vermelho e amarelo que ostentava na ponta do mastro. A meia-lua do império otomano.

— A galera bastarda* de Barba-Roxa! — exclamou um dos dois soldados às costas de Cristiano, pronunciando aquele nome como se aludisse ao diabo em pessoa.

O rapaz tinha de lhe dar razão. Khayr al-Dīn, conhecido como Barba-Roxa, mostrava-se no comando da frota turca tão perverso quanto o rei do inferno, ao qual, se lhe fosse dada a oportunidade, não hesitaria em destronar. As terras de Elba conservavam os traços de suas incursões, cicatrizes que se fechavam apenas para sangrar de novo, vezes sem conta, com cada vez mais sofrimento e morticínio. Cristiano não precisava esforçar-se para encontrar essas cicatrizes, elas estavam diante de seus olhos. De seu posto elevado, uma colina que dominava a costa, distinguia com clareza a ruína das aldeias vizinhas. Mas, obviamente, a enseada não era desprovida de defesas. Estavam ali fundeadas três galeras espanholas que o imperador Carlos V tinha enviado a Elba para o caso de novos ataques. Havia também batalhões de infantaria entrincheirados atrás de fossos e paliçadas, munidos de lanças, arcabuzes e bombardas, mas o grosso das milícias espanholas se encontrava do outro lado do mar, na cidade de Piombino, juntamente com as tropas do duque de Florença.

Mal a galera bastarda atravessou o estreito do golfo, o inferno se desencadeou. Os primeiros a atacar foram os soldados de terra, detonando as bombardas para dar tempo às naus espanholas de organizar a ofensiva. A capitânia otomana virou de bordo, oferecendo a proa à costa, enquanto a frota, seguindo-a, irrompeu a toda força dos remos naquele trecho de mar. Cristiano perdeu a conta depois do décimo

---

* Galera de grandes dimensões e numerosas bancadas de remos. (N.T.)

navio que viu penetrar no golfo. Era uma esquadra impressionante, composta na maioria de galeras ligeiras. Mas o que mais o surpreendeu foi a presença, embora a certa distância, de navios franceses.

A capitânia de Barba-Roxa abriu fogo com um canhão de proa sobre um grupo de artilheiros reunidos na praia, destroçando-os com um ruído ensurdecedor. A ação foi logo secundada por outras galeras turcas, que se alinharam ao longo da costa e varreram-na com as descargas de suas colubrinas, dando ao mesmo tempo passagem livre às embarcações menores e mais rápidas.

As três naus espanholas se prepararam com prontidão para deter o avanço das galeotas inimigas. As duas primeiras foram logo cercadas e impossibilitadas de avançar, mas a terceira conseguiu iludir a manobra de envolvimento e fendeu contra a capitânia de Barba-Roxa, ainda ocupada em alvejar os homens postados na praia. Era de forma arredondada, com as bancadas de remos descobertas. Não conseguiu sequer aproximar-se. Uma birreme turca interceptou-a muito antes e, em vez de atacá-la a esporão, ladeou-a pela direita a fim de expô--la ao fogo dos atiradores enfileirados atrás das seteiras. Os disparos atingiram vários remadores, comprometendo a velocidade da nau espanhola. Mas o golpe de misericórdia foi desferido por uma segunda galeota que se aproximou velozmente pela esquerda. Com o fogo de seus canhões, estraçalhou-a, fazendo voar pelos ares pedaços do casco e do castelo de proa; em seguida, perfurou-lhe o flanco a golpes de esporão.

O fragor da batalha chegava distintamente até a colina onde se achava Cristiano. O rapaz sentiu um arrepio percorrer-lhe a espinha e levou instintivamente a mão ao punhal que trazia no cinto. Viu os corsários turcos aglomerar-se junto à amurada, prontos para saltar sobre a ponte da nau inimiga, mas antes ouviu uma segunda descarga dos atiradores postados atrás das seteiras. Os espanhóis não se deixaram apanhar desprevenidos e responderam ao fogo, recuando para a proa a fim de organizar a defesa. Não eram garotos iniciantes, mas *tercios* da marinha espanhola armados até os dentes. Já a bordo da galeota estavam apenas *ghazi* e *azap*, aventureiros e mercenários. Os soldados regulares da esquadra turca, os temíveis e disciplinadíssimos janízaros, acompanhavam a luta da galera maior.

Os turcos preparados para a abordagem lançaram-se sobre a ponte da nau espanhola sem respeitar ordem nem hierarquia, um bando de demônios com as cabeças envoltas em turbantes, magros e ágeis como macacos. Caíram sobre os *tercios* brandindo cimitarras, lanças curtas e ganchos. Uma rajada dos arcabuzeiros espanhóis abateu a primeira leva, arremessando muitos ao mar; depois, o assalto a arma branca se generalizou até a proa, transformando-se num combate sem quartel. Cristiano podia perceber as poças de sangue cada vez maiores nas passagens entre as seteiras, enquanto apurava o ouvido para escutar os gritos da batalha abafados pelo ribombar dos canhões, mas fortes o bastante para despertar nele um ímpeto irresistível.

Uma mão pousou em seu ombro, distraindo-o do espetáculo macabro.

— Senhor, não podemos ficar aqui por mais tempo — disse-lhe um soldado, com o suor escorrendo pelo rosto e os olhos arregalados de alarme e medo. — A ordem é levá-lo para um lugar seguro e em breve este se tornará perigoso.

— Só mais um instante — insistiu o jovem, excitado pela violência da luta.

— Eu não me demoraria muito — interveio outro soldado, mostrando-lhe o que estava acontecendo logo abaixo do local onde se encontravam. Várias chalupas corsárias haviam se distanciado das galeras e chegado à praia, desembarcando contingentes de janízaros e cavaleiros. Mal puseram pé em terra, lançaram-se ao ataque contra o que restava das formações espanholas, avançando para o interior como um formigueiro irrefreável.

Diante da ameaça iminente, Cristiano consentiu em afastar-se. Não antes, porém, de examinar pela última vez a galera espanhola que havia sido abordada. Os corsários agora levavam a melhor, encarniçando-se contra os poucos inimigos restantes. Continuavam a matar, indiferentes à piedade e à honra, que deviam induzi-los a poupar os vencidos.

O rapaz não hesitou mais e dirigiu-se com os dois soldados para um bosque de castanheiros vizinho, onde aguardavam três cavalos. Saltando para a sela de um baio, atirou-se a galope pela estrada que serpenteava entre as árvores.

— Para a fortaleza de Volterraio! — gritou.

Distanciando-se velozmente, seguido pela escolta, não pôde deixar de perguntar-se sobre a causa de tamanha violência. Barba-Roxa não havia planejado uma simples incursão em Elba. Veio por causa dele, como já tinha feito no ano anterior. E dessa vez — tinha certeza — não iria embora de mãos vazias. Iria levá-lo consigo.

Mas o que intrigava Cristiano era outra coisa, uma pergunta que o atormentava havia meses, sem encontrar resposta. O que o grande almirante da frota otomana desejava dele?

A ponte da capitânia estremecia a cada descarga de canhão, fazendo balançar os tripulantes. O único que se mantinha firme sobre os pés era Khayr al-Dīn Barba-Roxa, encostado à amurada junto ao castelo de popa como se nada estivesse acontecendo. O velho Sinan não tardou a avistá-lo, embora tivesse um olho só, e apressou-se em sua direção abrindo caminho pelo vaivém de artilheiros e nuvens de pólvora. Quanto mais se aproximava, mais sentia crescer dentro de si o nervosismo. Conhecia-o havia décadas e ainda o temia. Isso magoava seu orgulho porque ele também era um homem capaz de despertar, sendo o caso, um justo terror.

Mas Khayr al-Dīn parecia a própria personificação do mal. Ainda imponente apesar da idade avançada, tinha olhos brilhantes e um rosto queimado de sol que se afilava numa barba crespa tingida de vermelho com hena. Para os cristãos, um diabo saído do inferno, majestoso com seu turbante branco e seu capote dourado, preso por um cinto de onde pendia uma cimitarra. A voz profunda e o porte formidável suscitavam tamanho pavor que mais de um inimigo já se rendera a ele imediatamente, sem ousar desafiá-lo. No entanto, mais ainda que o aspecto, tornavam-no terrível a astúcia e as atitudes imprevisíveis, que o levavam a transformar um ato de clemência numa condenação à morte.

Quando Sinan se aproximou, Barba-Roxa conversava com um homem de cabelos castanhos e uniforme dos Cavaleiros de Malta, mais baixo que ele uns dois palmos e ar distinto. Leone Strozzi, comandante florentino a serviço da coroa francesa, tinha sido encarregado de acompanhar como embaixador a armada de Khayr al-Dīn até Constantinopla, para confirmar junto ao sultão o apoio oferecido por Francisco I da França ao Império Otomano. Em geral, alojava-se em sua galeota de velas vermelhas, a *Lionne*, que encabeçava uma flotilha de cinco barcos vindos da Provença, mas subira a bordo da capitânia turca para falar a seu impiedoso capitão. E, embora fosse um cão infiel, dava prova de coragem agindo com desenvoltura diante dele.

Os dois homens observavam a luta em terra e comentavam seus lances em francês, elevando a voz a fim de evitar que suas palavras fossem encobertas pelo troar dos canhões. Apenas Barba-Roxa avistou Sinan, interrompeu a conversa e virou-se para saudá-lo em língua turca:*

— Finalmente, posso gozar a companhia de um dos meus mais valentes generais.

---

* Trata-se do turco otomano (*'osmānlï*), uma variante linguística do turco enriquecida com elementos árabes e persas.

O velho pirata esboçou uma reverência, mas permaneceu alerta. Nos momentos em que Khayr al-Dīn se mostrava mais afável era ainda mais perigoso ficar a seu lado.

— A que devo a honra de sua convocação, meu grandíssimo emir? — perguntou quase aos berros para opor-se ao ruído de uma nova descarga de colubrinas.

— Chegou a hora de você me revelar seu segredo — respondeu Barba-Roxa.

Sinan permaneceu por um instante em silêncio, fixando a expressão cheia de curiosidade do cavaleiro de Malta. Sabia que Strozzi ignorava a língua 'osmānlī, mas mesmo assim se sentia pouco à vontade para tratar de certos assuntos diante dele. O homem tinha um olhar profundo, inteligente, e em várias ocasiões lhe dera a impressão de entender bem mais do que parecia. Mas logo se decidiu a falar, pois o emir não tolerava delongas.

— Vou lhe revelar tudo, conforme prometi, mas você deve se manter fiel ao pacto.

Barba-Roxa franziu o cenho.

— E não é o que estou fazendo?

— No momento você ataca Elba, mas de meu filho não vejo nem a sombra.

— Logo lhe será entregue, juro-o pelo Profeta. Enviei um embaixador ao príncipe de Piombino. Se quiser que sua ilha continue intacta, deve nos dizer onde mantém escondido o rapaz.

— Caso isso aconteça, minha língua se desdobrará como a cauda de uma serpente.

— Por que não agora?

— Peço-lhe, emir, não me force a violar a palavra dada. Um pacto é um pacto para o homem honrado.

Khayr al-Dīn respondeu com voz melodiosa:

— Eu jamais o obrigaria a infringir sua honra, bem o sabe. Você me é muito caro.

A mentira era óbvia e Sinan pressentiu a ameaça oculta por trás daquelas palavras. Barba-Roxa havia invocado sua morte mais de uma vez, considerando-o responsável pela queda de Túnis às mãos dos cristãos, havia cerca de dez anos. Quando Carlos V de Habsburgo tomara a cidade, os corsários refugiados dentro de suas muralhas perceberam que não podiam resistir e fugiram para o deserto. O próprio Khayr al-Dīn, espumando de raiva, tinha sido obrigado a abandonar o campo de batalha e, desaparecendo pelas ruas tortuosas da *casbah*, montara e partira para Argel. Sinan, ao contrário, se pôs ao mar e velejara para a ilha de Djerba, seu covil. Mas quando o emir soube do que havia acontecido, em vez de alegrar-se, acusou-o de covardia e prometeu matá-lo da maneira mais brutal. Haviam se passado dez anos e Barba-Roxa parecia ter esquecido aquela promessa, mas Sinan conhecia sua natureza vingativa e não alimentava ilusões. Se aquele demônio ainda não havia mandado assassiná-lo era somente porque precisava de seus serviços. Por isso havia se negado a revelar-lhe o segredo, exceto alguns detalhes para atiçar seu interesse.

— Dê-me ao menos alguns indícios, Judeu — pressionou-o de repente Barba-Roxa.

Aquele apelido mergulhou na mente de Sinan como um punhal. Era chamado de "Judeu" por causa de suas origens e da fé que, ainda jovem, havia renegado em favor do Islã. O que mais o irritou, porém, foi o tom depreciativo com que o outro havia pronunciado a palavra, uma ofensa à herança de seu sangue e ao afeto que tinha pelos pais falecidos. Disfarçou a raiva e resolveu contentar o emir, pois a vida de seu filho estava em jogo.

— Como já lhe antecipei, descobri esse segredo um ano antes da queda de Túnis, ao tomar uma galera do papa. Um membro da tripulação, em troca da vida, revelou-me um grande mistério: a história de uma mentira calada há séculos.

Leone Strozzi aguçou o olhar; sem dúvida, a língua turca não lhe era totalmente estranha. Sinan notou seu interesse e calou-se. Mas Barba-Roxa instigou-o:

— Uma mentira referente ao nascimento da fé cristã, não?

O velho pirata assentiu.

— Se revelada, poria em risco a existência da Igreja de Roma.

— Ah, se fosse verdade! — Khayr al-Dīn retorceu os lábios carnudos naquilo que deveria ser um sorriso, mas que parecia um esgar. — Que arma melhor para pôr em crise aqueles cães infiéis?

— O vínculo precário que une os Estados cristãos se romperia e o Ocidente mergulharia no caos.

— Contudo — lamentou-se o grande comandante —, você não me citou sequer um nome... A esta altura, a um passo da libertação de seu precioso filho, bem que poderia fazer isso.

— É um nome latino — antecipou Sinan, insinuando que Strozzi poderia entender.

— Não se preocupe com o florentino — tranquilizou-o Barba-Roxa. — Não está interessado em revelar nossos segredos ao rei da França. Seu coração reclama vingança, isso sim, e eu lhe prometi que a teria.

Sinan, observando o cavaleiro de Malta, perguntou-se a que objetivo, afinal de contas, ele havia dedicado sua vida. Era um traidor, ninguém o ignorava, tendo desertado do ducado de Florença para servir ao rei da França, mas o velho pirata não sabia por quê. E agora, ao ouvir falar em vingança, perguntava-se também que acordo havia feito com Barba-Roxa para obtê-la. Aquele, no entanto, não era o momento de ruminar hipóteses; precisava resolver assuntos bem diversos. Fizera, como Strozzi, um pacto com o homem mais perverso que já tinha pisado sobre a terra.

— O segredo que conheço tem um nome muito antigo — disse, reacendendo prontamente a curiosidade de Khayr al-Dīn.

— E então? — interrogou-o o emir. — Que nome?

Ressoou outra descarga de artilharia. E quando o silêncio voltou, duas palavras saíram dos lábios de Sinan.

2

A fortaleza de Volterraio estava próxima. Cristiano galopava entre as árvores ao longo da subida que o levaria à salvação, mas foi obrigado a retardar o passo do cavalo por causa da aspereza do terreno. Então, olhando para baixo, avistou um grupo de soldados de uniformes azuis marchando entre os arbustos. Eram pelo menos vinte janízaros armados de *tüfek*, arcabuzes turcos com canos de aço damasco. Vinham da vertente oposta a Ferraio. Provavelmente, o desembarque de Barba-Roxa havia sido precedido de outros em vários pontos da ilha. Cristiano mal percebera que os janízaros da vanguarda haviam tomado posição de tiro quando ouviu a explosão da descarga de suas armas. Um dos homens de sua escolta gritou de dor e despencou da sela. O rapaz se voltou para ver o que lhe acontecera, mas o segundo acompanhante o intimou a prosseguir com um gesto de alarme. Os turcos se preparavam para outra descarga.

Cristiano se lançou a galope pela subida, sem se preocupar com o percurso cada vez mais acidentado. Não perdia de vista o avanço dos janízaros, em marcha pelo flanco do promontório. Tinha grandes possibilidades de chegar à fortaleza antes deles, desde que não fosse abatido por um tiro de arcabuz.

Súbito, o bosque ficou para trás. Cristiano viu-se a galopar por um chão pedregoso, com a fortaleza de Volterraio diante dos olhos, sobre um monte inexpugnável. Restava-lhe ultrapassar uma escarpa cortada por uma senda aberta entre rochas e depois estaria protegido.

Mas então lhe ocorreu um pensamento. Protegido de quê? Há dez anos não estava seguro em parte alguma e certamente não estaria por trás das muralhas de um baluarte. Tinha uma segunda alternativa, bem mais excitante embora incerta, e por um momento se sentiu tentado a escolhê-la. Podia seguir o apelo do sangue, o sangue de seu pai. Um pirata turco.

Ainda hesitante, contornou o último obstáculo que o separava de Volterraio e perdeu de vista os janízaros. Estava fora do alcance dos tiros, mas por muito pouco; e sabia com toda a certeza que, se lhes houvesse gritado seu verdadeiro nome, aqueles soldados não o alvejariam. Ao contrário, lhe dariam proteção... Mas foi surpreendido por uma segunda descarga e atirado por terra, enquanto um relincho agudíssimo lhe feria os ouvidos. Caiu de costas, com o cavalo por cima. Este fora ferido no pescoço.

O animal agitava os cascos no vazio, sufocando-se no próprio sangue. Cristiano agarrou-se às pedras que afloravam do solo e fez força para livrar-se, mas em vão. Não conseguia, como naquela longínqua ocasião em que seu pai o havia levado para passear de barco para que se habituasse a navegar. Tinha na época menos de 10 anos e o mar o assustava. Depois de um sacolejo imprevisto da nau, fora derrubado por alguns fardos que rolaram da popa, ficando preso sob eles, dolorido, até que o pai o resgatou. Lembrava-se ainda de sua risada rude, enquanto o erguia no ar e o aconselhava a não gemer, mas a comportar-se como um homem.

Súbito, duas mãos o pegaram pelos pulsos, arrancando-o às lembranças, e puxaram-no com força até libertá-lo do peso do cavalo. O jovem logo se pôs de pé e agradeceu com um gesto ao homem que o havia socorrido. Era o segundo soldado de sua escolta.

— Rápido, senhor, monte em meu cavalo! — urgiu o homem. Mas, um segundo depois, tombava atingido por uma bala em plena cabeça.

O corpo ainda não havia chegado ao chão quando Cristiano agarrou as rédeas e saltou para a sela. Os turcos estavam agora bem próximos. Não pertenciam ao contingente avistado antes, mas a outro saído não se sabia de onde. Os promontórios de Elba deviam estar fervilhando daqueles demônios. De novo se sentiu tentado a revelar aos invasores de quem era filho, mas corria o risco de ser crivado de balas antes de ter a oportunidade de explicar-se. Assim, obedeceu ao instinto e ia retomar o galope quando foi agarrado por uma perna. Voltou-se rapidamente, segurando firme o arção, e viu um janízaro que tentava arrancá-lo da sela. Empurrou-o com o pé, sem conseguir derrubá-lo; sacou então o punhal e mergulhou-o no pescoço do agressor. Era uma lâmina oriental com punho de ouro e um rubi engastado no pomo, a única recordação de seu pai que pudera conservar. Esteve a ponto de descer para extraí-lo da ferida do moribundo, mas não havia mais tempo. Os turcos chegavam. Esporeou o animal e partiu veloz em direção ao castelo. Agora que tinha derramado sangue muçulmano, ninguém pararia para escutá-lo, embora fosse o filho do sultão.

Além disso, pensou, entre os muros de Volterraio havia uma coisa pela qual valia a pena correr riscos. A coisa mais bela em que jamais pusera os olhos. Isabel de Vega.

Dom Juan de Vega estava a ponto de abandonar-se a todas as fúrias. Amassou a carta que havia acabado de receber e jogou-a ao chão, irritado, olhando em torno com olhos de ave de rapina.

— Onde está aquele velhaco do senhor de Piombino? — rugiu, enquanto sua figura esbelta, toda trajada de negro, saía da penumbra e se aproximava de uma janela aberta para o mar. — Que Jacopo V Appiani venha à minha presença e assuma sua responsabilidade.

Só o silêncio lhe respondeu. Afora ele, na sala do castelo de Piombino, achavam-se dona Helena Salviati, esposa de Appiani, e o capitão de mercenários Oto de Montauto, enviado pelo duque Cosme I de Médici à testa de oitocentos infantes para defender as costas toscanas dos turcos. Juan de Vega era mestre consumado na arte da intriga e não lhe escapavam as verdadeiras razões daquela presença: Montauto constituía a prova das ambições de Florença em relação ao principado de Piombino. Também não menosprezava Helena Salviati, mulher temperamental, sedenta de poder e de riquezas. Desposara Jacopo V após a morte da terceira mulher deste, sucedendo portanto a Maria de Aragão, filha do duque de Villa Hermosa, e às irmãs Ridolfi, sobrinhas do papa Leão X. A quarta esposa, superior às outras em astúcia e luxúria, havia renovado os laços de Appiani com a nobreza florentina. Ninguém poderia dizer se isso era uma vantagem ou uma desgraça.

Dadas as circunstâncias, dom Juan não podia se permitir descuidar de nada. Estava ali representando o imperador Carlos V de Habsburgo na qualidade de embaixador e, mais importante ainda, sua filha Isabel se encontrava havia meses na ilha de Elba como penhor da amizade da aristocracia espanhola para com Appiani. Não conseguia acreditar que, diante da ameaça dos corsários barbarescos, Jacopo V, aquele verme, houvesse se safado!

Vega teria desejado subir a bordo da primeira galera e cruzar o mar para trazer de volta sua menina, antes que ela caísse nas garras de algum bastardo infiel. Em vez disso, era obrigado a permanecer naquele castelo disfarçando a cólera para resolver a situação com diplomacia e raciocínio. As duas pessoas à sua frente não tinham nenhuma utilidade para ele. Dona Salviati garantia não saber onde seu marido estava; e Montauto, mercenário sem escrúpulos que era, lavava as mãos na esperança de embolsar seu soldo sem se expor ao perigo.

A dom Juan só restou emitir um suspiro e recolher do chão a carta que havia recebido da embaixada turca, para descobrir se havia um modo de satisfazer a Barba-Roxa antes que aquele demônio sanguinário devastasse Elba. Leu em voz alta:

Ao ilustre Jacopo V Appiani, magnífico guerreiro, senhor e conde de Piombino.

Sei que tens a teu lado um jovem turco, filho de Sinan, general de minhas galeras, o qual, há muito tempo, foi capturado em Túnis com a mãe. Sinan deseja que, de boa vontade, o restituas. Se me fizeres esse pequeno favor, minha grande armada não causará danos nem tribulações. Do contrário, fica sabendo que nas costas de teu Estado haverá toda a ruína que se possa infligir a um inimigo mortal.

Esse pedido, que trazia a assinatura de Barba-Roxa, não era nenhuma novidade. No ano anterior, o pirata tinha enviado outro quase idêntico, sempre para Piombino. Na ocasião, Jacopo V havia mentido, respondendo que não sabia onde estava o rapaz citado na mensagem, mas prometendo mandar procurá-lo. Khayr al-Dīn mostrara-se compreensivo e lhe concedera um prazo de doze meses.

O prazo havia expirado e, pelo que relatavam os observadores recém-chegados de um cruzeiro de reconhecimento, Barba-Roxa não fora tão magnânimo quanto da vez anterior. A promessa de não causar danos nem tribulações era falsa. Elba estava sofrendo um assédio violento.

— Trata-se do filho de Emília de Hercole — disse Elena Salviati, interrompendo o raciocínio do embaixador espanhol. — Aquela puta.

— O problema não é quem seja a mãe, mas o pai. — Dom Juan de Vega fitou-a atentamente. Havia alguma coisa naqueles cabelos louros e naquele seio opulento que tornava a senhora de Piombino semelhante a uma plebeia de ar licencioso, traço que contrastava flagrantemente com seu olhar pérfido. — Insiste ainda em afirmar que não sabe onde se encontra o rapaz?

— Meu marido mandou escondê-lo em algum lugar por aí — respondeu a mulher em tom de desafio. — E, como pode notar, meu marido está ausente.

— Não é decerto o primeiro a fugir diante dos mouros — comentou Oto de Montauto com uma ponta de sarcasmo.

— Seja como for, o mensageiro do turco está atrás daquela porta à espera de uma resposta. — Vega acariciou os bigodes e a barba afilada que lhe adornava o queixo, buscando uma via de escape para a situação. — Vocês se dão conta de que, segundo o que lhe dissermos, Barba-Roxa poderá ordenar uma carnificina? — E olhou para dona Salviati.

— Escrúpulos demais em se tratando de um espanhol — zombou Helena, avançando em sua direção com um frufru de saias. — Diga a verdade, excelência, você teme mesmo é pelas reservas de ferro de Elba. Teme que os corsários as saqueiem.

Que as reservas de ferro fossem para o diabo juntamente com a ilha inteira, pensou dom Juan, desde que sua filha se salvasse. Não entendeu bem a insinuação. Algo lhe escapava ao entendimento. Era quase certo que Jacopo V não tinha fugido por medo dos corsários, mas por motivos muito diferentes. Conforme os últimos relatórios dos espiões do imperador, aquele homem estava mancomunado com personalidades importantes, que faziam questão de permanecer no anonimato. Algumas informações, com efeito, haviam sido obtidas na Cúria Romana, mas, à parte o papel de destaque desempenhado pelo príncipe de Piombino naquele caso, não explicavam como Appiani, mero feudatário sob a proteção de Carlos V, havia conseguido despertar o interesse de uma congregação secreta. Vega farejava uma conexão entre aquele estranho vínculo e as desgraças que se abatiam sobre Elba, mas faltavam-lhe provas. Ante a ameaça, porém, devia tentar tudo. Estava em jogo a vida de sua filha. E, se queria salvá-la do perigo da invasão turca, precisava encontrar Jacopo V e obrigá-lo a revelar seus segredos. Aproximou-se então de dona Salviati e, pouco se importando com a hierarquia, agarrou-a por um ombro e puxou-a, fitando-a diretamente nos olhos.

— Acho impossível acreditar que seu marido não lhe conte seus planos.

Ela não reagiu, mas sustentou o olhar.

— No entanto, é verdade.

— Verdade mesmo? E você ignora também as relações dele com certos potentados que permanecem anônimos?

O rosto dela exprimiu surpresa, depois ira. De repente, seu corpo ondulou como o de um réptil.

— Solte-me! Está me machucando!

O embaixador espanhol ignorou suas palavras e continuou segurando-a.

— Aposto que neste momento seu marido está longe por causa deles — disse, afundando-lhe os dedos na carne. — O que o prende àqueles homens?

Helena Salviati recusou-se a responder, mas seus olhos arregalados já eram por demais eloquentes. Dom Juan fixou-os obstinadamente, adivinhando que ocultavam um mistério tão grande quanto assustador.

— *Rex Deus* — revelou Sinan, encarando Barba-Roxa.

— O idioma latino ofende a boca e os ouvidos de qualquer homem sábio — resmungou o emir para esconder sua curiosidade. — Que significam essas palavras?

— O nome é enganador — apressou-se a explicar o velho pirata. — À primeira vista, parece indicar a realeza do deus dos judeus e cristãos, mas esconde outra coisa bem diversa, que chega a contradizer seu significado aparente.

— E essa outra coisa... esse *Rex Deus*... o que seria? Uma seita? Uma fraternidade? Ou um objeto concreto?

O rosto de Sinan se contraiu.

— Traga-me meu filho e terá todas as respostas.

Diante dessa recusa, Khayr al-Dīn precisou controlar um ímpeto de cólera.

— Fique tranquilo, você o terá — garantiu-lhe, desviando o olhar para Leone Strozzi. — Vivo ou morto.

O florentino respondeu com um risinho de compreensão. Parecia querer se pronunciar sobre o assunto, mas calou-se a um aceno do emir.

3

Cristiano foi acolhido na fortaleza de Volterraio com todas as atenções. Embora, oficialmente, vivesse ali havia quase dez anos na condição de prisioneiro de guerra, Jacopo V Appiani vinha sendo para ele uma espécie de padrinho. Educara-o como um nobre, instruindo-o na literatura, na filosofia e na arte da esgrima. O rapaz havia se tornado, na verdade, seu filho adotivo, reconhecido por todos como tal. Em troca, tivera apenas de receber o batismo e renegar tudo aquilo em que acreditara até os 10 anos de idade, quando os *tercios* da marinha espanhola o haviam posto a bordo de uma nau, juntamente com sua mãe, e conduzido-o à ilha de Elba. Antes, tinha vivido em Túnis, reverenciado como um príncipe, aprendendo a seguir a palavra do Profeta e a desprezar os cristãos. Sair daquele mundo para entrar em outro significara bem mais do que simplesmente mudar de fé. Abrira-lhe os olhos para aquilo que realmente unia os homens de todas as raças. Não era o amor, como sustentavam Platão e Jesus Cristo, nem a pureza dos ideais apregoados nas chamadas guerras santas. Era o ódio. Independentemente de idiomas ou bandeiras, esse sentimento irmanava a todos diante de um deus único, qualquer que fosse seu verdadeiro nome. No dia a dia, não lhe fora difícil adaptar-se a uma realidade muito semelhante àquela da qual provinha. Inúmeros corsários turcos eram renegados italianos, franceses e espanhóis em busca de uma independência que não haviam encontrado na sociedade ocidental. Comunicavam-se numa língua franca parecida às que se falavam nas cidades marítimas de Túscia. Aqueles homens podiam agir como traidores e arrogantes, mas não deixavam de ser nobres cristãos. Entre os cães e os chacais, não havia muita diferença.

O jovem atravessou o pátio interno do castelo, esbarrando com infantes e artilheiros que corriam para as amuradas a fim de preparar a defesa, mas também com inúmeros fugitivos das aldeias vizinhas que ali buscavam abrigo. Do alto das muralhas já se ouvia o troar dos canhões empenhados em conter a primeira onda do assalto. Cristiano tinha experiência suficiente para saber que aquele barulho, embora tremendo, não era nada perto do inferno que logo poderia se desencadear junto a Volterraio. Seria difícil deter as milícias turcas, que receavam mais a desonra que o fogo cristão. Além disso, que arma se mostraria eficaz contra hordas de soldados votados ao martírio? Cristiano jamais compreendera o que podia impelir milhares de homens ao sacrifício.

Todos os seus pensamentos se desvaneceram quando entrou na torre. Ela devia estar lá em cima, no recinto mais alto, assustada e ainda assim belíssima. Como toda vez que se preparava para encontrá-la, dominou-o uma sensação de fragilidade, quase de mal-estar, mesclada à impaciência por admirá-la. E logo a avistou de pé diante de uma janela, os cabelos negros caídos sobre os ombros e a sinuosidade do corpo jovem disfarçada pelas vestes. Isabel de Vega, filha do embaixador imperial, aos 16 anos era capaz de despertar o desejo de qualquer homem com um simples piscar de olhos. Vivia em Elba havia cinco meses e Cristiano a amara no primeiro instante, ao vê--la descer de uma chalupa e pisar na praia. Mas aquele sentimento se misturava ao ódio quando a nobre dama aparecia ladeada por um fidalgote siciliano, dom Pedro de Luna, seu noivo. Não que jamais houvesse sentido ódio. Odiara os cristãos até perceber que não eram piores que os muçulmanos; odiara sua mãe quando fora arrancada dele sem opor muita resistência; e odiara Jacopo V Appiani antes de descobrir que era um homem bom e afetuoso. Contudo, o ódio a Pedro de Luna era, de longe, o mais profundo e arraigado, pois se nutria de uma paixão fadada a crescer diariamente. Cristiano chegara mesmo a conceber a ideia de matá-lo e sumir com seu corpo atirando-o de um penhasco; mas, depois de menos de um mês, aquele insípido fidalgote lhe fizera o favor de afastar-se de Elba para resolver algumas questões de família. Nem por isso os tormentos do rapaz encontraram alívio. De fato, havia constatado que Isabel não mostrava nenhum interesse por ele. Nem mesmo o interesse que as mulheres costumam ter por seus simples admiradores. Tornara-se uma amiga, quase uma confidente — e só. Ele a visitava todos os dias havia mais de dois meses, cobrindo-a de presentes e gentilezas, recebendo em troca, porém, apenas sorrisos vagos: Precisara lutar consigo mesmo para refrear os instintos e agir como cavalheiro, com risco de tornar- -se o brinquedo de uma mocinha solitária e entediada. Não nutria esperanças. Devia parecer aos olhos dela um simples *mouro* convertido à fé católica, um animal exótico domesticado e digno apenas de piedade. E ele, àquela maldita piedade cristã, preferia mil vezes o terror das hordas muçulmanas.

A jovem acolheu-o com um leve sorriso.

— Você está bem, senhor?

— Por puro milagre, minha senhora — respondeu Cristiano, saudando-a com uma inclinação de cabeça. Mesmo naquele momento crítico, não resistia à tentação de devorá-la com os olhos. Se fosse um corsário turco, poderia tomá-la ali mesmo, naquele mesmo instante, sem precisar se conter. Lutou para ignorar esse pensamento.

— Acabo de escapar de uma armadilha mortal.

Assustada, Isabel levou a mão à boca.

— Está ferido?

— Nem um arranhão. Mas os soldados da minha escolta morreram. — Pouco se importava com a sorte daqueles dois pobres-diabos.

No momento, queria apenas provocar uma reação em Isabel e, ao vê-la preocupada, exultou. Aquela não era decerto uma atitude cavalheiresca, reconheceu, mas desde que tinha avistado a galera de Barba-Roxa parecia que uma sombra obscurecera seu coração. Foi como se os preceitos morais e o respeito pela vida humana que lhe haviam sido inculcados nos últimos anos houvessem de repente perdido toda a importância. — Assisti ao desembarque dos turcos — continuou, aproximando-se da jovem. — Temos mensagens?

— Notícias terríveis — respondeu ela. — Os habitantes de Rio e Capoliveri estão sitiados.

— Logo nós também estaremos e com redobrada violência — disse Cristiano, assustando ainda mais a jovem. Uma pequena vingança por seu sentimento não correspondido, pensou; mas, ao perceber a expressão de terror de Isabel, arrependeu-se de sua baixeza e procurou reparar o dano consolando-a. — Não precisa temer, minha cara — acrescentou em tom gentil. — Volterraio resistirá.

— E se não resistir?

Cristiano apertou-lhe as mãos com força.

— Juro que a defenderei ao custo de minha própria vida.

Mas ela estremeceu, retirou as mãos e levou-as ao peito.

Os canhões da fortaleza agora troavam com mais intensidade. O ataque em massa havia começado.

— *Rex Deus*... essas palavras não são novas para mim. — O francês de Leone Strozzi, contaminado pelo sotaque toscano, despertou a curiosidade de Barba-Roxa.

Sinan se absteve de fazer comentários e continuou atento à conversa na esperança de descobrir o que ligava aqueles dois homens. Tinha a sensação de ter entrado num jogo de poder que escapava a seu entendimento.

A um aceno de Khayr al-Dīn, o cavaleiro de Malta prosseguiu:

— Vocês sabem sem dúvida que elas são mencionadas frequentemente na liturgia cristã, mas, pelo tom de sua conversa, acho que estão falando de outra coisa. Pois bem, ao longo da vida tenho testemunhado fatos muito estranhos e, pelo menos um par de vezes, posso garantir que ouvi essas palavras em circunstâncias das mais curiosas. Sempre de homens que se suicidaram depois de pronunciá-las.

— Valiam como confissão *in extremis*? — quis saber o emir.

— Não, como ameaça.

Sem questionar, Sinan olhou para a praia. A luta tinha terminado. Os soldados espanhóis sobreviventes haviam sido desarmados, despojados e reunidos num local bem à vista, sob o sol causticante da tarde, à espera de subir para os navios como escravos. Um grupo de *azap* remexia seus haveres amontoados a pouca distância, em busca de objetos valiosos, pólvora e peças de armadura. Enquanto isso a cavalaria, chefiada pelo lugar-tenente Nizzâm, já se embrenhara nos bosques para perseguir os moradores vizinhos, junto com outras formações de combate que iam se aglomerando em torno dos maiores centros da ilha.

— Vá direto ao assunto e diga-me o que sabe — insistiu Barba--Roxa. — Ou você também fez voto de silêncio?

— Não, claro que não — respondeu o florentino. — É que sei muito pouco sobre *Rex Deus*. Ouvi essas duas palavras da boca de dois judeus interrogados pela Inquisição. Soavam como uma praga. Um deles, aliás, gritou-a ao final de uma fórmula incompreensível, da qual só recordo uma sequência de sílabas: *abracadabra*.

O emir trincou aquele vocábulo misterioso entredentes, sem chegar a pronunciá-lo; depois, sempre em francês, virou-se para Sinan:

— Meu valente general não tem nada a dizer sobre isso?

O velho pirata não esperava ser consultado pela segunda vez a respeito da mesma questão, mas controlou os nervos e se prestou ao jogo, respondendo também em francês:

— Disso posso falar, pois não afeta em nada meu segredo. — O som daquela estranha palavra despertara nele o fascínio inquietante que experimentou em criança, quando tinha se escondido no escritório do velho tio para ouvir suas conversas com um grupo de cabalistas. Nas circunstâncias atuais, tal lembrança assumia os contornos de um sonho grotesco. — Trata-se mesmo de uma praga.

— E como pode ter tanta certeza?

— Porque a palavra deriva certamente de uma expressão hebraica e eu, como você próprio lembrou há pouco, sou de raça judia. Reconheço o som, embora deformado. A pronúncia correta é *abreq ah hâbra*, "envia teu raio até a morte".

— Uma maldição judaica. — Khayr al-Dīn afagou a barba avermelhada. — E qual seria a relação com o mistério que chamam de *Rex Deus*?

— Em se tratando dos ministros da Igreja de Roma, funciona como advertência. Não posso lhe dizer mais nada por ora.

O rosto do emir se anuviou.

— Sua teimosia começa a esgotar minha paciência.

Sinan estava navegando por águas perigosas, a ira de Barba-Roxa não tardaria a explodir. Por sorte, a conversa foi interrompida pela chegada de um dos chefes dos batalhões de janízaros enviados em patrulha aos montes Serre. Ao chegar perto do grande almirante, pôs-se de joelhos.

— Fale — ordenou Khayr al-Dīn.

Em vez de responder, o homem lhe estendeu um punhal de esplêndida feitura, ainda manchado de sangue. Tinha a lâmina curva adamascada, o punho de ouro e um rubi engastado no pomo. Mal o viu, Sinan arrancou-o de suas mãos e examinou-o atentamente, tomado por uma emoção febril. Leu incrédulo a inscrição gravada na lâmina e não pôde mais refrear o espanto. Conhecia bem aquela inscrição, mas fazia muitos anos que não a via. Ele próprio a tinha mandado gravar. Depois de seu nome, seguiam-se as palavras "como presente a meu filho".

Hesitou por um momento, mas logo não foi mais senhor de si. Agarrou o soldado pelos cabelos e apontou-lhe o punhal ao pescoço.

— Diga-me onde o encontrou!

— No promontório de Volterraio — gaguejou o homem. — Um rapaz o usou para matar um dos nossos. Li a inscrição, reconheci seu nome e...

— E onde está o rapaz? — perguntou o velho pirata, com os olhos injetados de sangue.

— Fugiu para o castelo.

4

Helena Salviati persistia no silêncio. Dom Juan de Vega olhava-a com ar sombrio, a mão ainda aferrada a seu ombro, à espera de uma resposta. Não lhe revelaria nada, disso tinha certeza, e ainda assim nutria por ela uma certa dose de cumplicidade. Suspeitava, por trás daquela firmeza, um medo ainda maior unido a um orgulho desesperado, capaz de infundir respeito. Nos tempos que corriam, trair um segredo podia condenar uma família a perecer sufocada em sangue. Por outro lado, dom Juan compreendia que Jacopo V Appiani tinha necessidade de fazer amigos poderosos. Segundo os boatos, estava afundado em dívidas e, não obstante gozasse — por enquanto — da proteção de Carlos V, suas posses eram teimosamente cobiçadas pelo duque de Florença, que via em Piombino e Elba um prêmio irrecusável. As incursões dos corsários barbarescos só agravavam uma situação já precária.

— Notícias de Elba! — anunciou um criado, entrando de repente por uma das portas da sala.

O capitão Oto de Montauto correu ao seu encontro para receber a mensagem, mas Vega o precedeu, arrancando a folha das mãos do serviçal. E leu, de um fôlego: "Rio e Capoliveri estão cedendo".

Deu um breve suspiro.

— A fortaleza de Volterraio resistirá.

Era lá que devia estar sua filha Isabel, na principal defesa da ilha. Talvez houvesse esperança, pensou, e pediu ao Senhor que a protegesse, completando a oração com o sinal da cruz. Mas orações não seriam suficientes, precisava encontrar uma solução o mais depressa possível. Contudo, por mais que se esforçasse, só encontrava uma.

— Diga ao embaixador turco que entre. — Esse pedido súbito despertou o espanto dos presentes. — É necessário chegarmos a um acordo.

— Está fora de si, excelência? — Montauto cerrou os punhos, desdenhoso. — Vai mesmo se rebaixar a discutir com um cão muçulmano?

— Quem não tem nada a perder acha fácil falar — replicou Vega, mas refreou seu desespero de pai. — Até que Jacopo V apareça — contemporizou —, não poderemos entregar a Barba-Roxa o filho de Sinan. Portanto, é nosso dever descobrir soluções alternativas.

O mercenário sacudiu a cabeça, mas, como ninguém soube propor opções válidas, deu ordem para que o embaixador turco entrasse. Alto e magro, provavelmente de raça argelina, envergava o tradicional turbante dos altos funcionários otomanos e uma túnica de mangas largas, presa à cintura por uma faixa. Para segurança dos presentes, havia sido completamente desarmado, exceto pelo *bichaq*, a faca recurva enfiada no cinto. O corsário se recusara a tirá-la, o que seria uma ofensa à sua honra e às suas intenções pacíficas.

Dom Juan acolheu-o com uma saudação ao mesmo tempo obsequiosa e forçada. Em seguida, postando-se diante dele com os braços cruzados, falou com franqueza:

— O príncipe de Piombino desapareceu e o filho de Sinan não está aqui, o que nos deixa a todos consternados. Todavia, você pode dizer ao seu senhor que queremos entrar num acordo.

— *Mon seigneur n'accepte pas des compromis** — retrucou o corsário num francês anasalado, usando a língua dos novos aliados do sultão. Isso lhe bastou para esclarecer prontamente duas coisas: com-

---

* "Meu senhor não aceita acordos." Em francês no original. (N.T.)

preendia a língua do espanhol, mas se recusava a falá-la, dando a entender que pretendia manter distância do inimigo; e, sobretudo, não iria embora sem obter o que solicitava.

— Deixe-me explicar-lhe — insistiu Vega. — Queremos que os habitantes de Elba não sejam molestados. Se vocês pudessem se contentar com outra coisa...

— *Mon seigneur n'accepte pas des compromis* — repetiu o corsário no mesmo tom desdenhoso.

— O miserável está zombando de nós — grunhiu Oto.

— Ilustre mensageiro, peço-lhe que me escute — persistiu dom Juan, a fronte banhada em suor. — Deve haver algo que lhes interessa afora o rapaz...

Dessa vez as palavras vibraram num grito indignado:

— *Mon seigneur n'accepte...*

O turco não pôde concluir a frase. O capitão dos mercenários aproximou-se dele com ar ameaçador, levando a mão ao cabo da espada. O corsário não se assustou, estendeu o braço para a frente e mostrou-lhe a palma da mão, intimando-o a parar.

— *Attention, monsieur!* — Ouviu-se um silvo e, de súbito, emergiu de sua manga uma serpente. Oto de Montauto recuou com um grito de pavor, procurando se livrar do réptil.

Em seguida, o corsário agiu como se estivesse possuído por um demônio. Atravessou a sala num salto repentino e, brandindo o *bichaq*, atirou-se contra dom Juan.

O espanhol teve apenas tempo para desembainhar a espada a fim de repelir o golpe do punhal recurvo, mas perdeu o equilíbrio e viu-se encostado à parede, confuso por causa dos gritos do capitão dos mercenários e de dona Salviati. O agressor não lhe deu trégua e conseguiu feri-lo no braço esquerdo, arrancando-lhe um gemido de dor, mas Vega recuperou o controle e fendeu o ar com uma estocada a fundo. O turco, muito ágil, esquivou-se com uma cambalhota e tentou surpreendê-lo pela direita. Com os olhos fixos e arregalados, seus movimentos pareciam-se mais com os de um animal que com os de um homem. Mas dom Juan não era nenhum burocrata indolente: lançou-se ao ataque antes que o adversário pudesse preparar o contragolpe. Manteve-o em xeque com uma série de estocadas até conseguir feri-lo no peito.

O turco emitiu um grito estridente, deixando cair o *bichaq*, mas, ainda não vencido, agarrou a lâmina da espada para arrancá-la da carne. Seus dedos deslizaram pela lâmina toledana até se cortar.

Oto de Montauto, superado o pavor, havia conseguido nesse meio-tempo livrar-se da cobra sem que ela o picasse. Devia a salvação ao peitoral tauxiado que lhe protegia o tórax, os ombros e a base do pescoço. O réptil destilara seu veneno cravando ali os dentes.

— Um demônio enlouquecido! — exclamou fora de si, observando o cadáver do turco. — Afaste-se do corpo desse bárbaro, dom Juan. Talvez esconda outras serpentes sob as vestes.

— Pouco importa. — O espanhol limpou a lâmina no turbante do corsário morto. — Agora Barba-Roxa não se deterá diante de nada.

— Ao que parece — ironizou o capitão dos mercenários —, sua ideia de chegar a um acordo diplomático não teve êxito.

O assédio de Volterraio começava a parecer um empreendimento quase impossível, mas Nizzâm, o feroz lugar-tenente do emir, não pretendia dar-se por vencido. Já tinha enviado ao assalto uma primeira leva de *ghazi*, expondo-a de propósito ao fogo inimigo. Eram pela maior parte ladrões sem experiência e ávidos de butim; seu extermínio serviria para ganhar tempo e manter ocupadas as defesas do baluarte. Enquanto isso, dispunha um grande número de colubrinas trazidas com a maior dificuldade da retaguarda. Tencionava submeter as muralhas cristãs a uma descarga contínua a fim de obrigar os defensores à rendição. O esgotamento lhe entregaria aqueles malditos infiéis.

Pelo que lhe acabavam de informar, as operações naquele setor da ilha iam bem. Haviam sido conquistadas duas aldeias importantes, com enorme butim de escravos e riquezas. Uma vez tomada Volterraio, Elba seria deles.

Nizzâm sabia perfeitamente qual era o objetivo da missão, mas não tinha interesse algum pelo acordo feito entre Khayr al-Dīn e o velho Sinan. O destino do rapaz não era assunto seu. Ele lutava pela glória e para destruir quantos cristãos pudesse. Contente com esse pensamento, dirigiu-se a um grupo de artilheiros protegidos por uma rocha e instruiu-os quanto ao ponto a ser alvejado pelas armas de grosso calibre. Em seguida, sua atenção foi desviada pela aproximação de dois *azap* que conduziam uma jovem, arrastando-a pelos braços. A infeliz se debatia e gritava, tentando desvencilhar-se com todas as suas forças.

— O que estão fazendo? — perguntou Nizzâm com sua voz profunda, diante deles.

Um dos dois mercenários fitou-o submisso, atemorizado por seu aspecto imponente.

— Você pediu uma mulher cristã, *rais* — balbuciou. — Trouxemos a mais bonita que encontramos.

O lugar-tenente esboçou um gesto de insatisfação.

— Eu me lembro, mas não pensei que fossem necessários dois soldados para conduzir uma cadela até aqui. — Sem esperar resposta, aproximou-se da prisioneira e, pegando-a pelo queixo, ergueu-lhe a cabeça.

Ao cruzar o olhar com o turco, a jovem se retraiu e gritou de terror.

Nizzâm pareceu se deliciar com aquela reação. Alto e musculoso, tinha a pele negra como piche e olhos de pantera. Uma profunda cicatriz horizontal atravessava-lhe a face de lado a lado, conferindo-lhe um aspecto ainda mais feroz. Irritado com os gritos, calou a mulher com uma bofetada violentíssima e pôs-se a observá-la mais atentamente. Estava suja de lama, tinha as roupas rasgadas e agora também um lábio ferido, mas mesmo assim lhe pareceu muito graciosa. Convinha-lhe. Segurou-a pelos cabelos e levou-a até o reduto dos soldados que esperavam ordens para entrar em ação.

À vista de todos aqueles homens armados, a jovem voltou a gemer e a implorar piedade. Nizzâm não lhe deu ouvidos. Sempre agarrando-a pelos cabelos, obrigou-a a ficar bem ereta diante dos soldados e, com a mão esquerda, despiu-a do resto de suas roupas.

Os homens riram excitados, mas o mouro silenciou-os com um gesto autoritário.

— Olhem-na bem! — exortou, mostrando a jovem como um troféu. — Ao primeiro que entrar em Volterraio, prometo dez raparigas como esta!

Os soldados responderam com um grito de guerra e Nizzâm, para estimular sua agressividade, atirou-lhes a jovem.

— Uma pequena amostra aos meus bravos combatentes! — disse, despertando risadas e uivos de prazer.

Em seguida, voltou as costas e se afastou, já esquecido do caso. As descargas das colubrinas haviam começado a abalar as muralhas da fortaleza e era preciso coordenar as ações dos sapadores. A luta não tardaria a atingir o ponto alto.

Mas, de repente, surgiu galopando ao seu encontro um cavaleiro turcomano que vinha dos fossos.

— *Rais* — comunicou respeitosamente —, uma grande descoberta!

— De que se trata? — perguntou o lugar-tenente, estreitando os olhos.

— Acho que encontramos um local de acesso.

5

— Não posso esperar aqui dentro como se nada estivesse acontecendo. — Cristiano andava de um lado para o outro no recinto mais alto da torre, agravando a apreensão de Isabel. — Não suporto isso.

— Tem um coração nobre — disse-lhe a jovem —, mas peço-lhe que não faça loucuras.

Ele a olhou de lado, disfarçando um sorriso amargo. Isabel se enganava, supondo-o preocupado apenas com a sorte do castelo e dos habitantes de Elba — mas tinha outra razão. Cristiano amava aqueles lugares e a ideia de que a gente da ilha sofreria por sua causa apertava-lhe o coração. Contudo, suas preocupações eram bem outras. De vez em quando olhava para baixo, para as fileiras otomanas postadas diante das muralhas de Volterraio, e se perguntava, para seu desagrado, se não estava no lado errado. Após dez anos vivendo entre os fiéis de Cristo, acreditava já ter esquecido esses pensamentos; mas bastara a aparição das velas turcas na baía de Ferraio para que eles ressurgissem com uma força devastadora. Todas as lembranças posteriores à saída de Túnis, sua segunda vida, se esfumavam como as sombras da manhã ao canto do muezim. E, enquanto aquelas sombras se diluíam, o jovem descobria dentro de si as formas de um animal bizarro, muito diferente daquele que julgara ser. A criatura não pertencia a nenhum dos dois mundos de onde provinha, mas devia tudo tanto ao Crescente quanto à Cruz.

Levou as mãos ao rosto para esconder suas emoções de Isabel. Tinha a sensação de estar sob o efeito de um veneno que, em vez de matá-lo, começava a se misturar a seu sangue, tornando-se parte de seu ser. O veneno o instigava sem lhe dar descanso, tornando-o ansioso por saber o que Barba-Roxa desejava dele, por descobrir se seu pai estava vivo, por constatar o que lhe aconteceria caso abandonasse aquelas muralhas... E mais uma vez sentiu o desejo de deixar a fortaleza para se unir aos corsários. Um pensamento mórbido, disse para si mesmo. Ainda que condescendesse com semelhante loucura, não lhe seria possível cometê-la. Os soldados de Volterraio jamais permitiriam que ele saísse dali sem a permissão de Jacopo V Appiani. Cristiano devia se resignar ao fato de ser prisioneiro, embora tratado com deferência — e nunca, até aquele momento, essa certeza lhe pesou tanto.

Recomeçou a andar em círculos como um animal na jaula, meditando sobre o que fazer; e, subjugado por um instinto sem freios, começou a examinar todos os meios de fuga possíveis.

— Acalme-se, meu amigo — aconselhou Isabel, condoída.

— Não posso — desabafou ele. — Sinto-me sufocar. — Estava a tal ponto enredado em seus novos propósitos que, pela primeira vez, permaneceu insensível ao apelo daquela voz.

— Partilho suas preocupações — continuou a jovem, sem compreender. — Mas você não pode fazer nada para melhorar a situação.

Continuando a ignorá-la, Cristiano se debruçou na janela para contemplar o panorama magnífico do golfo de Ferraio apinhado de navios corsários e, bem debaixo de seus olhos, o paredão.

— Talvez, se me atirasse daqui — murmurou —, os guardas não me vissem...

Isabel empalideceu.

— Cristiano, assim você me assusta!

— Não, é alto demais. — O jovem se afastou da janela, continuando a falar consigo mesmo. — E depois, ainda que saltasse, teria de atravessar as muralhas...

— Posso saber o que está maquinando?

— Nada, nada — respondeu ele, convencendo-se de que a única solução possível seria corromper os guardas. Mas não tinha dinheiro suficiente. Devia achar outra maneira. Se, por exemplo, tomasse alguém como refém... Olhou para Isabel e, por um instante, pensou seriamente em escapar da fortaleza usando o corpo dela como escudo e ameaçando matá-la para em seguida levá-la consigo até a galera de Barba-Roxa... Não, reconheceu, não poderia perpetrar semelhante infâmia. Não com a mulher que julgava amar... Mas antes de repelir aquele pensamento, invadiu-o uma sensação de perigo. Havia alguém às suas costas.

Voltou-se rapidamente e viu-se diante de Jacopo V Appiani, o príncipe de Piombino, seu carcereiro e seu padrinho. Estava a um passo de distância. Baixo e esbelto, tinha os cabelos grisalhos lançados para trás e, no rosto, uma expressão de angústia. Trazia a armadura de guerra. O jovem pousou instintivamente o olhar sobre seu brasão de armas desenhado no cinto, onde, junto à insígnia dos Appiani e às armas reais de Nápoles, campeava a águia do império. Uma concessão recente de Carlos de Habsburgo. Jacopo V não se cansava de exibi-la com orgulho; era talvez a única conquista de que podia com justiça se envaidecer.

— O que faz aqui, senhor? — perguntou Cristiano, perplexo. — Eu pensei que estivesse do outro lado do mar, no castelo de Piombino. Como conseguiu entrar na fortaleza sem que o capturassem?

— Vou lhe explicar tudo, fique tranquilo, mas primeiro deve responder a algumas perguntas. — Havia uma nota estridente na voz do homem. Seus modos eram bruscos, quase violentos.

— Pergunte, não tenho segredos para você.

— Verdade? — O príncipe de Piombino arremeteu contra ele exibindo uma agressividade que o deixou surpreso. Cristiano nunca o tinha visto naquele estado. — Mas estou certo de que mente.

O jovem se viu comprimido contra a parede, tendo diante de si os olhos febris de Jacopo V.

— Você enlouqueceu — gaguejou. — Como ousa me tratar dessa maneira? — Esteve a ponto de reagir pela força, mas conteve-se por respeito ao padrinho. — Tenha a bondade de explicar-me. Se em algum momento o ofendi, foi involuntariamente e peço-lhe desculpas.

— Porco mentiroso! — rugiu Jacopo V, desembainhando a espada. — Mandei batizá-lo, mas você continua sendo um bárbaro infiel.

— Senhor! — exclamou Cristiano, com um misto de raiva e perplexidade. — Não posso acreditar que esteja diante do homem que tem sido meu pai por todos esses anos. O que fiz para merecer semelhante tratamento?

— Cale-se! — sibilou o príncipe de Piombino. E, com um gesto imprevisto, golpeou-o na têmpora com o punho da espada.

Cristiano caiu por terra, dominado pela dor. Ao abrir os olhos, sentiu o sangue escorrer-lhe pelas faces. Tentou levantar-se, mas caiu de novo, tomado de vertigem. Ouviu então Isabel gritar e correr em seu socorro, mas Jacobo repeliu-a com uma bofetada, fazendo-a bater a cabeça contra a parede. A jovem desabou sobre o pavimento, desmaiada.

— Maldito! — rugiu o rapaz, avançando contra ele. Mas, de súbito, viu-se levantado do chão: dois guardas o agarravam pelos braços.

O príncipe de Piombino postou-se à sua frente, transfigurado pela cólera.

— Sempre o tratei com atenção e afeto. Alimentei-o, protegi-o, eduquei-o e considerei-o um igual... E você me paga com ingratidão.

— Esbofeteou-o. — Em todos esses anos, não me revelou nada de seu segredo! Conformei-me, esperando até o último instante que se decidisse a falar. Mas, diante da invasão turca, não posso esperar mais. Vai me dizer tudo hoje mesmo.

Cristiano fitou-o, intrigado.

— Não sei do que está falando, juro-o por minha honra.

— Você não tem mais honra! — bradou-lhe Jacopo V em pleno rosto. — Tomando-o sob minha proteção, eu a dei e agora a retiro. O que resta de você é um mouro sem valor.

O jovem encarou-o.

— Para mim, quem bate numa mulher tem menos valor ainda.

O homem respondeu golpeando-o no estômago.

Cristiano cuspiu sangue e suportou a dor. Quis reagir, mas foi impedido pelos soldados, que o arrastaram atrás do príncipe para as escadas. Ainda não sabia o que pensar, mas Jacopo sem dúvida estava fora de si.

Atracaram a chalupa numa enseada protegida por escolhos esbranquiçados e prosseguiram a pé, atravessando um bosque em direção a uma subida entre as rochas. Sinan não descia à terra havia mais de dois meses e avançava com dificuldade por aquele caminho quase intransitável. Socorria-se, porém, da cimitarra apoiada ao chão como uma bengala. Bem mais ágil que ele, acompanhava-o Margutte, um albino de porte avantajado e sem língua cuja proveniência todos ignoravam. Alguns o diziam suíço; outros, albanês. A despeito de sua imponência, era simplório, quase infantil, o que o tornava um dos elementos mais válidos e disciplinados do exército barbaresco, ao qual servia fielmente havia muitos anos.

Atrás deles, marchavam vinte das melhores lanças da infantaria otomana.

Não foi fácil, para o velho pirata, convencer Barba-Roxa a deixá-lo ir. Ao saber do fracasso de sua embaixada a Piombino, o almirante tinha se deixado dominar por todas as fúrias e quase ordenara à frota que retornasse ao mar para arrasar aquele covil de serpentes asquerosas. Sinan só conseguira acalmá-lo com a ajuda de Leone Strozzi. Piombino não era uma cidade fácil de assediar; já uma vez os navios turcos haviam sido postos à dura prova dos canhões das Rocchette. Mais valia ater-se aos planos e aguardar o momento propício para punir os cristãos do Tirreno. Esclarecida a questão, Sinan sugerira que ele próprio desembarcasse, pois havia obtido provas da presença de seu filho na ilha e saberia onde encontrá-lo. A princípio, Khayr al-Dīn se opusera para não expô-lo a riscos inúteis, mas por fim consentira, desde que o velho fosse acompanhado por um batalhão de homens escolhidos.

O último trecho da subida foi o mais difícil. Saindo do bosque, prosseguiram por uma senda rochosa batida por um vento que parecia se intensificar com a aproximação da tarde, enquanto as luzes oblíquas do crepúsculo se refletiam nas veias de jaspe vermelho, conferindo à paisagem um aspecto inquietante. Sinan rilhou os dentes, ignorou a dor nos joelhos e manteve o ritmo das passadas. Seu filho estava no alto daquele monte. Precisava encontrá-lo antes que os sitiantes irrompessem na fortaleza. Só ele poderia reconhecê-lo e evitar que fosse confundido com um inimigo.

Já estavam no penhasco fronteiro a Volterraio quando a retaguarda de Nizzâm veio ao seu encontro para levá-los ao local do combate.

O assédio não progredia e Sinan ficou decepcionado. O canhoneio não suscitava resposta à altura e, no entanto, os homens não atacavam, o que o deixou desconfiado. As forças de terra à disposição do emir eram numerosas e o mesmo se podia dizer da artilharia. Por que esses meios não estavam sendo empregados devidamente?

O campo mais avançado encontrava-se perto das ruínas de uma igreja quase inteiramente invadida por giestas. Mal chegou, notou vários soldados descansando e bom número de bocas de fogo encostadas a um muro, como se ali houvessem sido esquecidas. Por um instante, ocorreu-lhe o pensamento de que o lugar-tenente havia ficado receoso ante a imponência das defesas cristãs e desistira de organizar um ataque digno desse nome. Mas logo se convenceu do contrário. Nizzâm não faria aquilo. Era famoso pela crueldade e por não ceder diante de nada; portanto, devia ter seus motivos para não forçar o assédio.

Ao colocar-se diante dele, reconheceu a determinação em seu olhar e pôs de lado todas as dúvidas.

Saudou-o com um abraço e chamou-o de "caro irmão", embora a proximidade daquele homem o deixasse um tanto inquieto. Nizzâm não tinha a corpulência de Margutte, mas era bem mais ameaçador. Exalava dele um cheiro de morte e, apesar de seguidor ardoroso do Profeta, dizia-se que não abandonara os cultos pagãos de seus ancestrais, praticados em lugares remotos da África. Todos o temiam e até Barba-Roxa evitava sua presença.

— Assédio pouco eficaz — comentou Sinan para iniciar a conversa.

— Não desperdiço homens nem pólvora — explicou o mouro, cruzando os braços musculosos. — Utilizo quanto basta para manter o inimigo ocupado.

— Tem então um plano.

Nizzâm apontou para uma vertente da muralha.

— Os meus batedores descobriram ali um ponto pouco vigiado, talvez porque os defensores o julguem inacessível. Vamos escalá-lo esta noite, no escuro.

— Essa estratégia pode ser boa para a aproximação, mas talvez não funcione quando estiverem dentro. Se os soldados continuarem a ver suas tropas agrupadas sob as muralhas, permanecerão prontos para repelir qualquer invasão.

— Sim, fingiremos ir embora e diminuiremos seu nível de alerta. Já dei ordem para cessar o canhoneio. Logo evacuaremos o campo, mas eu permanecerei com um destacamento avançado atrás das rochas, sobre uma elevação pouco visível.

— Eu também ficarei com meus infantes — disse Sinan.

— Fala sério, *rais*? — Nizzâm examinou-o de alto a baixo, sacudindo a cabeça. — Com um olho só e as pernas fracas, não escalará com facilidade o paredão.

— Diga antes que conto com a clemência de Alá.

— Eu não contaria. — Na voz do lugar-tenente soava uma nota de desprezo. — Alá só favorece os mais fortes.

— Talvez — condescendeu o velho pirata. — Mas ama aqueles que mostram coragem.

Ao cair da noite, duas grandes asas negras sulcaram o céu. Sinan olhava fixamente para aquela figura silenciosa que pairava sobre o castelo, visível na escuridão apenas a quem sabia de sua presença. O perfil geométrico tornava-a parecida a um pássaro seguro por uma comprida corda que descia até o chão, amarrada ao jugo de um boi, para evitar que ele fosse tangido pelo vento. Preso àquele emaranhado de hastes e velas estava um homem.

— Esperemos que não despenque como o primeiro — disse Nizzâm, agachado atrás das rochas. A ideia tinha sido sua.

Sinan, postado a pouca distância, preferiu não comentar. Ouvira histórias oriundas do Extremo Oriente que falavam sobre aqueles aparelhos estranhos, mas nunca se preocupara em saber se eram verdadeiras ou não. Embora se considerasse um homem engenhoso, não se dera ao trabalho de refletir sobre a possibilidade de fazer voar um soldado com asas artificiais. Somente um louco como o mouro podia conceber um plano de assédio baseado numa ideia tão extravagante — que, entretanto, parecia funcionar...

O lugar-tenente ordenou a dois *ghazi* deslocarem o boi ligado à corda para que o objeto no céu ficasse exatamente sobre o ponto desejado, mas a operação não foi fácil. O animal, coagido a caminhar ao longo da crista de um despenhadeiro invisível, dava sinais de medo e opunha resistência. Os homens precisaram puxá-lo pelos chifres, fustigando-o com um chicote até ele avançar o suficiente; em seguida, enrolaram a corda para que as grandes asas descessem suavemente sobre a muralha, num trecho não vigiado. Sinan viu o objeto pousar ao lado de uma ameia como um enorme morcego e depois cair aos trambolhões no abismo. O homem ficou agarrado ao parapeito, com a longa corda presa ao cinto. Galgou a ameia e, finalmente, voltou-se para fora, agitando uma tocha.

O sinal.

Deslizando por entre as pedras, Nizzâm e Sinan guiaram uma centena de janízaros na direção daquela vertente da muralha, atentos ao menor grito de alarme ou a disparos de armas de fogo, mas não ouviram nada. No momento em que chegaram ao pé da muralha, viram a corda baixar do alto. O homem que pairara no céu agia segundo os planos.

Subiram um por vez, com uma velocidade superior à de qualquer pessoa comum. A prática de escalar os mastros dos navios tornara-os incrivelmente ágeis e insensíveis ao medo de cair.

O velho Sinan não fez por menos, içando-se com a mesma habilidade dos outros. Apesar de suas pernas enfraquecidas pelos anos e pela umidade do mar, contava ainda com braços vigorosos e punhos de ferro. Mas ainda assim estava inquieto porque ia passar por uma dura prova.

6

O corpo de Cristiano doía por todos os lados.

Jacopo V havia mandado os soldados conduzi-lo aos subterrâneos de Volterraio, um lugar onde o jovem jamais havia estado, mas que achou muito parecido às minas de ferro do noroeste da ilha. A surpresa pelo que acontecia era tal que não lhe permitiu observar outros detalhes, exceto o cheiro forte de esgoto e de morte que aqueles tétricos recessos exalavam. O príncipe ordenara que o prendessem a dois anéis de ferro chumbados na parede, para ser torturado até se decidir a revelar a verdade. Mas seja qual fosse aquela maldita verdade, Cristiano não sabia absolutamente, a ponto de implorar ao padrinho que reconsiderasse ou pelo menos lhe revelasse o motivo real de tamanha ferocidade. Era como se estivesse vivendo um pesadelo. O homem que sempre lhe parecera o mais amoroso dos pais havia se transformado numa criatura brutal, sem escrúpulos, insensível aos gritos e espasmos de dor. Submetera-o a socos e bastonadas. Agora era a vez do chicote. A cada vergastada repetiam-se as perguntas de Jacopo, gritadas ao seu ouvido ou sussurradas como ameaças.

— O tempo urge — avisou mais uma vez o príncipe de Piombino.
— Devo saber de tudo o mais rápido possível, do contrário você será abatido como um animal.

— Por quê? — balbuciou Cristiano, abrindo a custo os lábios partidos em vários lugares. — Por que justamente agora... — Havia em sua voz uma nota de fraqueza. A tortura era tão violenta que diria e faria qualquer coisa que lhe pedissem.

— Barba-Roxa não aceitará outra recusa. — O rosto de Jacopo V transformara-se numa máscara de perversidade. — Consegui demovê-lo uma vez, mas agora aquele maldito corsário não partirá sem encontrá-lo. Quer saber o mesmo segredo que procuro, tenho certeza.

— Mas não sei nada... Nenhum segredo...

— Mentiroso desgraçado! — O príncipe agarrou-o pelos cabelos e bateu-lhe a cabeça contra a parede. — Tem de saber! Do contrário o grande almirante da frota turca não se disporia a assediar Elba.

Cristiano se esforçou para não chorar: o sal das lágrimas queimava suas feridas.

— Vou lhe dizer tudo o que sei... Tudo... Mas peço-lhe que não me torture mais...

— Então me diga onde está escondido o segredo.

— Qual... segredo?

— Não se faça de ingênuo. Seu pai o conhecia. Obtive a confirmação de homens que não se enganam nunca. Deve forçosamente tê-lo transmitido também a você, quando ainda estava em Túnis, de outro modo este assédio não se explicaria.

— Meu pai nunca me confiou segredo algum... Eu era uma criança...

Jacopo V sacudiu a cabeça.

— Talvez tenha posto você a par do assunto sem parecer que o fazia.

— Pois bem, diga-me do que se trata... E, se eu me lembrar, juro que lhe contarei tudo o que sei.

A essas palavras o príncipe de Piombino explodiu num acesso de ira.

— Já lhe disse dezenas de vezes! — Firmou-se no chão e, brandindo o chicote, golpeou-o com toda a selvageria de que era capaz. — Onde está o segredo chamado *Rex Deus*?

Cristiano ouviu gritos na escuridão. Jamais ouvira outros tão apavorantes — e com horror se deu conta de que eram seus.

Nizzâm teve a honra de derramar o primeiro sangue. Ao fim da escalada, permaneceu escondido entre duas ameias, esperando a passagem de um soldado de ronda. Mal o viu, desembainhou a longa cimitarra e o decapitou de um só golpe. Um segundo depois Sinan estava a seu lado, seguido pelo enorme Margutte.

O interior de Volterraio continuava tranquilo; os canhões haviam se calado. Os cristãos deviam estar convencidos da retirada dos turcos, embora muitos continuassem de guarda.

À espera de que os homens o alcançassem, o lugar-tenente dirigiu-se para uma saliência a fim de estudar a disposição interna das torres e pontos de acesso. O velho pirata seguiu-o, mas sem se expor tanto. Nizzâm parecia não recear ser visto, pois sua pele escura se mimetizava quase perfeitamente com a noite. O efeito era acentuado pelas vestes negras, inclusive o turbante, em nítido contraste com o brilho da cimitarra tinta de sangue. Margutte, ao contrário, parecia um espectro. Suas diferentes formas físicas — bem proporcionadas no primeiro, exageradas no segundo — ressaltavam melhor a crueldade de um em confronto com a ingenuidade do outro.

— Um grupo seguirá pelo caminho da ronda a fim de eliminar vigias e artilheiros — disse Nizzâm, revelando ao ancião seus planos. — Os outros descerão pela rampa. — E indicou uma escada que ia ter ao pátio, junto a um poço. Perto, viam-se dois barracões, provavelmente a caserna e o depósito de pólvora. — Poremos fogo imediatamente ao segundo, para criar pânico. Depois abriremos as portas aos nossos.

— Excesso de ousadia — objetou o velho pirata, que tinha outra coisa em mente. — Sou obrigado a lhe pedir uma coisa.

— Imagino o que seja. Mas saiba que não pouparei ninguém.

— Como pode? — Sinan agarrou-o por um braço e encarou-o sem medo. — É meu filho que está aí dentro, em algum lugar! Não permitirei que ponha a vida dele em risco com uma ação intempestiva.

Nizzâm esboçou um sorriso.

— Diga-me, *rais*, como pensa deter-me?

Sinan largou a presa e baixou o olhar. Não sabia o que responder. Seria grande injustiça se, após uma espera de quase dez anos, perdesse seu filho por causa de um louco sedento de sangue. Restava-lhe apenas uma escolha, embora desesperada. Olhou para trás. Além dele, Nizzâm e Margutte, somente cinco homens já estavam sobre a muralha, todos seus comandados. Percebeu que ainda dispunha de uma boa margem de ação. Esperou que o lugar-tenente se virasse de novo para as fortificações e fez um sinal ao gigante albino. Margutte compreendeu, aproximou-se de Nizzâm e golpeou-o com sua maça na nuca. Num instante o mouro estava por terra, sem sentidos.

— Não me deixou escolha. — O velho pirata sustentou o olhar surpreso de seus homens e levantou a cimitarra para dar mais autoridade às suas palavras. — Não viemos aqui para satisfazer aos desejos de Nizzâm e sim para obedecer ao emir. As ordens são encontrar um jovem turco, meu filho, mantido prisioneiro aqui dentro, e depois partir.

— Como faremos isso, *rais*? — perguntaram-lhe.

— Às escondidas, derramando o mínimo de sangue possível. — E, assim dizendo, examinou a disposição dos edifícios internos. O local mais provável onde poderia encontrar o rapaz era a torre. — Começaremos por ali — explicou, indicando o passadiço que se estendia naquela direção.

Um dos soldados objetou:

— E o butim?

— O que encontrarem na torre principal será de vocês.

Os soldados eram agora cerca de vinte. Pertenciam ao grupo de infantes chegados à fortaleza com Sinan. O velho pirata olhou para baixo e viu que ainda estavam agarrados à corda apenas os janízaros fiéis a Nizzâm. Perguntou-se como reagiriam à vista de seu capitão desmaiado e concluiu que não tinha escolha. Para espanto de seus homens, desferiu dois golpes de cimitarra na corda e precipitou no abismo os desgraçados que subiam por ela.

Lançou então aos infantes um olhar astuto.

— Só haverá butim para vocês.

Matara soldados de Alá. Sabia bem que, de volta ao navio, pagaria caro aquele gesto infame, mas por ora não lhe restava tempo para pensar nas consequências. Queria apenas ser obedecido e levar a cabo sua missão.

Esperou que alguém se insurgisse, mas, como ninguém o fez, decidiu passar à ação. Guiou o grupo pelo passadiço de cimitarra em punho, esperando encontrar os vigias de um momento para outro e, já na metade do caminho, viu-se diante de um guarda. Trespassou-o antes que pudesse levar a mão à espada e atirou-o por terra com um pontapé. Ouviu então os gritos de alarme de dois vigias postados entre as ameias, mas seus homens não tardaram em calá-los.

A torre estava próxima. Sinan apressou o passo, esforçando-se para correr com suas pernas frágeis. A excitação o fez esquecer a dor nos joelhos e até o receio pela segurança do filho. Não tinha tempo para pensar, chegara a hora de lutar. Sentiu que os homens às suas costas avançavam no mesmo ritmo e, por um instante, aquele rumor de passos abafou tudo o mais.

De repente, o brilho de um disparo atravessou a escuridão, desenhando os contornos de figuras marciais. Por trás dessas, a entrada da torre.

Sinan disparou pela noite agitando a lâmina e emitindo um grito de guerra contra o inimigo. Atrás, outros gritos. O impacto foi um tinir de metais, um choque de corpos com violência crescente. Mais disparos no escuro, um faiscar de armaduras, uma multidão de homens se atracando. Antes que a luz desaparecesse, a cimitarra do velho pirata fendeu o ar e retalhou carnes para depois se cruzar com outro metal, com outro inimigo.

Sinan se batia como um demônio entre o entrechocar das armas, possuído por uma alegria selvagem que calava todos os seus sentimentos religiosos. Vivera sempre para aqueles momentos, em que o fragor da batalha sufocava as vozes de todos os deuses até que por fim o silêncio se sucedia à fúria. Só um pensamento continuava a atormentá-lo: a consciência de guardar um grande segredo, capaz de destruir a cristandade. Não podia se permitir morrer.

Mas essa ideia o fez sentir-se fraco e lhe infundiu o medo de fracassar.

Isabel acordou ao som dos gritos. Vinham do andar térreo da torre. Tentou se recompor apressadamente, mas não conseguiu: havia batido a cabeça, esforçava-se em vão para recuperar o equilíbrio. Súbito, lembrou-se da cena a que assistira pouco antes. Jacopo V Appiani devia ter enlouquecido. Mas para onde fora? Para onde levara Cristiano? Notou que estava sozinha e essa circunstância a aterrorizou.

Ouviu um rumor de passos que subiam as escadas, depois outros gritos, entrechoques de espadas e descargas de arcabuzes. Já não tinha dúvidas, os turcos haviam penetrado em Volterraio.

Pensou em esconder-se, mas não teve tempo. A silhueta de um soldado apareceu à entrada do quarto. Era um dos guardas da fortaleza, um jovem de cerca de 20 anos. Estava com as pernas abertas, os braços pendidos e uma expressão aparvalhada. Aproximou-se, arrastando os pés. E quando penetrou no círculo de luz, Isabel notou a ponta de uma lança que lhe saía do ventre. Fitou-a com um olhar vazio e caiu por terra.

A jovem escancarou a boca num grito e, erguendo o rosto, avistou três soldados turcos que irromperam no quarto. Uniformes manchados de sangue, cimitarras em punho, olhos inflamados pela excitação do combate. Mal a viram, puseram-se a rir.

O medo quase paralisou suas pernas. Foi recuando sem perdê-los de vista, depois se virou e correu desabaladamente para um canto, aterrada por aquele riso. Eram grosseiros, brutais; prometiam humilhações que a fizeram desejar a morte.

Seu pai não estava ali. Demorava-se em algum lugar do outro lado do estreito. Isabel o amava de todo o coração, mas desejou-lhe ainda assim o inferno por não se encontrar a seu lado a fim de protegê-la. Em seguida, começou a implorar a Jesus e à Virgem numa litania balbuciante e obsessiva. Aquilo não podia acontecer-lhe. Deus não o permitiria!

Uma mão agarrou seu tornozelo. Isabel estremeceu e tentou desvencilhar-se, mas o homem começou a puxá-la.

Opôs resistência, cravou as unhas no chão e estendeu a mão direita para se segurar em alguma coisa. Só o que conseguiu pegar foi a haste de um candelabro. Guiada pelo instinto, brandiu o objeto para trás com toda a força que possuía. Ouviu um choque e um grunhido de dor. Seu tornozelo estava livre.

Ninguém mais ria.

A jovem se sentiu invadida por uma coragem tão imprevista quanto violenta e pôs-se de pé, decidida a lutar, golpeando às cegas com o candelabro em punho. Dominava-a a euforia do desespero. A princípio, os três homens mantiveram-se a distância, olhando-a com curiosidade, e pouco faltou para que ela começasse a nutrir a esperança de escapar.

Depois uma mão grande como sua cabeça agarrou o candelabro e desarmou-a facilmente.

A mão pertencia a um mouro de ventre enorme e boca sanguino-lenta. Tinha a pele bexigosa e os olhos cúpidos. Envergava um uni-forme feito de trapos e lâminas de metal enferrujadas.

Isabel viu-o sorrir e pela primeira vez na vida desejou não ser tão bonita.

7

Cristiano teve um pensamento louco, quase um vislumbre de esperança, e, agarrando-se a ele, tentou recuperar o controle. Piscou, perscrutou a semiobscuridade do subterrâneo e apurou o ouvido para certificar-se de que ouvira bem. Sons de luta vinham do piso superior. Primeiro se julgou vítima de uma alucinação, depois viu Jacopo V Appiani voltar-se também para a entrada da galeria e concluiu que não estava enganado. Notou o medo no rosto do homem e, intuindo que seu algoz talvez corresse mais riscos que ele, experimentou uma espécie de satisfação.

O príncipe de Piombino deu sinal de alerta aos dois guardas que o acompanhavam, livrou-se do chicote e desembainhou a espada. Cristiano, ameaçado pela ponta da arma, fitou-o com raiva. Agora vai me matar, pensou. Mas isso não aconteceu. O rumor do combate se intensificou até que uma massa de soldados invadiu o subterrâneo.

Eram cinco guardas do castelo contra outros tantos guerreiros turcos munidos de lanças e cimitarras. O grupo atacante devia ter rompido as defesas de Volterraio até ali e continuava a lutar como um bando de leões.

Com um frêmito de entusiasmo, o jovem reconheceu o chefe do destacamento turco. Estava coberto de sangue da cabeça aos pés e bem mais velho do que em suas lembranças, mas ostentava a cicatriz sobre o olho esquerdo e o porte feroz dos quais guardava perfeita memória. Envolvido num tumulto de emoções, reuniu o que lhe restava de forças para chamar sua atenção e gritou uma única palavra:

— Pai!

Os olhares de ambos se cruzaram e o rosto do velho se iluminou.

— Meu filho! — exclamou, lutando com maior ardor ainda. Acutilou um guarda, derrubou-o com um empurrão e correu para o rapaz. Mas viu-se diante do príncipe de Piombino.

Sinan atacou o novo adversário com fúria homicida, mas Jacopo V aparou seus golpes com maestria. Diferentemente do corsário, estava em perfeita forma física e não se esgotara em duelos anteriores. Além disso, contava com o apoio dos guardas que o tinham acompanhado ao subterrâneo.

Para equilibrar o confronto, o velho pirata chamou dois lanceiros que correram em seu socorro.

— Libertem o prisioneiro! — ordenou enquanto isso. — É meu filho.

— Não o permitirei! — gritou em dialeto toscano o príncipe de Piombino, desferindo-lhe uma violenta cutilada.

O corsário aparou o golpe e desembainhou com a mão esquerda seu *bichaq*, apontando-o para a garganta do inimigo. Jacopo V recuou de um salto, mas não pôde evitar um ferimento na face. Sinan, sem lhe dar trégua, pressionou-o com uma série de golpes combinados de cimitarra e punhal, mas o fidalgo sustentou o ataque, aproximou-se de súbito e bateu-lhe no rosto com o punho da espada.

Cristiano, impotente diante daquele espetáculo, viu então um gigante albino armado de maça caminhar a passos largos em sua direção. O rapaz indicou-lhe com um olhar as chaves das correntes que o aprisionavam, dependuradas de um prego na parede. O homem fez sinal de que não havia entendido, mas refletiu um pouco e, sacudindo afinal a cabeça, correu a libertá-lo. Suas mãos grossas lutaram contra as fechaduras por um tempo que pareceu interminável.

Cristiano tremia na impaciência de lançar-se à luta, e, mal os cadeados se abriram, pôs-se imediatamente em busca de uma arma. Porém, apenas deu um passo, sentiu que as forças o abandonavam e caiu ao chão. Tentou se levantar, mas não conseguiu. As dores da tortura atravessavam-lhe o corpo como dentes de moreia.

— Matem o prisioneiro! — ordenou Jacopo V, embora só restassem três homens para obedecer-lhe.

Um guarda de Volterraio, ainda assim, conseguiu abrir caminho entre os combatentes, aproximou-se de Cristiano e brandiu a espada. O rapaz encolheu-se no chão, protegendo a cabeça com os braços.

— Não! — gritou Sinan.

Margutte interveio em defesa do jovem e, guerreiro formidável que era, afastou a ameaça com um único golpe de maça. Mas a distração custou caro ao velho pirata. O príncipe de Piombino se aproveitou dela para feri-lo no ventre.

Cristiano arregalou os olhos, incrédulo, depois gritou de raiva e dor. Embora sentisse espasmos lancinantes a cada movimento, rilhou os dentes e encontrou forças para se levantar e chegar até o pai. Sua reação imprudente o expôs à espada do príncipe, que todavia não conseguiu atingi-lo e precisou recuar para não ser capturado. Jacopo V correu para uma saída secundária do subterrâneo e desapareceu na sombra de uma galeria, perseguido por dois lanceiros turcos.

O rapaz se ajoelhou ao lado de Sinan. O velho, estendido por terra, respirava a custo, as mãos apertadas contra o ventre.

— Veio me buscar — disse Cristiano, comovido. E, apesar de tantos anos de silêncio, compreendeu que o amava como quando era criança. Pareceu-lhe ouvir sua voz áspera que se perdia no vento, chamando-o pelo nome e contando-lhe histórias sobre tesouros ocultos em ilhas distantes. Desejou sentir seu abraço mais uma vez e abandonar-se ao enlevo daquelas lendas. — Por que fez isso?

— Porque você é tudo o que me resta... — Sinan sentiu uma pontada de dor, mas controlou-se.

— Não se canse. Talvez, se o levasse a um médico...

— Não há tempo. Você deve saber... — Agarrou o ombro do filho e aproximou-o de si com toda a doçura de que era capaz. — Deve conhecer o meu segredo, que de outro modo morrerá comigo...

— Que segredo, pai?

— O *Rex Deus*... — O velho pirata virou-se de lado, tossiu sangue e sussurrou-lhe algumas palavras ao ouvido, cuidando para que ninguém mais as escutasse.

Cristiano retraiu-se, olhando-o assustado. Não podia acreditar! Então era aquilo que o príncipe de Piombino queria que ele confessasse! O motivo de tantas mortes! Mas o segredo parecia grande demais para uma única pessoa... Conhecê-lo já representava, por si só, um fardo. Continuou contemplando o pai sem conseguir dizer uma palavra. Gostaria de fazer-lhe mil perguntas e não sabia por onde começar... Mas logo percebeu que não teria tempo de perguntar mais nada. A morte havia levado o mais terrível dos piratas. Abraçou-o como se quisesse embalá-lo e pôs-se a chorar.

Tornara-se herdeiro de um segredo espantoso. Agora, porém, só podia pensar numa coisa.

Na vingança.

Ao recuperar os sentidos, Nizzâm se lembrou de tudo e foi tomado por uma fúria incontrolável. Levantou-se, cambaleando como um ébrio, mas a raiva que sentia não lhe permitiu esperar. Olhou para o passadiço do castelo, perguntando-se que direção Sinan teria tomado. Queria encontrá-lo o mais depressa possível para matá-lo. Ninguém podia enganar Nizzâm assim e continuar vivo.

Ouviu-se um disparo e o choque do projétil contra uma ameia. Os soldados, avistando-o do pátio, soaram o alarme.

O mouro cerrou os dentes e desembainhou a longa cimitarra, pronto para lutar, mas descobriu que nenhum de seus homens poderia juntar-se a ele facilmente. Estava num ponto muito mais elevado que os demais. Os arcabuzeiros, enquanto isso, continuavam a alvejá-lo, obrigando-o a fugir pelo passadiço. Por entre o sibilar das balas, Nizzâm seguiu uma trilha de cadáveres que conduzia à torre, cada vez mais convencido de que Sinan se dirigira para lá. Correu velozmente, perseguido pelos disparos, até cruzar a entrada da torre e abrigar-se.

Sabia não dispor de muito tempo antes que os soldados cristãos o alcançassem e, tentando determinar qual seria a melhor direção a seguir, ouviu vozes em língua turca vindas do alto. Tomou aquele rumo. Galgou os degraus em largas passadas, pedindo a Alá e aos demônios do deserto que o fizessem encontrar Sinan para poder consumar sua vingança. Melhor seria, porém, que encontrasse o filho.

Entrou num recinto disposto a verter sangue, mas, em vez do objeto de seu ódio, avistou três lanceiros turcos. De momento não compreendeu o que estava acontecendo, depois constatou que tentavam violar uma moça.

Ela resistia como uma fúria.

Segunda Parte
A CHAVE

8

O grupo de guerreiros otomanos recobrava o fôlego no subterrâneo de Volterraio após o combate que finalmente havia terminado. Dos sete cadáveres que estavam espalhados pelo pavimento, só um estava recebendo o último adeus. Em vida respondera pelo nome de Sinan, o Judeu, e levava com ele para o outro mundo um raro exemplo de malvadez e coragem. Cristiano de Hercole, seu filho, ajoelhado ao lado do corpo, meditava em silêncio sobre um antigo provérbio turco: "A boa morte não sorri a quem expira no leito, entre os lamentos das mulheres e dos filhos, mas a quem tomba em batalha, diante dos inimigos e do fragor das armas". Ouvira essas palavras mil vezes durante a infância em Túnis e as reencontrara, tempos depois, nas páginas de uma edição augustana de *De Omnium Gentium Ritibus*, de Giovanni Boemo. Mas agora, contemplando o rosto sem vida do pai, perguntou-se se o meio sorriso que lhe suavizava a expressão derivava da consciência de ter sido morto combatendo ou abraçando novamente o filho perdido. Cristiano só tinha certeza de uma coisa: ninguém poderia jamais obter tamanho privilégio.

Um privilégio, no entanto, que ficaria incompleto sem um tributo de sangue. O rapaz mal conseguia se manter de pé, premido pela dor, e ainda assim não lograva sufocar a cólera. Descera a um abismo de violência tão profundo que quase tocava o inferno — e a culpa era de um homem que por muito tempo lhe mentira.

Jacopo V Appiani devia pagar por muitos crimes: o engano, a tortura e, sobretudo, a morte do pai. Sua dívida era tão grande que não poderia extinguir-se com uma morte simples. Merecia sofrer lentamente, de maneira indizível, clamando por piedade. Entretanto, pensou o rapaz, nem tudo viera para pior. A perfídia do príncipe de Piombino havia esclarecido a verdadeira natureza dos cristãos, sempre prontos a fazer discursos sobre a compaixão, mas capazes de quebrar a palavra dada e de agredir aqueles a quem haviam prometido amor e lealdade.

O rapaz sentiu tamanho desprezo por aquela hipocrisia que, num assomo de desdém, voltou as costas à fé do Cristo, à Igreja de Roma e a tudo quanto lhe fora inculcado nos últimos dez anos. Uma decisão repentina, mas entranhada a ponto de induzi-lo a renegar até o nome recebido no batismo. Essa recusa deixou-o com uma imprevista sensação de vazio. Não era remorso nem medo, mas a percepção de uma liberdade tão completa que o perturbava. Bastante compreensível, pensou. Vivera segundo as regras do autocontrole e da religião, da moral e da hierarquia — e, súbito, via-se liberto de todos os vínculos. A única voz que ouviria dali por diante seria a de sua própria vontade.

Mas antes ouviria a do pai. Estendeu seu corpo no chão e, após contemplá-lo pela última vez, pegou o alforje que ele trazia preso ao cinto. Abriu-o, ignorando o forte cheiro de maresia e pólvora que emanava de dentro, e esvaziou o conteúdo no pavimento. Remexeu apressadamente entre moedas e bugigangas de todos os tipos à cata do objeto de que Sinan lhe falara, encontrando-o por fim. Era uma pequena bússola cilíndrica, inteiramente metálica e de proporções singulares. Duas vezes mais alta que o diâmetro da base, lembrava um carretel de cerca de três centímetros com uma concavidade em forma de cruz no ponto de apoio. O mais estranho, porém, eram as decorações visíveis sob o vidro que protegia a agulha. Em lugar

da costumeira rosa dos ventos, reproduziam uma estrela de cinco pontas.

O rapaz examinou rapidamente a bússola e guardou-a num bolso da calça para escondê-la aos olhares dos guerreiros turcos. Sinan não teve tempo para explicar-lhe exatamente para que servia. Pouco antes de expirar, chamara-a de "chave cilíndrica" e havia recomendado que ele a conservasse ciosamente, sem mostrá-la a ninguém, sobretudo a Khayr al-Dīn. Suas últimas palavras foram crípticas e aludiam ao terrível mistério do *Rex Deus*, bem como a um mapa composto de letras e signos. Depois, exalando o derradeiro suspiro, pronunciara o nome de um homem. A única pista concreta.

Cristiano ergueu o olhar, atraído pelo som de passos na penumbra. Os lanceiros que haviam saído em perseguição a Jacopo V voltavam. Um deles agitou uma tocha, olhando em volta sem saber a quem falar, e por fim dirigiu-se a ele.

— Perdemos o fugitivo nas galerias — explicou, exprimindo-se numa mistura de árabe e siciliano. — Mas acho que encontramos uma passagem para fora daqui.

O filho de Sinan notou que o homem tinha pressa e compreendeu por quê. A invasão do subterrâneo certamente não tinha passado despercebida; logo os soldados de Volterraio chegariam — e não fariam prisioneiros. Era questão de minutos, talvez menos.

— Não quero fugir — disse, porém. Tentou levantar-se, mas a dor por todo o corpo obrigou-o a permanecer onde estava. Cerrou os punhos e socou o chão, irritado. — Quero o príncipe de Piombino para arrancar-lhe o coração do peito...

Antes de poder concluir a frase, viu apresentar-se à sua frente um monólito de pele alvíssima. Era o gigante que o tinha libertado dos grilhões. Sacudia a cabeça com ar abatido, fixando o corpo do velho pirata. A julgar por sua expressão, devia ter vertido abundantes lágrimas de tristeza.

O jovem recuou, desconfiado, mas Margutte tranquilizou-o com uma reverência desajeitada e, pegando-o por um braço, ajudou-o a levantar-se.

Aborrecido com aquele gesto, o filho de Sinan procurou se desvencilhar, mas caiu de novo por terra. O gigante deu então prova de grande paciência, agachando-se para pegá-lo nos braços e erguê-lo como um fardo. Mas o ferido era de temperamento orgulhoso e não hesitou em cobri-lo de insultos.

Margutte não lhe deu ouvidos. Estacou por um último instante na frente do cadáver de Sinan, emitiu um lamento desarticulado e seguiu os soldados que, já munidos de tochas, rumavam para as galerias.

Isabel de Vega se debatia sem parar, num estado de raivosa impotência. Dois soldados turcos mantinham-na deitada, segurando-lhe os braços, enquanto um terceiro tentava rasgar as rendas de seu vestido. A jovem tentou mais uma vez repeli-lo com o pé, mas o homem se aproveitou para agarrar-lhe primeiro uma perna, depois outra, abrindo-as. Baixou as calças até os joelhos e lançou-se sobre ela com um grunhido feroz.

— Não! — bradou Isabel, entre o desdém e a humilhação. Só podia fechar os olhos e continuar gritando, amaldiçoando todos os machos da Terra. Horrorizava-a a ideia de ser violentada, esse pensamento lhe era insuportável. Antes a morte.

De repente, a pressão daquele corpo diminuiu até desvanecer-se. A jovem abriu os olhos, confusa, e viu seu agressor sendo puxado e atirado ao chão por um mouro altíssimo. Estava completamente vestido de preto, a cabeça envolta num amplo turbante, e exibia uma espantosa cicatriz no rosto. Com um simples olhar chamou à ordem os outros dois turcos, que soltaram imediatamente a jovem e assumiram a posição de sentido.

Isabel respirou fundo, mas continuou retraída. O recém-chegado parecia ter surgido apenas para induzir os três agressores à obediência. Não se mostrava nem um pouco interessado por ela, mas talvez percebesse estar diante de uma aristocrata e não de uma criadinha a ser maltratada impunemente.

O mouro interrogou os soldados numa língua que a jovem não conseguiu compreender. Tinha maneiras autoritárias e falou alto, obrigando-os a baixar o olhar. Finalmente, apontou para Isabel. A esse gesto, um dos três ousou rir, mas foi punido com uma bofetada.

O homem se aproximou da jovem.

Isabel, ainda estirada no chão, recuou instintivamente, arrastando-se pelo pavimento, mas o homem se postou diante dela, agarrou-a pelo pescoço e levantou-a, encostando-a à parede. Não havia cupidez em seu olhar, apenas a curiosidade de quem examina um cavalo que acaba de adquirir. Afastou seus cabelos do rosto, depois observou as roupas e joias que usava.

— *Qui êtes-vous?* — perguntou num francês forçado e em seguida afrouxou a pressão para deixá-la falar.

— Sou a filha de dom Juan de Vega — respondeu ela em castelhano, na esperança de intimidá-lo. — Meu pai é o embaixador imperial, ainda há tempo para...

O mouro calou-a com um gesto e virou-se para a entrada, atraído por rumores vindos dos andares inferiores. Deviam ser os soldados de Volterraio, pensou Isabel. Iriam salvá-la!

Ante a ameaça imprevista, o homem do turbante negro não se abalou. Deu uma ordem sumária aos três guerreiros turcos, mostrando a saída, pegou a jovem pela cintura e obrigou-a a segui-lo.

Isabel tentou resistir, mas o mouro ergueu-a como uma boneca e colocou-a sobre o ombro esquerdo sem nenhum esforço. A jovem se viu de cabeça para baixo, o rosto encostado a roupas que cheiravam a mar e a especiarias, de mistura com um cheiro selvagem e levemente adocicado. Cada vez mais nauseada e aterrorizada, reconheceu naquela exalação o odor de sangue.

Mal cruzou a soleira, Nizzâm se deparou com um infante espanhol armado de adaga. Desferiu-lhe um golpe de cimitarra na cabeça, partindo ao meio o elmo e o crânio, e recolheu a lâmina com um puxão. A jovem se debateu, mas ele a ignorou ordenando aos homens que o seguissem aos andares inferiores da torre. Com isso, iria de encontro a outros inimigos, mas não tinha alternativa. Se sobrevivesse o bastante para encontrar os chefes, talvez pudesse trocar a refém pela vida. Pelo que entendera, a jovem era filha de Vega, o cão de caça do imperador cristão. Um verdadeiro golpe de sorte.

Todavia, mais ainda que sair vivo de Volterraio, desejava ardentemente acertar as contas com Sinan, o Judeu. Segundo o relato dos três infantes, o velho pirata fora direto para o subterrâneo à procura do filho. Uma ótima razão para ele também ir até lá.

Mal saltara por cima do cadáver do infante espanhol, viu-se diante de um forte contingente de soldados armados com espadas e adagas. Com apenas três homens a seu lado, o mouro estava em franca desvantagem, além de ter o braço esquerdo ocupado em segurar a refém. Conservou o sangue-frio, ciente de já ter enfrentado situações piores. Certa vez, moço ainda, havia participado da abordagem de uma galera ao largo de Rodes e, embora ferido nas costas e no rosto, conseguira repelir hordas de inimigos por mais de duas horas.

Desceu a escada a passos decididos, brandindo a espada com tal ímpeto que os adversários eram obrigados a recuar. Mesmo com um braço só, sua força física não encontrava igual e lhe permitiu fazer frente com vantagem aos soldados cristãos. Enquanto isso, seus três lanceiros atiravam estocadas contra os inimigos, expondo-os a seus golpes. Logo se puseram a saltar sobre cadáveres e feridos, conquistando cada palmo de terreno com suor e sangue.

No meio da descida, os inimigos se tornaram numerosos demais para ser repelidos. Nizzâm esquivou-se a uma punhalada no ventre e ia recuar quando um dos lanceiros às suas costas gritou, mostrando-lhe uma porta a pouca distância. O lugar-tenente respondeu com um aceno de cabeça, antecipou-se a um novo ataque com um amplo golpe da esquerda para a direita, atravessou a porta com os três lanceiros e, antes que os cristãos pudessem segui-lo, fechou-a com o ferrolho.

— Cães bastardos! — praguejou o mouro, atirando a refém ao chão.

Para sua grande surpresa, a jovem se levantou prontamente e quis agredi-lo aos gritos. Nizzâm a fez parar com um olhar capaz de meter medo até nos soldados turcos, guardou a cimitarra na bainha que trazia às costas e olhou em volta. Estavam num cubículo iluminado por tochas, sem saída afora uma única janela larga por onde penetravam os raios da lua. O mouro debruçou-se e perscrutou a escuridão, descobrindo que se achavam num piso intermediário da torre. Embaixo, estendia-se uma língua rochosa que confinava com o penhasco. Suas milícias estavam perto, ocultas atrás dos penedos. Sentiu-se tentado a saltar para juntar-se a elas, mas conteve-se. Talvez não sobrevivesse à queda, que devia ter mais de seis metros.

Seus pensamentos foram interrompidos por rumores provenientes do outro lado da porta. Os cristãos tentavam derrubá-la e logo o conseguiriam. Que entrassem, disse Nizzâm para si mesmo, esquecendo de vez qualquer projeto de fuga. Sempre desprezara a própria vida e não tencionava decerto desmentir seu orgulho. Ao mesmo tempo, não gostaria que Sinan escapasse. O velho pirata com toda a certeza se achava ainda em Volterraio e lutando também. O desejo de encontrá-lo e massacrá-lo a cutiladas superava o bom senso e o instinto de conservação. O que aconteceria se o deixasse viver? Talvez aquele traidor maldito conseguisse conquistar a fortaleza com um golpe de sorte... Barba-Roxa não valorizaria a incursão planejada de Nizzâm e sim a vitória de Sinan.

O mouro fremia de raiva a essa simples ideia, apesar de a questão não envolver tanto o mérito quanto a glória. Era certo que, se o Judeu não houvesse se intrometido, ele dominaria Volterraio...

Golpes de machado trouxeram-no de volta à realidade.

Observou o rosto dos três lanceiros, achando-os tensos e extenuados. Estavam no limite das forças, seriam vencidos pela primeira onda de atacantes, deixando-o sozinho contra dezenas de cristãos... Se queria levar a cabo sua vingança, não lhe restava escolha. Tinha de esquecer a honra e fugir.

Restava descobrir um modo de salvar-se. Por mais que se esforçasse, só vislumbrava uma solução, a janela; mas não dispunha de ganchos nem de cordas para agarrar-se às paredes e descer. Examinou o ambiente à sua volta à cata de qualquer coisa que o ajudasse na descida e não encontrou nada. Esperar o inimigo e lutar até a última gota de sangue pareceu-lhe ainda a única opção. Mas, relanceando de novo o olhar para a janela, percebeu que havia ali exatamente aquilo de que precisava.

Ordenou aos homens que arrancassem as compridas cortinas de veludo que ornamentavam os bordos da janela e, depois de atá-las uma à outra, prendeu-as ao beiral com a ajuda da haste metálica a que tinham estado presas. Jogou-as para fora e elas desceram até metade do trajeto. Dali, seria possível alcançar o chão com um salto curto.

Não teve tempo de verificar a firmeza dos nós. A porta se escancarou, deixando entrar os soldados cristãos. Às espadas e lâminas curtas tinha se juntado um par de arcabuzes.

Nizzâm envolveu Isabel pela cintura e obrigou-a a ficar de pé à sua frente, forçando os inimigos a baixar as armas. Recuou lentamente para a janela, mantendo a jovem bem segura com o braço esquerdo, e depois, com um salto repentino, lançou-se no escuro da noite.

A descida no escuro foi acompanhada pelos gritos de Isabel, interrompidos de súbito por um puxão. O mouro se agarrou às cortinas com a mão direita e encostou os pés à parede, cada músculo do corpo contraído para manter a estabilidade.

Dois arcabuzeiros se debruçaram na janela para alvejá-lo, enquanto lá dentro retumbava o fragor de uma luta. Os três lanceiros se defendiam dos invasores.

Nizzâm era uma mancha negra à luz do luar. À vista dos arcabuzeiros, ameaçou deixar cair a refém, forçando-os mais uma vez a desistir de atirar.

— Mulher, segure-se firme em minhas costas — recomendou em seguida.

— Não! — gritou Isabel, aterrorizada.

— Então morrerá!

A um sinal relutante da jovem, o mouro ergueu-a o suficiente para que ela segurasse seu cinto e, mal teve as mãos livres, conseguiu descer com facilidade. Chegado à ponta da corda improvisada, calculou bem a distância e soltou as mãos. Regulou a queda de modo que Isabel caísse sobre ele, protegendo-o de eventuais disparos. O impacto violento contra as pedras feriu-lhe os joelhos e as palmas das mãos, deixando-o quanto ao mais incólume.

Levantou-se rapidamente para se abrigar antes que os arcabuzeiros de Volterraio começassem a abrir fogo. A lua tornava-o um alvo fácil. Pegou Isabel por um braço e obrigou-a a ficar bem junto de si, enquanto os atiradores do alto das muralhas iniciavam os disparos. Correu para uma formação rochosa à beira da descida.

Já seguro, expôs-se o suficiente para observar a janela da qual havia saltado. E viu a silhueta de um homem, um dos lanceiros turcos, atirar-se no vazio em busca de salvação. Mas o infeliz não conseguiu se segurar em nada e se espatifou nas pedras.

9

A passagem subterrânea levou-o a uma catacumba atravancada de lápides e sepulcros antigos. O rapaz, nos braços do possante Margutte, lutando contra a dor e a raiva, contemplava as cinzas e os montes de ossos que luziam na escuridão, perguntando-se a quais moradores de Elba teriam pertencido. Depois, aqueles despojos foram substituídos por objetos mais recentes — ânforas, sacos e caixas de madeira amontoados contra as paredes. De repente, a atmosfera se encheu do cheiro de maresia e a passagem desembocou numa pequena enseada cercada de rochedos, aberta para uma vasta extensão de mar.

Sob a lua cheia, a vela de uma fragata se afastava entre as ondas. O rapaz não podia dizer com certeza, mas a bordo devia estar Jacopo V Appiani. Jurou a si mesmo que não descansaria enquanto não o encontrasse e matasse. E, enquanto o gigante albino o transportava ao longo da praia, seguido pelo destacamento turco, virou-se para a saída da catacumba. Lá dentro, junto aos alicerces de Volterraio, morria Cristiano de Hercole. De agora em diante, retomaria seu verdadeiro nome, aquele que recebera em Túnis ao nascer. Sinan, como o pai.

Dirigiram-se para leste, na direção de Ferraio, acompanhando a linha da praia juncada de seixos e escolhos. Prosseguiram à luz das tochas por mais de uma hora, até divisar a silhueta de uma galeota que fazia o reconhecimento do litoral. Depois de se certificar de que trazia as insígnias da armada turca, agitaram as tochas a fim de ser vistos. Em trinta minutos subiam a uma chalupa e rumavam para a pequena embarcação.

Foi nesse instante que o rapaz se sentiu dominado por um novo sentimento: o medo. Em breve seria conduzido à presença do temível Khayr al-Dīn Barba-Roxa e precisaria encontrar forças para mentir-lhe. Não tinha escolha se queria sobreviver; mas como esperar iludir um homem que havia se tornado uma lenda justamente por causa de sua astúcia?

Enfiou a mão no bolso e tirou a bússola cilíndrica que seu pai lhe dera, como se aquele pequeno objeto pudesse sugerir-lhe um expediente capaz de arrancá-lo do pesadelo. Mas só o que ouviu foi o marulho das ondas, um presságio funesto naquela que talvez fosse sua última noite.

Antes de ser conduzido a Barba-Roxa, foi medicado com a aplicação de bandagens provisórias no peito e vestido de modo a parecer o mais digno possível. Envergou um gibão limpo e uma *roba** comprida como uma capa, provida de mangas, mas sem capuz. Deram-lhe também, em substituição das calças, pantalonas bufantes que chegavam até os joelhos. Cobriam a parte inferior das pernas meias justas e botas de couro. Mudando de roupa, esperava aparecer vestido "à turca" e não segundo a moda ocidental. Mas lembrou-se de que os corsários barbarescos não tinham na verdade um estilo próprio, preferindo trajar-se da maneira mais cômoda às suas exigências. Faltava-lhe apenas uma espada, o que não o preocupou: apesar dos curativos, continuava dolorido e tão sem forças que não conseguiria brandi-la.

Sulcou as águas escuras do Ferraio numa chalupa que o levaria à nau capitânia. A baía estava repleta de barcos fundeados, silhuetas angulosas levemente agitadas pela maré e por um vento frio que penetrava na pele. Antes de chegar a seu destino, a chalupa costeou a

---

* Sobreveste com ou sem mangas.

praia iluminada por fogueiras e o rapaz, surpreso, avistou uma multidão de reféns na terra firme, nus e arrebanhados como animais, prestes a ser conduzidos para os veleiros. Eram talvez uns duzentos, homens, mulheres e crianças sentados na areia pedregosa, sob a vigilância de um destacamento de soldados. A distância e a escuridão não lhe permitiam reconhecer ninguém naquele grupo de infelizes, mas insistia em observá-los, tomado pelo receio imprevisto de distinguir entre eles Isabel. Deixara-a em Volterraio desmaiada e, no torvelinho dos acontecimentos, ignorava o que tinha acontecido com ela. Duvidava que a fortaleza tivesse sido tomada, mas o fato é que havia prisioneiros. E à ideia de que a jovem pudesse estar naquela praia, nua e à mercê de homens sem escrúpulos, sentiu-se tentado a pedir ao piloto que mudasse de rota para ir procurá-la. Já se via correndo em meio à multidão, de tocha em punho, chamando-a pelo nome, quando um pensamento súbito obrigou-o a conter-se. Não estava em condições de dar ordens a ninguém e sequer imaginava como reagiriam os marinheiros turcos a semelhante pedido. Por outro lado, se Isabel tivesse sido capturada, havia todas as possibilidades de que sobrevivesse. Uma mulher belíssima e de estirpe nobre valia um resgate alto demais para que alguém se arriscasse a matá-la...

O rapaz se deu conta de que tinha raciocinado com excessiva frieza, a ponto de não se reconhecer, e procurou mudar o rumo de seus pensamentos. Não podia chegar à capitânia sem antes descobrir o que acontecera a Isabel. Observou o rosto do piloto, uma máscara dissolvida nas sombras, e refletiu sobre as palavras a dizer-lhe para convencê-lo a mudar de rumo. Mas, voltando-se de súbito, viu uma enorme forma negra avantajar-se à sua frente. O navio do almirante.

Apesar da hora tardia, o emir o esperava acordado. Estava na ponte, os cotovelos apoiados à amurada, contemplando fixamente as fogueiras que brilhavam na praia. Entre as rugas de seu rosto, destacava-se um sulco quase melancólico, em contraste com os traços rudes das sobrancelhas e do nariz. Antes mesmo de chegar perto dele, o jovem notou sua perversidade. Foi uma sensação intensa e inesperada, mas estranha a ponto de induzi-lo a não levá-la a sério. Talvez, disse para si mesmo, estivesse sendo sugestionado por uma lenda nascida entre docas e torres de vigia ou contagiado pelo mesmo nervosismo dos oficiais a bordo, que se moviam tesos e taciturnos como se estivessem na presença, não de um homem, mas de um tigre. Somente um conservava a atitude desenvolta. Trazia a sobreveste vermelha dos Cavaleiros de São João Batista, havia pouco instalados na ilha de Malta, e destacava-se entre os corsários turcos como uma alma piedosa entre os condenados do inferno. O jovem se perguntou o que faria ele a bordo da capitânia de Barba-Roxa, mas logo se lembrou das naus francesas entrando no golfo de Ferraio lado a lado com as otomanas.

Antes que pudesse abandonar-se a outras considerações, Khayr al-Dīn olhou-o da cabeça aos pés. Fez isso por mais de um minuto, em silêncio, afagando a barba com os dedos nodosos, e a seguir estendeu a mão para um oficial, que lhe entregou um objeto envolto num lenço. Barba-Roxa desfez o embrulho e revelou seu conteúdo com uma careta de desprezo.

Um pequeno crucifixo de madeira.

O rapaz decidiu prontamente o que fazer; apenas o grande almirante lhe mostrou o objeto, cuspiu nele. Depois, ergueu o indicador da mão direita para o céu, numa alusão tácita ao rito de quem se consagrava à fé do Islã, o *Ilaha Illa Allah Muhammadur Rasool Allah*, isto é, "Alá é o único Deus e Maomé o seu profeta". A partir daquele momento seria um *relapso*, um apóstata que repudiara os sacramentos cristãos para voltar à religião muçulmana. Para a Inquisição, um herege.

O emir fez-lhe um sinal de aprovação e, colhendo-o de surpresa, abraçou-o. Um gesto obviamente teatral, com a única finalidade de amenizar a tensão entre os presentes, que de fato prorromperam em gritos de júbilo.

— Eis-nos, enfim, diante do filho do bravo Sinan — disse o emir em língua turca, sem se preocupar se o recém-chegado o compreenderia ou não. — Cristiano de Hercole.

— Esse nome morreu juntamente com as mentiras do príncipe Appiani — replicou o rapaz no mesmo idioma. Não o falava havia dez anos, mas sentiu-o fluir facilmente de seus lábios. — De agora em diante, atenderei pelo nome de meu pai.

Khayr al-Dīn concordou, cerimonioso.

— Fico feliz, pois assim me consolo da perda de um amigo querido. — E acrescentou numa ameaça velada: — Você, porém, compensará essa perda de modo muito diferente. Não lhe bastará renegar a Cruz e mudar de nome para ser admitido à *taifa*,* ao serviço da Sublime Porta. Sinan, o Judeu, se foi sem cumprir uma promessa. — Encostou-lhe o indicador ao peito. — Promessa que agora passa para você.

— Sei disso.

— Sabe? — O emir examinou-o como um falcão. — Mas até que ponto?

— O suficiente para guiá-lo à descoberta de um antigo mistério — respondeu Sinan, sustentando-lhe o olhar, embora à custa de um grande esforço. Fitar as íris de Barba-Roxa era como fitar o sol de agosto, mas o jovem não baixou os olhos por respeito ao pai e em nome da raiva que sentia de Appiani. — O mistério do *Rex Deus*.

— Então conhece o segredo!

— Meu pai me contou antes de morrer.

— Ótimo. Quero saber todos os detalhes.

---

* A *taifa* era uma espécie de corporação da pirataria otomana que supervisionava o recrutamento, o treinamento e a nomeação dos *rais* ou chefes corsários.

Mas Sinan não podia satisfazê-lo. Se o fizesse, perderia todos os trunfos e passaria a ser um simples refém. "Não confie em Khayr al--Dīn", recomendara-lhe o pai moribundo. Graças a essas palavras, o rapaz interpretara logo o abraço e a alusão à *taifa* como meros estratagemas para enganá-lo. Mas não podia permanecer calado. Virou-se para Margutte, que o tinha seguido a bordo da galera como um cão fiel. Parecia ter o olhar perdido no vazio e, contudo, deu-lhe a impressão de que, se as coisas começassem a andar mal, não hesitaria em intervir para defendê-lo.

Decidiu ser sincero, pelo menos o bastante para conquistar a confiança de Barba-Roxa.

— Meu pai me falou de um homem, um *monachus peregrinus* oriundo das terras da Ásia. Conheceu-o há dez anos no mar Tirreno, quando abordava uma galera do papa. O peregrino foi o único membro da tripulação que se salvou e recebeu permissão de afastar--se numa chalupa, sem perder um fio de cabelo. Como você sabe, meu pai não era muito dado à piedade, sobretudo em se tratando de cristãos, e, se abriu essa exceção, foi para tirar dela alguma vantagem. O peregrino pertencia a uma fraternidade oculta e trazia consigo um terrível segredo. Em troca da vida, resolveu revelá-lo.

— Já conhecia essa história — resmungou o emir —, menos o fato de o homem provir da Ásia, detalhe que não me ajuda em nada. As informações que me interessa obter são bem outras. Seu pai não lhe confiou nada a respeito do esconderijo do *Rex Deus*?

— Não — respondeu Sinan. Mas, vendo Barba-Roxa na iminência de um acesso de cólera, apressou-se a aplacá-lo. — Aquele peregrino, no entanto, ainda está vivo e sei onde encontrá-lo.

— Diga-me, então — ordenou o emir, acariciando o cabo da cimitarra.

Sinan procurou acalmar-se e esquecer a dor nos membros. As feridas haviam começado a latejar novamente, como se sua carne estivesse outra vez exposta às tiras do chicote. Não podia, porém, ceder agora que se preparava para pronunciar a frase da qual dependeria sua sobrevivência ou sua condenação à morte. Ergueu o queixo, assumindo uma postura audaz.

— Se dissesse, que vantagem obteria?

Barba-Roxa endereçou-lhe um sorriso tão sinistro que quase gelou seu sangue.

— Não entendi ainda se estou diante de um bravo ou de um insensato. Bom será que eu decida antes de perder a paciência. E, respondendo à sua pergunta, se você satisfizer ao meu pedido será nomeado comandante de sete galeras com o título de *rais*.

— As sete galeras de meu pai, suponho — desafiou Sinan, obstinado. — Já me pertencem por direito.

Khayr al-Dīn bateu o pé no chão, fazendo tremer os eixos da ponte e os oficiais próximos.

— Pois bem, o que deseja, afinal de contas?

— Duas coisas. — O rapaz sentiu que estava prestes a obter o que queria, mas não ousou demonstrá-lo. As forças o abandonavam lentamente, cedendo lugar a um profundo cansaço. Pensava apenas em deitar-se, mas antes tinha de chegar a um acordo. — Antes de qualquer coisa, você deve me deixar conduzir pessoalmente a busca do *Rex Deus*.

— Desde que obedeça às minhas ordens, não faço objeção.

— Assim sendo, vou revelar-lhe o lugar onde se esconde aquele peregrino, mas não o seu nome. Desse modo, garanto minha segurança.

O emir rilhou os dentes.

— E o segundo pedido?

Sinan ia solicitar que lhe fosse garantida a vingança contra o príncipe de Piombino, mas de repente temeu por Isabel. E, sem quase se aperceber, pediu algo bem diferente daquilo que havia previsto:

— Você deve libertar todos os prisioneiros reunidos na praia de Ferraio.

Barba-Roxa irrompeu num riso barulhento. Apoiou-se à amurada, o rosto congestionado e os punhos apertados ao peito. Ria entredentes, emitindo um som sibilante de dar arrepios.

— Está bem, tem a minha palavra — disse por fim, em tom sério. Suas pupilas brilhavam com uma luz diabólica e o rapaz leu nelas uma promessa. Ou antes, uma ameaça. Estremecendo por dentro, compreendeu que cedo ou tarde teria de enfrentar a cólera daquele homem terrível. No momento, porém, estava seguro.

Disse então:

— O peregrino que procuramos, após escapar da morte, chegou à localidade de Campo Albo e se fez monge na paróquia chamada "da Fortaleza". Meu pai, temendo que ele fugisse, mantinha-se constantemente informado a seu respeito, mas parece que o homem nunca saiu de lá. Vive bem protegido dentro de sólidas muralhas.

Khayr al-Dīn sacudiu violentamente a cabeça.

— Juro pelo Profeta que essas muralhas não ficarão de pé por muito tempo!

Desembainhou a cimitarra e apontou-a para o céu estrelado, emitindo um horripilante grito de guerra. A tripulação, acostumada às reações do chefe, fez coro com ele. O brado e as exclamações foram logo seguidos por uma salva de canhões que se propagou de barco em barco, aterrorizando os prisioneiros postados na praia.

Assustado com aquele fragor, o rapaz se sentiu induzido por um estranho presságio a olhar na direção do passadiço de proa, junto ao mastro grande. E viu duas pessoas que acabavam de subir a bordo, um mouro e uma jovem. Fitou-a demoradamente, de tal modo perplexo que não conseguiu chamá-la, até que um acesso inesperado de dor fulminou-o no ventre, obrigando-o a cair de joelhos. Ergueu os olhos para quem o havia golpeado e viu-se diante de um rosto que parecia talhado em ébano, uma máscara de pura ferocidade.

Nizzâm se desvencilhou de dois grandalhões que tentavam detê-lo e desfechou em Sinan um soco no rosto, atirando-o por terra com uma violência inaudita.

10

Dom Juan de Vega perscrutara o mar a noite inteira, lutando contra o frio e a amargura. Após o encontro com o embaixador turco, havia subido à torre da Rocchetta, que dominava as defesas de Piombino sobre um escolho emerso das ondas. Envolto no manto, fitara as águas negras como piche, em direção a uma silhueta montanhosa que mal se distinguia a distância. O perfil de Elba. Primeiro orara à Virgem para que protegesse Isabel, depois havia se perguntado como a resgataria caso houvesse sido raptada. Na melhor das hipóteses, os turcos tratariam do resgate dos reféns em algum bazar de Argel, pechinchando com os representantes das instituições de caridade, os mercedários e os trinitários, para lá enviados a fim de libertar os cativos cristãos. Contudo, na maioria dos casos, quem os adquiria em leilão eram os próprios negociantes de escravos locais. Dom Juan sabia por experiência própria que, nessas circunstâncias, para salvar um ente querido convinha fazer amizade com algum diplomata importante ou, melhor ainda, com os judeus da Berberia... caso os corsários não decidissem desembarcar diretamente em Constantinopla, ignorando as tratativas sobre a soltura dos prisioneiros. Se isso acontecia, as mulheres jovens e belas eram prontamente levadas para o harém de algum *rais*, paxá ou *dey*, quando não para o do sultão.

Mas, no alto da Rocchetta, não era apenas a angústia que o atormentava. Esperava. E ao amanhecer, quando a tonalidade da água passou de azul-escuro para azul-claro, avistou a vela de uma embarcação proveniente de Elba. Tratava-se de um escaler ou talvez de uma fragata em manobra de aproximação ao golfo leste, onde desembocava o canal de Piombino.

Dom Juan, sacudindo de si o frio e os pensamentos sombrios, desceu da torre em largas passadas e entrou por uma passagem sobre a muralha que circundava o castelo. Não estava bem certo, mas supunha que a bordo daquela embarcação encontraria resposta a muitas perguntas. Chegou ao porto a tempo de vê-la lançar âncora, mas não se adiantou muito. Ignorando o que esperar, escondeu-se entre as armações de duas velhas canoas em terra firme e aguardou o desembarque.

Não tardou a vê-lo. Ligeiramente curvado ao peso da armadura, trazia a fronte sulcada por um corte recente. Qualquer um reconheceria em Jacopo V Appiani a atitude de um homem que havia lutado e perdera. Seguiu-o com o olhar enquanto punha pé em terra, escoltado por dois soldados, e se dirigia para um cavalo que um pajem segurava pelas rédeas.

Dom Juan não podia se permitir deixá-lo escapar, queria interrogá-lo imediatamente antes que tivesse tempo para urdir mentiras. Saiu então da sombra e apressou-se a detê-lo antes que montasse, mas um dos soldados postou-se à sua frente. O embaixador espanhol segurou-lhe a mão já no punho da espada e golpeou-o com uma cabeçada no nariz, derrubando-o. O segundo esbirro ia interferir, mas recuou ante a lâmina toledana apontada para ele.

— Príncipe, como ousa permitir que seus homens me agridam? — rugiu dom Juan.

— Vossa Senhoria me perdoe. — Jacopo V mostrou os dentes, simulando um sorriso. — Sua aparição foi tão inesperada que receei uma ameaça. Por que veio aqui me receber?

— Para descobrir o motivo de sua ausência. — O embaixador embainhou a espada. — Onde esteve?

— Em Elba — respondeu o príncipe de Piombino. — Ontem, tão logo avistei a frota otomana, adivinhei a intenção de Barba-Roxa e embarquei para a ilha. Estava apressado demais para avisar alguém e me desculpo por isso. Queria salvar Cristiano de Hercole, meu afilhado, como já fiz há um ano. Segundo um boato, o almirante turco o quer consigo, por razões que ignoro.

Dom Juan olhou para o barco, na esperança de avistar na ponte uma presença conhecida. Por um instante, teve a ilusão de que Appiani fora bem-sucedido e havia conseguido salvar também Isabel das garras do corsário. Mas, não vendo ninguém, pediu-lhe que continuasse a narrativa.

— Penetrei em Volterraio por uma passagem secreta — explicou Jacopo V — com a intenção de resgatar Cristiano. Estava certo de encontrá-lo na torre, mas antes de chegar até ele fui barrado por guerreiros turcos e tive de recuar.

Vega não se conteve mais.

— E minha filha?

Appiani sacudiu a cabeça.

— Não sei o que lhe aconteceu, lamento muito.

— Maldito velhaco! — O embaixador deu um passo à frente com os punhos cerrados, mas evitou agredi-lo. — Ela estava sob sua proteção. Como ousou fugir sem salvá-la?

Jacopo V virou-se e deteve um soldado com um olhar rápido.

— Lutei corajosamente quanto pude, embora em desvantagem contra hordas e hordas de demônios infiéis. De que valeria minha morte?

— Questão de honra.

— Seja prático, você ainda tem um aliado.

— Não sei mais se o considero assim, príncipe. Suas palavras não são sinceras. O fato é que embarcou para Elba no maior sigilo e para cumprir uma missão cujo objetivo ignoro. Nem dona Helena sabia de seu paradeiro, de modo que deve estar mentindo. Guarda segredos, só disso tenho certeza, mas não espere conservá-los por muito tempo.

— Tome então as medidas que achar adequadas, senhor — exclamou Appiani, desafiando-o com um sorriso petulante. — No momento, está me atrapalhando. — E, sem pedir licença, passou adiante para chegar até o cavalo.

— Só mais uma coisa. — O embaixador estendeu a mão esquerda para detê-lo. — Exijo zarpar para Elba hoje mesmo. Em sua companhia.

Jacopo V golpeou-lhe o braço, perto da ferida provocada pelo *bichaq* turco. Surpreendido pela dor, Vega olhou-o com um lampejo de raiva.

— Eu mesmo o informarei sobre o horário da partida — rosnou o príncipe de Piombino, acomodando-se na sela.

E afastou-se a trote na direção do castelo.

— Aquele maldito louco!

Helena Salviati voltou-se para a porta da sala de reuniões e viu o marido entrar a passos pesados, fora de si pela raiva. Conhecia seus acessos de descontrole, mas não o temia, sabendo bem como aplacá-lo. Se estivesse sozinha, poderia levá-lo para a alcova, onde ele se desafogaria entre suas coxas, mas agora se achava na companhia de hóspedes ilustres. Savério Patrizi, frade dominicano e inquisidor do Santo Ofício, viera a Piombino para ajudar Appiani num assunto delicado.

— Aquele maldito louco! — repetiu Jacopo V, chutando uma cadeira que se interpunha entre ele e os presentes.

— Acalme-se, querido. — Helena foi ao seu encontro de braços abertos. — O que o perturba a tal ponto?

— Aquele espanhol bastardo! — Evitou o abraço da mulher e continuou a caminhar ao acaso, para consumir a raiva. — Ordena que eu zarpe de novo ao mar hoje mesmo, com ele.

Percebendo o que o marido queria dizer, a mulher se virou para o inquisidor com uma expressão desdenhosa.

— Vega está passando dos limites — queixou-se. — Quer mandar e desmandar em nossa casa, tratando-nos como carneiros.

— Contudo, devem obedecer-lhe. — Savério Patrizi estava impassível. Sua figura negra e mirrada parecia uma sombra esbatida contra o crepúsculo, coroada por um rosto pálido de olhos minúsculos. — Não podemos, é claro, brigar com um representante do imperador.

Dona Salviati mordeu o lábio inferior. Já repelida com maus modos pelo marido, não aceitava ser tratada com arrogância nem mesmo por aquele dominicano. Desde criança estava acostumada a obter tudo o que queria, principalmente dos homens. Antes mesmo da adolescência, aprendera a seduzi-los com faceirices e atitudes maliciosas para alcançar seus objetivos. Mas Patrizi era diferente dos outros. Parecia imune ao seu fascínio, exibindo uma tolerância mesclada de distanciamento cortês. No entanto, ela mesma o tinha chamado a Piombino para fazer com que Jacopo fosse acolhido numa confraria de personalidades importantes, capazes de garantir-lhe vantagens econômicas e políticas. E agora, em sua opinião, havia chegado o momento de obter dele alguma coisa, pelo menos uma maneira de tirar o irritante Juan de Vega de seu caminho.

— Não podemos afastá-lo da corte?

— Arriscando-nos, assim, a despertar suas suspeitas? — ponderou Patrizi.

— Não seja por isso — interveio Appiani. — Suspeitas ele já tem.

O inquisidor franziu o cenho.

— Sabe do *Rex Deus*?

— Não — respondeu Jacopo —, mas não vê com bons olhos minhas ações.

— Deu-lhe motivo?

— Nenhum. Mas li isso em seu rosto.

— Eu também — intrometeu-se a mulher, provocando a desaprovação do marido. Jacopo não gostava que o interrompessem, ela o sabia muito bem, mas não suportava vê-lo padecer aquele interrogatório como se fosse um subalterno qualquer. — Receio que ele se pergunte como meu marido embarcou para Elba antes de avistarmos a frota turca. Ontem tentou extorquir-me informações, maltratando-me como a uma cozinheira.

Patrizi acariciou o queixo adunco.

— Se tomar conhecimento de que sabíamos do fato antecipadamente, nosso espião poderá ser descoberto.

— Eu não me preocuparia com isso — tranquilizou-o Appiani. — As dúvidas de dom Juan são outras. O que o intriga é a maneira como agi em Elba, não a rapidez excessiva do meu embarque.

Os olhos do dominicano faiscaram.

— A propósito, o mouro falou?

— Não consegui arrancar dele uma palavra, nem mesmo a poder de chicote.

— Conheço métodos mais eficazes. Cuidarei para que especialistas o interroguem.

— Impossível. Não o trouxe comigo.

Savério Patrizi fez sinal de que não compreendia.

— Guerreiros turcos se introduziram em Volterraio e eu tive que fugir.

— Isso é ruim. Cristiano de Hercole era o único que podia nos levar ao *Rex Deus*.

— Acho que está dando importância demais àquele garoto. Não sabe de nada, tenho certeza. Suas informações, padre, carecem de base.

— Ousa duvidar dos Escondidos?

Ao ouvir esse nome, Helena estremeceu. Acenou para que o marido medisse as palavras e ela própria se pôs em guarda. Raras vezes mencionavam abertamente os Escondidos e, quando isso acontecia, era sempre com um objetivo preciso. Então, o dominicano exigia que ela mostrasse o máximo respeito. Conluiar-se com aquela fraternidade fora um ato audacioso a que Jacopo só concordou por instigação da mulher. Mas, apesar de saber dos riscos, dona Salviati não se arrependia de tê-lo convencido a dar aquele passo.

— Os Escondidos não se enganam nunca — pontificou Savério Patrizi, colocando-se no centro da sala como uma sombra mortífera. — A presença de Cristiano de Hercole nos permitiria não apenas obter eventuais informações, mas sobretudo induzir seu pai a revelar-nos segredos importantes. Nosso espião foi bem claro a esse respeito: o Judeu sabe onde está escondido o *Rex Deus*.

Jacopo deu de ombros.

— Mesmo em tais circunstâncias o rapaz não nos seria útil.

— Como assim?

— Sinan, o Judeu, está morto. Passei-o a fio de espada esta noite.

— E ainda tem a coragem de gabar-se do que fez? — A voz do inquisidor tremia, dissolvendo sua máscara de impassibilidade. — É um idiota!

— Tive de me defender.

— Se fosse você que tivesse morrido, causaria menos dano — sentenciou Patrizi. — Agora que o Judeu não pode nos servir de nada, o *Rex Deus* talvez se perca para sempre.

— Deve haver uma alternativa — interveio Helena, na tentativa de aplacar os ânimos.

— Antes de decidir, aguardemos notícias do espião que embarcou com Barba-Roxa — disse o dominicano, cruzando os dedos finos sobre o ventre. — Quanto a você, príncipe Appiani, um reconhecimento ao longo das costas de Elba poderia ser proveitoso. Atenda ao pedido do espanhol e fique atento, talvez nosso espião tenha deixado algumas pistas. — Depois de falar, girou nos calcanhares e deixou a sala com ar de desdém, sem esperar anuência ou saudações.

Marido e mulher viram-no afastar-se como uma nuvem tempestuosa que desaparece no horizonte. Uma vez a sós, Helena se aproximou de Jacopo e afastou-lhe uma mecha de cabelos da fronte.

— Está ferido.

Resmungando irritado, Jacopo permitiu que ela limpasse o corte com um lenço. A cólera se transformara em frustração.

— Não é profundo — disse Helena, pensando em curar feridas bem diferentes. E, enquanto lhe tirava o sangue do rosto, inclinou-se para a frente a fim de exibir o decote generoso. Jacopo relutou a princípio, mais depois pousou as mãos em seus seios. Ela o encorajou, alteando o peito provocante, e esperou que as carícias se tornassem mais audazes e lascivas.

— Dá-lhe o que ele quer — sussurrou, apertando-se contra a couraça. O frio do metal excitou-a. — Só assim obterá tudo.

Recuou, sorrindo maliciosamente, e convidou-o a segui-la até a grande mesa que dominava a sala; e, estirando-se sobre o tampo, esperou que ele a possuísse com paixão e rudeza. Como um conquistador.

Jacopo V Appiani preferiu deixar a galeota fundeada no porto e zarpar para Elba a bordo de uma galera de vinte bancadas de remos, bem armada e com a escolta de dois veleiros guarnecidos por soldados de infantaria. Após um breve reconhecimento das costas da ilha, ficou claro que tantas preocupações tinham sido em vão, pois já não se viam traços da esquadra de Barba-Roxa. O golfo de Ferraio estava vazio, exceto pela praia coberta de cadáveres de *tercios* devorados por nuvens de aves marinhas.

Dom Juan de Vega, insensível a esse espetáculo, convenceu o príncipe de Piombino a dirigir-se imediatamente a Volterraio. Mais tarde, justificou-se, percorreriam a ilha palmo a palmo a fim de avaliar os danos e o número de vítimas. No momento, porém, só se preocupava com sua filha.

Encontraram a fortaleza intacta. Os soldados de Volterraio contaram sobre a súbita incursão noturna de um destacamento de turcos, que haviam repelido. A luta se concentrara na área da torre, terminando favoravelmente à custa de muito sangue. Ao todo, cerca de cinquenta baixas, além de dois raptos: os de Cristiano de Hercole e Isabel de Vega.

Ao ouvir essas palavras, dom Juan levou as mãos à cabeça e caiu de joelhos. No fundo, já sabia, disse para si mesmo. Viera a Elba apenas para constatar algo bem mais grave que um mero presságio. Entretanto, não conseguiu refrear um grito de impotência colérica, que fermentava desde a noite anterior e agora ecoava como uma louca maldição entre as paredes da torre.

Haviam levado sua filha! Dom Juan de Vega estava disposto a tudo para recuperá-la. Mas só tinha uma opção: buscar a aliança de uma pessoa que lhe repugnava.

— Príncipe Appiani — disse, desgostoso das palavras que ia pronunciar —, devo admitir que preciso de sua ajuda. — E, plenamente consciente de que essa ajuda lhe custaria muito caro, encarou Jacopo V. — Vamos seguir a frota turca.

11

Isabel foi levada para um dos maiores navios da esquadra otomana, um veleiro que navegava com uma dezena de embarcações seme-lhantes. A nau grande, assim chamada por causa de suas enormes velas quadradas, não possuía remos e, à diferença das galeras, era mo-vida apenas pelo vento. Imprópria para a batalha, destinava-se apenas a conduzir soldados, animais e provisões.

A jovem não imaginava o que teria pela frente. Fora retirada da capitânia por um grupo de *ghazi* no exato momento em que seu rap-tor se lançava contra Cristiano. Não entendeu aquela reação impre-vista, mas, conhecendo a força e a ferocidade do mouro, temia pelo amigo. Um amigo que, todavia, havia lhe escondido alguma coisa. Ao vê-lo conversar com os oficiais turcos, Isabel teve a impressão de que estava mancomunado com eles. Porém, ao ser içada para a ponte do veleiro, deixou de fazer perguntas e passou a se preocupar consigo mesma.

De início, receou que a lançassem no porão. Não era ingênua, embora seu pai sempre a tivesse mantido alheia aos pormenores hor-ríveis da guerra. Sabia de escravos cristãos arrebanhados como ani-mais nos navios dos infiéis, sem água nem comida, para depois, mal desembarcavam, ir povoar os "banhos" das cidades muçulmanas.

Para sua grande surpresa, foi conduzida ao castelo de popa e en-cerrada num cubículo contíguo ao que devia ser a cabine do capitão. Quando a porta se abriu, olhou para dentro e viu que não ficaria sozinha. Uma jovem de cabelos ruivos estava acocorada na penumbra, sobre a única enxerga que havia ali. Pareceu-lhe muito graciosa e mais ou menos de sua idade. Trajava uma blusa com ombreiras e mangas bufantes, e uma saia que devia ser de brocado — roupas caras, embora puídas pela permanência naquele local. Isabel se aproximou com cautela para vê-la melhor e mesmo na penumbra podia jurar que tinha olhos azuis. Mal os fixou, percebeu neles um lampejo de hostilidade e concluiu que não era bem-vinda. Mas logo a jovem acenou-lhe com um leve sorriso e convidou-a a sentar-se a seu lado.

— Como se chama? — ouviu a prisioneira perguntar-lhe em italiano. Aquela voz cálida e um pouco rouca incomodou-a.

— Isabel de Vega — respondeu, cautelosa.

— Eu sou Margarida Marsili de Siena — apresentou-se a jovem. — Meu pai era o senhor de Collecchio.

— Há quanto tempo está aqui?

— Há quase um ano. — A ruiva se esforçava para parecer amigável, mas não conseguia ocultar um certo ar de rivalidade. — Sua família...

— Está salva. Meus pais não se achavam presentes quando fui raptada.

— Então poderão pagar o resgate. Logo estará livre.

— Verdade? — Isabel não lograva acreditar, embora ignorasse o motivo. — Mas você me disse que é prisioneira há quase um ano...

— Porque minha família, ao contrário da sua, foi exterminada.

— Sinto muito.

— Por quê? — insurgiu-se Margarida com voz alterada. Depois se calou, como que arrependida da reação brusca. Quando falou novamente, seu tom era melancólico: — Agora você pertence a Nizzâm.

— Quem?

— Nizzâm — repetiu a ruiva. — Se foi trazida para cá, para seu navio, quer dizer que foi ele quem a raptou. É o chefe dos bandidos turcos, o guerreiro mais terrível às ordens de Barba-Roxa. Se quer continuar viva, deve fazer tudo o que ele pedir.

— Não. Não obedecerei jamais a um mouro infiel.

Margarida tomou entre os dedos uma mecha de cabelos e fixou o vazio, amargurada.

— Não faz muito, eu tinha por companheira uma outra moça. Uma monja de rosto angélico. Nizzâm se encantou com ela, queria possuí-la a todo custo. Mas a pobre resistiu, dizendo que preferia matar-se. Ele então lhe entregou um punhal, oferecendo-lhe uma escolha. Naquele mesmo dia, mandou jogar seu cadáver ao mar.

Isabel lançou-lhe um olhar aterrorizado.

— E isso não é nada — prosseguiu Margarida. — Aos meus parentes fez pior. Acabávamos de nos estabelecer no castelo de Uccellina, para ficar longe das lutas internas que se propagavam em Siena. Soubemos que a frota turca havia fundeado na Cala di Forno, entre os recifes, mas não que sua cavalaria começava a avançar terra adentro. Os *akinci** de Nizzâm chegaram ao cair da noite e tomaram o castelo sem que ninguém percebesse. Sempre sonho com a primeira vez que o vi. Derrubou a porta do quarto onde eu dormia servindo-se do corpo de meu pai como se fosse um aríete. E, depois de massacrar minha mãe e meus irmãos, obrigou-me a renegar a Cruz. Em seguida, violentou-me — concluiu, olhando fixamente para Isabel. E, adivinhando sua pergunta tácita, sacudiu a cabeça.

— Fará o mesmo com você — disse. — E logo.

No final, Isabel entendeu o motivo da hostilidade da jovem e perturbou-se. Na voz da bela Marsili vibrava uma nota de ciúme.

---

* Cavaleiros otomanos famosos pela velocidade de seus corcéis e pela violência de suas incursões de saque.

12

Quando Sinan reabriu os olhos, não sentia mais dor. Estava estendido sobre um estrado de madeira, numa cabine escura, ladeada de prateleiras cheias de livros e objetos estranhos. Lá fora, ouvia-se o tambor dando o ritmo das remadas. A julgar pelo barulho, calculou que se encontrava no castelo de popa, mas não sabia de qual galera. Sentia-se entorpecido, ausente. Fez um esforço para se lembrar do que acontecera, mas a princípio pareceu-lhe que afundava em águas turvas. Depois, subitamente, foi esmagado pela violência das recordações: a tortura, a morte do pai, o encontro com Barba-Roxa, o aparecimento de Isabel na capitânia e a agressão do mouro... Levou as mãos ao rosto, procurando dominar as emoções, até perceber que havia uma pessoa ao lado. Teve um sobressalto.

— Acalme-se — tranquilizou-o o desconhecido. Era o cavaleiro de Malta que tinha visto no navio turco durante o encontro com Barba-Roxa

— Estou reconhecendo você. — O rapaz se soergueu e, ao sentar-se, notou que tinha o peito coberto de bandagens. — Vi-o esta noite.

O cavaleiro brindou-o com um sorriso estranho. Um esgar enigmático, agravado por uma queimadura de arma de fogo que sulcava a face esquerda e desaparecia sob a barba.

— Esta noite é pouco provável, já que está dormindo há dois dias — informou-lhe. — Como se sente?

— Bem melhor — respondeu Sinan, após deixar escapar um "oh!" de surpresa.

— Acredito. Khayr al-Dīn exigiu que fosse cuidado pelo sufi em pessoa.

— Quem é ele?

— Para alguns, um velho doido; para outros, um gênio. — O cavaleiro de Malta deu de ombros. — Logo terá oportunidade de formar sua própria opinião. Quer lhe falar logo que você se restabeleça.

— Então ainda estou a bordo da capitânia...

O cavaleiro assentiu.

— Na barca de Caronte em pessoa — completou, rindo.

Sinan não se deixou distrair e procurou entender o que se escondia por trás das feições daquele homem. Não era nada jovial, embora quisesse parecê-lo. Ao contrário, deixava entrever entre as rugas de expressão aquele tipo de tormento que não encontra jamais a paz, nem no confessionário nem diante de uma garrafa vazia. Mas justamente esses sinais despertavam no rapaz um misto de simpatia e respeito.

— Ainda não me disse como se chama.

O homem simulou uma reverência.

— Leone Strozzi de Florença, para servi-lo.

— E o que faz um cavaleiro de São João Batista num navio turco?

— Eu poderia lhe fazer a mesma pergunta. Nunca tinha visto alguém renegar o Cristo tão depressa, como se quisesse se livrar de uma maldição. — Por um instante, o rosto de Strozzi ficou sombrio, mas logo se aclarou num novo sorriso. — Seja como for, deu prova de coragem. Depois de entrar em acordo com você, aquele diabo do Barba-Roxa praguejou a noite inteira. Acho que não gostou muito do pedido de libertar os reféns.

— E o outro? O mouro que me agrediu?

— Nizzâm — disse Strozzi. — Cuidado com ele. Se eu não o segurasse, a esta hora você estaria no inferno, entre os hereges e apóstatas. Ao que parece, seu pai lhe pregou uma boa peça antes de morrer. Não se pode dizer, sem dúvida, que o Judeu lhe tenha deixado uma bela herança.

A essas palavras, uma recordação ocorreu repentinamente a Sinan. Remexeu nos bolsos à cata de alguma coisa, que não encontrou. A bússola cilíndrica havia desaparecido! Quem a tirara? Sentiu-se perdido. Procurou disfarçar o desapontamento para fugir a um olhar indagador do cavaleiro de Malta, mas não teve certeza se havia dissimulado suficientemente a tempo.

— Seja sincero — volveu Strozzi. — O que disse a Barba-Roxa corresponde à verdade ou foi mero artifício para prolongar sua vida?

— Não sou tão louco para mentir a um homem daqueles. Fui absolutamente franco.

— Portanto, o *Rex Deus* existe mesmo?

Sinan não estava disposto a fazer revelações. Não sabia nada a respeito daquele cavaleiro, cuja simpatia era, na verdade, mais uma ameaça. Talvez Khayr al-Dīn o tivesse mandado de propósito para arrancar-lhe uma confissão. Assim, em vez de responder, decidiu dar voz à curiosidade que sentia.

— Ainda não me disse o que faz neste navio.

Strozzi arqueou as sobrancelhas num meneio diplomático.

— Estou aqui por vontade do rei Francisco I da França, como seu embaixador — respondeu. — Imagino que saiba do pacto secreto entre sua majestade e o grão-turco. Sua aliança foi definida como "celerada" ou "contra a natureza", mas garanto-lhe que, ao longo da vida, tenho visto coisas piores. O homem é um animal ensandecido, fanático e sedento de sangue.

— E você, qual dessas coisas prefere?

Pela primeira vez o cavaleiro ergueu a máscara, deixando entrever a fúria de um animal encoberto pela escuridão.

— Eu busco vingança. — Seu ódio se fez quase palpável. — Barba-Roxa se digna chamar-me "caro amigo" e eu retribuo. Mas sua presença me repugna a tal ponto que não hesitarei em rasgar-lhe o peito se tiver oportunidade. No entanto, esse demônio infiel me é útil. Sua amizade me compensa cem por cento do pecado mortal que cometo ao aceitá-la, pois graças a ele poderei matar um homem que venho seguindo há anos.

Sinan se sentia fascinado por aquele ódio. Era puro, nobre; e levou-o a se perguntar se seu desejo de vingança contra Jacopo V Appiani igualava-o em ardor.

— Quem é o homem que o força até a fazer acordos com o grande almirante da frota turca?

Strozzi irritou-se, projetando dos olhos uma ferocidade assassina.

— Sua senhoria Cosme I de Médici, duque de Florença. Que Satanás o mantenha vivo até eu me defrontar com ele. — Após pronunciar essa prece de morte, atenuou a expressão e assumiu prontamente um tom cordial. — Se quiser continuar nossa conversa, procure-me em minha galera, a *Lionne*. Antes, porém, não se esqueça do sufi. Está impaciente para lhe falar de um objeto misterioso e logo virá aqui visitá-lo.

Sinan compreendeu então que fim levara a bússola cilíndrica entregue por seu pai. E mais uma vez concluiu que sua segurança estava por um fio.

— Quase me esqueci — acrescentou o cavaleiro de Malta. — Você deve ter percebido que o navio está em movimento. Vamos para Campo Albo, conforme suas indicações. Reze para encontrar o peregrino de que falou na outra noite, do contrário Khayr al-Dīn não hesitará em retalhar suas carnes para dá-las aos peixes.

— Não tenho medo dele — replicou Sinan. — As indicações de meu pai foram precisas.

— Melhor para você — disse Strozzi, com ar de conhecedor. — Agora me despeço.

— Uma última pergunta, por favor — deteve-o o rapaz. Tratava-se de outra questão que tinha de resolver e atormentava-o desde que acordara.

O cavaleiro de Malta, já perto da soleira, parou e fez-lhe sinal para falar.

— A jovem espanhola que vi subir à capitânia com Nizzâm. Onde se encontra?

Leone Strozzi dirigiu-lhe um sorriso amargo.

— Procure esquecê-la. — E, sem acrescentar mais nada, saiu para a ponte batida de sol. Antes que fechasse a porta, Sinan avistou um homem enorme do lado de fora. O gigante albino que o tinha salvado vigiava a entrada do cubículo como um grande cão de guarda.

O sufi não se fez esperar. Sinan despertava de um breve sono quando viu aparecer um velhinho mirrado, envergando uma túnica de lã branca e um turbante da mesma cor. Reconheceu ao primeiro olhar as suras que trazia tatuadas nos antebraços, mas o que mais lhe chamou a atenção foram os óculos de lentes ovaladas, por trás das quais brilhavam olhos escuros de feitio oriental.

— *As-salām 'alayk* — saudou o recém-chegado com uma mesura. — Meu nome é Omar el-Aziz e cuidei de você.

O rapaz se ergueu do catre e devolveu o cumprimento, tentando descobrir que tipo de homem tinha pela frente.

— Agradeço-lhe, mestre.

— Chame-me simplesmente de Omar — disse o velho com expressão amável. — Há anos renunciei à vaidade dos títulos.

— Segundo o cavaleiro de Malta, você quer me perguntar alguma coisa.

— Tudo a seu tempo — ponderou o sufi, aproximando-se. Pediu-lhe que ficasse bem ereto e examinou as bandagens que lhe enfaixavam o peito e as costas. — Ainda sente dor?

— Apenas um pouco de incômodo.

O homem aprovou com um aceno de cabeça.

— É de boa têmpera, como seu pai.

Sinan percebeu uma nota de comoção em sua voz.

— Conhecia-o?

— Éramos amigos. — Omar tirou os óculos e limpou-os com a barra da túnica. Tinha olhar inteligente e profundo. — Falava-me muito de você.

— Não imagino o que possa ter-lhe dito. — O rapaz fingiu indiferença. Não sabia ainda o que dizer e receava, caso se abandonasse às emoções, tornar-se uma presa fácil. — Passei muito pouco tempo ao lado do meu pai. Ele estava sempre no mar, longe de mim e de minha mãe.

— No entanto, amava-o com uma intensidade sem igual, fique sabendo. E não hesitou em desafiar a cólera do emir para resgatá-lo.

— Sempre foi muito corajoso — admitiu Sinan, evocando a cena da luta do pai com Jacopo V no subterrâneo de Volterraio. Lutou corajosamente até o último suspiro. Caso não se deixasse distrair, teria levado a melhor.

— Era também um sábio — acrescentou Omar, surpreendendo o rapaz.

— Eu não sabia disso.

— Um profundo conhecedor das estrelas, para ser mais exato. Sua erudição superava, de longe, as noções dos navegantes mais experientes. Estudava os astros e, sobre essa ciência, possuía inúmeros livros. Aprendeu-a com seus avós, suponho.

Até então, Sinan pensara em seu pai como um aventureiro e um pirata desalmado, duvidando até de que soubesse ler. Agora, ficava sabendo de fatos que jamais teria podido imaginar.

— Ouvi falar de um tio distante que era cabalista, e só — arriscou.

— Sua família guarda grandes segredos, meu caro. E talvez o *Rex Deus* nem seja o maior deles.

— Acha que meu pai se deparou com o *Rex Deus* por puro acaso?

— Poucas coisas acontecem por acaso. O fato de o Judeu ter assaltado aquela galera do papa não está entre elas. Seu pai a perseguia.

Sinan se sentiu inundado pela curiosidade, mas, contendo-se, deu um passo para trás e examinou o velho com desconfiança.

— Por que está tão certo disso? O que você representava para ele?

— Um místico, um guia espiritual e um médico. Mas sobretudo, como já disse, um amigo.

— E, mais precisamente, o que ele lhe contou?

— Seu pai era uma pessoa extremamente reservada, media as palavras até com quem lhe estava mais próximo. Quero acreditar que sua prudência foi um ato de bondade para comigo, uma maneira de me proteger contra Khayr al-Dīn. Se o emir suspeitasse de alguma coisa, eu seria ameaçado e submetido à tortura para falar. — O velho suspirou e, fazendo uma pausa, correu os dedos pelos volumes alinhados numa estante. — Mas, mesmo assim, se abriu um pouco comigo. — Pousou a mão num pequeno cofre de couro semiescondido atrás dos livros. — Referiu-se a uma estrela de cinco pontas e a uma agulha magnética encerrada num minúsculo cilindro de metal.

— A chave cilíndrica — murmurou Sinan, vendo Omar retirar do cofre um objeto que conhecia bem. Ao pensar que a bússola havia estado o tempo todo ao seu alcance, sentiu-se um tolo por não tê-la procurado. Mas, como Strozzi lhe dera a entender que o próprio sufi a tinha furtado, só lhe restara esperar encontrá-lo para reavê-la — a que preço, não sabia.

— Escondi-a temendo que o grande almirante mandasse revistá-lo enquanto dormia e a furtasse — revelou Omar, devolvendo-lhe o objeto. — Sabe como funciona?

— Meu pai me revelou pouca coisa.

O velho mostrou a estrela que decorava o quadrante.

— Cinco pontas. — Sua voz se transformou num sussurro. — Como as chagas de Cristo.

— Pensa que...

— E na base — continuou o sufi —, a cruz dos templários.

— Não julguei que fosse uma referência à Ordem do Templo — admitiu o rapaz, escondendo a bússola num bolso da calça. Havia decidido confiar em Omar, mas temia que, de um momento para outro, irrompesse no cubículo um homem de Barba-Roxa. Até o velho estava apreensivo. Provavelmente, pensou Sinan, sabia muito pouco sobre o *Rex Deus* e se limitara a reportar-lhe as palavras do Judeu sem conhecer a fundo seu significado. — Por que meu pai confiava em você? — perguntou-lhe. — Nós dois sabemos muito bem que a amizade, para ele, não era garantia suficiente.

— Por dois motivos — respondeu o sufi. — Entre todos os homens a serviço de Khayr al-Dīn, eu era o mais culto e, sobretudo, o único que tinha possibilidade de sobreviver-lhe. Considerava-me, portanto, o depositário mais adequado de suas confidências.

O rapaz sorriu. Tanto no Oriente quanto no Ocidente vigorava a mesma regra: os velhos sábios viviam mais que os jovens guerreiros. Apesar disso, Omar continuava a parecer-lhe deslocado naquele jogo de intrigas.

— Queira me desculpar, mas não consigo entender a presença de um homem de seu nível na frota do diabo.

— Durante muitos anos pratiquei a disciplina mística do sufismo — explicou o velho —, até o sultão tomar conhecimento dos meus dotes de curador e destinar-me à esquadra barbaresca para cuidar do emir e de seus *rais*. Foi assim que conheci seu pai. E entre intelectuais, como você bem sabe, a cumplicidade surge facilmente.

— E que relações tem com Leone Strozzi?

— O cavaleiro de Malta o intriga?

— Falei com ele por pouco tempo, mas deu-me a impressão de saber mais do que deixa entrever.

— Uma suspeita partilhada por muitos.

— Ele sabia que você havia escondido a chave cilíndrica.

— Não estava presente quando fiz isso — disse o sufi, surpreso. — Deve ter adivinhado.

— Adivinhou muito mais — acrescentou Sinan —, pois não revelei a ninguém que ela estava comigo.

— Portanto, Strozzi também sabe do *Rex Deus* — concluiu o velho, esfregando a fronte com ar preocupado. — Conhece o segredo do Judeu.

— Preciso descobrir de quais informações ele dispõe.

— Tem razão, mas não seja imprudente. O capitão da *Lionne* não é um monge guerreiro qualquer. Comandou as galeras da Ordem de São João até vender a alma ao rei da França e depois a Barba-Roxa. É um homem inescrutável, movido por objetivos que só conheço superficialmente.

— Falou-me que quer se vingar.

— Isso não basta para conhecê-lo — suspirou Omar. — Metade dos homens desta frota alimenta sonhos de vingança. O que distingue Strozzi são as formidáveis estratégias que vem adotando para conseguir a sua.

Impressionado pelo argumento, Sinan repensou seu desejo de matar o príncipe de Piombino. Ainda não havia arquitetado um plano minucioso, esperando que, de um modo ou de outro, a procura do *Rex Deus* o pusesse diante de Appiani. Os acontecimentos, no entanto, poderiam fugir a seu controle e torná-lo vítima das circunstâncias. Para evitar isso, era necessário elaborar uma estratégia mais eficaz. Talvez, pensou, se trocasse algumas palavras com o cavaleiro de Malta conseguisse alcançar dois objetivos: descobrir o que ele sabia sobre o *Rex Deus* e obter alguns conselhos para planejar sua própria vingança.

— Diga-me, seu pai lhe falou do mapa? — perguntou o sufi, rompendo um prolongado silêncio.

— Por alto.

— Encontre o mapa e encontrará o *Rex Deus* — afirmou o velho.

O rapaz sentiu naquelas poucas palavras o peso de uma montanha.

— E depois, o que terei de fazer?

— O Judeu nunca me revelou o que vem a ser o *Rex Deus*. Duvido que ele próprio o soubesse. Mas tinha certeza de que você o encontraria. Lera isso nas estrelas, confidenciava-me sempre. Repetia o tempo todo que você nasceu durante a entrada de Júpiter em Leão, um signo de indiscutível grandeza. Quanto a mim, se puder ajudar, eu o farei.

— Então vai guardar o segredo.

— Conte com minha lealdade e meu apoio — garantiu Omar, virando-se para a porta. — Transmiti-lhe tudo o que sabia sobre o *Rex Deus*. Nada mais sei e ignoro mesmo se essas informações lhe serão úteis. Agora preciso ir, recebi permissão de ficar a seu lado apenas o tempo necessário para medicá-lo. Não quero despertar as suspeitas do emir. — E, com um gesto de despedida, concluiu: — Aconselho-o a repousar.

— Espere — insistiu Sinan, voltando a sentar-se no estrado de madeira. — Desejo lhe fazer uma última pergunta. É muito importante.

— Faça-a.

— Onde posso encontrar Nizzâm?

O sufi olhou-o, preocupado.

— Que quer daquele assassino?

— Ele está com uma coisa que me pertence.

— Então terá de esperar para reclamá-la. O lugar-tenente conduziu a armada principal para o norte de Campo Albo e vai desembarcar num ponto que ignoro. Dali prosseguirá a cavalo para o sul, a fim de unir-se às galeras de Barba-Roxa.

13

Isabel reabriu os olhos. Havia adormecido ao lado de Margarida na enxerga de palha, mas ao acordar percebeu que estava só, banhada em suor no cubículo escuro. Devia ser noite alta, calculou. Para onde teria ido sua companheira de cativeiro? Ouviu então o barulho que a tinha despertado e apurou os ouvidos. Ao adormecer, acreditara que vinha de um sonho; mas agora, lúcida, compreendeu que eram os gemidos de uma mulher.

Provinham de um ambiente contíguo.

— Margarida — sussurrou, percorrendo com o olhar o quarto deserto.

Não obteve resposta. Levantou-se e começou a caminhar ao acaso, não sabendo o que pensar. Os gemidos foram aumentando de intensidade e Isabel concluiu que eram mesmo da jovem.

Chamou-a de novo pelo nome, em tom mais alto, e de súbito avistou uma réstia de luz que fendia verticalmente a escuridão. De início não percebeu.do que se tratava; mas, à medida que suas pupilas foram se adaptando à escuridão, reconheceu a fresta da porta. Estava apenas encostada.

Margarida havia tentado fugir? Mas, nesse caso, por que não a advertira? Estavam presas juntas havia dois dias e, embora não houvessem estreitado a intimidade, se descobriram muito parecidas. Ambas pertenciam a famílias da nobreza, receberam o mesmo tipo de educação e, acima de tudo, tinham a aproximá-las o desejo de recobrar a liberdade.

Confusa com tantas perguntas, Isabel aproximou-se da porta, abriu-a e viu-se num corredor estreito que levava à ponte do navio. Lutou contra o instinto de sair para o ar livre e seguiu a direção dos gemidos até chegar à entrada de outra cabine. Notara-a dois dias antes, quando tinha sido trazida pelos *ghazi* para o castelo de popa. Não vendo ninguém de guarda, adiantou-se na ponta dos pés para não fazer barulho. A insegurança e o medo induziam-na a sentir-se gorda e pesada. Aquela porta também estava entreaberta. Empurrou-a devagar e espiou para dentro.

A cabine era espaçosa, com uma larga janela que oferecia a vista de uma lua enorme. Encostadas à parede, armas de todos os tipos, um baú de grandes proporções e um casal de assustadores ídolos de terracota com metade do tamanho de um adulto.

No centro, duas silhuetas se desenhavam contra a luz. Para saber de quem eram, a jovem precisaria inclinar-se para a frente e isso faria com que as dobradiças rangessem. Sentia o coração pulsar descompassado, instigando-a a afastar-se, mas a curiosidade era mais forte que o medo. Conseguiu mover-se em silêncio; mas, ao se deparar com a cena, teve de tapar a boca para não emitir uma exclamação de estupor.

Viu Margarida de quatro sobre um catre, completamente nua. Por trás dela, reluzente de suor, o majestoso Nizzâm. Agarrava-a vigorosamente pelos quadris com suas mãos poderosas.

E a bela Marsili, longe de rebelar-se, secundava seus gestos com gritos de prazer, ondeando a cabeleira ruiva ao clarão da lua.

Isabel recuou em direção ao corredor, perturbada e envergonhada. Sem perceber, devia ter feito algum barulho porque, quando ergueu de novo o rosto, deparou-se com o mouro olhando-a fixamente.

Com um assomo de terror, viu-o empurrar Margarida para o lado e adiantar-se a grandes passadas. Quis fugir, mas o instinto não lhe permitiu deixar de fitá-lo e continuou a recuar até perder o equilíbrio, caindo ao chão. Arrastou-se, sempre de olhos fixos em Nizzâm, um grito atravessado na garganta.

Ele a alcançou, reprimiu suas tentativas de escapar, segurou-a pelos pulsos e puxou-a para si. Evitando o contato daquele corpo, Isabel sentiu-se invadida por uma onda de vergonha e medo, mas também de outra coisa bem diferente que a fez espantar-se consigo mesma. Não era como quando, na torre de Volterraio, fora agredida pelos soldados turcos. Nizzâm infundia-lhe um pavor mortal, mas, inexplicavelmente, também uma espécie de confiança. Havia sentido isso durante a fuga da torre, ao encontrar-se entre os braços daquele homem hercúleo. Além disso, não conseguia afugentar da mente os gemidos de prazer de Margarida; e, embora ainda nauseada por vê-la agir assim, uma parte de si a invejava. Essa consciência abalou-a mais que o receio de ser morta pelos cães de Alá.

O mouro sem dúvida percebeu aquele estado de ânimo porque, após observá-la atentamente, começou a rir. E, enquanto sua voz profunda ecoava na noite, arrastou-a para o cubículo onde estivera presa. Jogou-a para dentro, no escuro, e, depois de dirigir-lhe um último olhar, fechou a porta, girando a chave na fechadura.

— Menina estúpida, o que você tinha em mente? — reprovou-a Margarida. Havia sido trazida para o cubículo pouco antes do amanhecer, desgrenhada, com as roupas desfeitas e o seio totalmente à mostra.

Isabel lançou-lhe um olhar de desprezo. Depois do acontecido, não tinha conseguido dormir, permanecendo acocorada no escuro remoendo pensamentos mórbidos.

— Acha que entendeu tudo, não? — prosseguiu a ruiva. — Julga-me uma puta.

— Pior — respondeu Isabel. — Entrega-se ao homem que matou sua família. Um assassino infiel, um herege de Maomé! Como pode fazer isso?

— Para você, é fácil falar. É rica, seu pai a salvará logo, pagando o resgate. Para mim, as coisas não serão tão simples. Se quiser receber a *teskeré*,* preciso contar somente comigo mesma.

Ao ouvir isso, a jovem se arrependeu de tê-la acusado. Mas, ainda assim, julgava estar certa.

— E acha que vai recebê-la dormindo com Nizzâm?

— Você não sabe nada dos meus planos — replicou a bela Marsili, ajeitando os cabelos. Não mostrava a mínima vergonha por estar se-minua, parecia mesmo divertir-se fazendo-se de grande dama diante de uma criadinha. — Há alguns meses, quando a frota de Barba-Roxa invernava no porto de Toulon, fui procurada por um homem que se ofereceu para conseguir minha liberdade em troca de informações.

— Que informações?

— Por que deveria lhe dizer? Ainda não sei se posso confiar em você.

— Mas somos colegas de cativeiro... — disse Isabel. E, fazendo o sinal da cruz: — Dou-lhe minha palavra de que não me prestarei a ser espiã de ninguém.

— Pode jurar à vontade. Confiar em você não me fará sentir melhor.

— Se acreditasse realmente nisso não teria sequer me falado sobre o homem de Toulon.

Margarida hesitou por um instante, continuando a ajeitar as madeixas ruivas, e por fim suspirou, impaciente.

---

* No mundo islâmico, a *teskeré* era uma carta de alforria entregue aos escravos no momento de sua libertação. Nela se certificava o pagamento do preço combinado para seu resgate.

— Rotas, projetos, segredos... — revelou, orgulhosa como se estivesse conversando com alguém incapaz de entender. — Qualquer coisa que possa ser útil para localizar Barba-Roxa.

Quando ficou com os cabelos em ordem, Margarida passou a cuidar das roupas.

— Ajude-me aqui, menina — pediu, virando-se de costas.

Isabel obedeceu mecanicamente, levantando-se para ajudá-la a ajustar o corpete. Julgou-se uma tola, mas de certo modo estava fascinada pela companheira. Invejava-lhe a segurança e os modos altaneiros. Perto dela, sentia-se tímida e indecisa.

— Nizzâm é o lugar-tenente do grande almirante — explicou Margarida, como se se gabasse de um marido. — Enquanto eu for sua favorita, terei boas perspectivas de conhecer por antecipação os projetos da esquadra.

— De que modo?

— Puxe — ordenou a bela Marsili, para que ela apertasse mais os laços à altura dos quadris. Em seguida, respondeu: — Quando Nizzâm adormece, deslizo do catre e examino os mapas e as cartas náuticas. Às vezes, uma única palavra pode ser útil.

— Não teme que ele desperte?

— Você é mesmo ingênua — zombou a ruiva. — Depois do ato, os homens dormem como criancinhas.

— E de que maneira — perguntou Isabel, passando o laço pelo último ilhó — se comunica com a terra firme?

— Tenho um cúmplice. Um janízaro que foi raptado ainda pequeno pelos soldados do sultão, mas continuou secretamente fiel à Igreja. Transmite minhas mensagens segundo um método combinado com meu salvador.

— O homem que prometeu libertá-la, suponho. Quem é ele?

Margarida virou-se para ela, alisando o corpete nos quadris.

— Se me trair, eu a mato.

Embora a jovem falasse com voz tranquila, Isabel percebeu que não estava brincando. Não hesitaria mesmo, um instante sequer, em matá-la.

— Ficarei muda como um túmulo, já lhe dei minha palavra.

— Não basta. Jure.

— Juro pela Virgem Maria e por são Tiago.

Margarida se aproximou então, quase como se quisesse beijá-la, e sussurrou-lhe ao ouvido palavras cheias de esperança:

— É um inquisidor de Roma. Chama-se Savério Patrizi.

Nizzâm esperou que a noite se diluísse nos primeiros clarões cinzentos da manhã para ajoelhar-se diante dos dois ídolos postados num canto de sua cabine. Dormir com a bela Marsili não havia aplacado sua frustração e sua raiva. Pungia-o ainda o insulto recebido a bordo da capitânia, quando Khayr al-Dīn o afastara do filho de Sinan, humilhando-o na frente da tripulação e tratando-o como um louco. Justamente ele, que desde menino tinha dado o sangue e a alma pela causa otomana! Não bastasse aquela desonra, teve de aceitar que os erros e enganos do velho pirata permanecessem impunes. Mesmo agora, perscrutando os rostos semi-humanos de seus ídolos, parecia-lhe ouvir as risadas do Judeu a zombar dele. O maldito traidor morrera sem lhe dar a satisfação da vingança. Mas Nizzâm não se considerava vencido, sabia de um meio para devolver a ofensa recebida. Aprendera-o do pai feiticeiro, na infância, antes de ser raptado e acabar nas fileiras dos janízaros do sultão.

Concentrando-se por inteiro na própria raiva, tirou de um saco um galo ainda vivo, ergueu-o sobre os dois ídolos e degolou-o com um golpe de faca. Agora os *Sitanis* o ouviriam, disse para si mesmo, observando os simulacros de terracota cobrirem-se de sangue e penas. Implorou que lhe apontassem o caminho, que o fizessem descobrir um modo de infligir ao jovem Sinan dor e humilhação.

Antes de matá-lo, queria tirar-lhe tudo o que possuía.

— Amaldiçoo a estirpe de Sinan, o Judeu. Que minha vingança recaia sobre ela. — E, após formular esse pensamento, estraçalhou o galo e devorou suas entranhas.

Estava pronto para a batalha.

Os veleiros viravam em direção à costa e Nizzâm sentiu o desejo de matar invadir seu coração.

14

À s primeiras luzes da manhã, Sinan decidiu sair para o ar livre. Graças aos cuidados do sufi, sentia-se melhor e não suportaria passar mais um dia sem fazer nada. Enquanto ainda tinha tempo, convinha dominar a situação e reforçar sua posição na capitânia. No momento, Isabel estava fora de seu alcance, a bordo do veleiro de Nizzâm, seguindo uma rota mais para o norte que a armada menor, composta de galeotas e barcos pequenos. Seria bom também aproximar-se de Leone Strozzi para conquistar-lhe a amizade e procurar descobrir o que aquele homem sabia sobre o *Rex Deus*. O rapaz não confiava muito em Strozzi, mas, ignorando embora suas implicações no caso, vislumbrava nele um apoio potencial. "Raciocino ainda como um cristão", censurou-se. "Busco a aliança de um cavaleiro de Malta e, ao mesmo tempo, a cumplicidade de quem pertence à minha fé." Contudo, no fundo, Strozzi também era um renegado. Exercia a função de embaixador, mas não passava de um aventureiro sem escrúpulos nem bandeira. Tal como ele.

Assim que subiu a ponte, deparou-se com Margutte — que parecia ter permanecido de guarda a noite inteira e, ao ver o rapaz, dirigiu-lhe um sorriso infantil.

— Onde está o emir? — perguntou Sinan, com dureza excessiva. Estava suficientemente acostumado à vida no mar para saber que mostras de gentileza poderiam ser confundidas com fraqueza de caráter.

O gigante, esboçando uma reverência, apontou para o castelo de popa.

— Não pode ser mais preciso?

Em vez de responder, Margutte abriu a boca e mostrou a língua cortada.

— Está bem — resmungou Sinan. — Pelo menos um enigma está resolvido. — E passou adiante.

Chegando à escada que conduzia ao castelo de popa, um oficial barrou sua passagem.

— Pare aí — ordenou em tom autoritário. — Não pode subir ao *al-quasar*.

— Saia da minha frente — desafiou-o Sinan. — Tenho de conversar com Khayr al-Dīn.

— Muita ousadia de sua parte. — Agora o tom do oficial era hostil. — Ninguém da tripulação conversa com o emir a menos que ele próprio o chame.

— Como se atreve? — O rapaz empurrou-o e quase o fez cair. — Não sou um simples membro da tripulação e sim o filho de Sinan, o Judeu. Se não sair da minha frente, atiro-o ao mar.

Irritado com a provocação, o oficial recuperou o equilíbrio e ameaçou desembainhar a cimitarra, mas, de repente, a voz de Barba-Roxa soou do alto:

— Já chega! Deixe passar esse cachorrinho insolente.

Sinan esperou que o atrevido lhe abrisse caminho e subiu a escada até o alto do castelo de popa. Era um espaço bem amplo, rodeado de parapeitos de madeira e coberto por um toldo drapejado. Embora fosse a zona de comando, não se viam ali enfeites nem embelezamentos, tal qual no resto no navio. O aspecto espartano das galeras otomanas era o que mais as distinguia das cristãs. Os *rais* do grão-turco preferiam investir no número de navios, não em sua decoração.

— Vejo que o sufi o colocou de pé — comentou Barba-Roxa, acenando para que Sinan se aproximasse. Postado no centro do castelo, ocupava-se em examinar um mapa que o piloto lhe trouxera. A escassa visibilidade do início da manhã obrigava-o a servir-se de uma lanterna.

— Estou revigorado — disse o rapaz. — E às suas ordens.

— Ótimo. — O emir olhou-o de soslaio. — Chegou no momento certo. Eu já ia convocá-lo.

— Sou todo ouvidos. — Sinan queria ser posto à prova logo. Subira ao castelo a fim de pedir permissão para falar com Strozzi, mas aquela mudança de programa poderia beneficiá-lo. Teria talvez a oportunidade de ganhar a confiança do grande almirante.

Khayr al-Dīn entregou a lanterna ao piloto e mostrou a linha de terra firme escondida por uma neblina azulada.

— Minha esquadra vai atacar Campo Albo — revelou. — Enquanto ela estiver às voltas com as milícias inimigas, você empreenderá uma surtida na direção da Rocca e capturará o *monachus peregrinus* de que me falou. Assim, poderemos finalmente desvendar o mistério do *Rex Deus*.

Sinan sentiu uma vibração de entusiasmo atravessar-lhe o peito.

— Tudo bem — exclamou, excitado. — Ponha-me no comando de uma das galeras de meu pai e eu lhe trarei aquele homem.

Barba-Roxa fitou-o como a um demente e explodiu numa ruidosa gargalhada.

O rapaz ficou aturdido e levemente envergonhado, mas, não sabendo como reagir, esperou que o pirata voltasse a si.

Sempre rindo, Barba-Roxa enxugou as lágrimas e voltou-se para o piloto como se fosse lhe contar uma anedota:

— Este impertinente veio aqui com a pretensão de ser colocado no comando de uma galera!

— Que disse eu de errado? — protestou Sinan, ferido em seu orgulho. — Como poderei me aproximar da Rocca a não ser a bordo de um navio?

Barba-Roxa calou-o com um gesto ríspido. Quando lhe dirigiu de novo a palavra, todo sinal de hilaridade havia desaparecido do seu rosto.

— Não seja por isso. Terá um navio. — E, assim dizendo, apontou para uma pequena embarcação içada no flanco da popa. Era um caiaque de seis remos com vela, um dos barcos mantidos a bordo das naus de grande porte para o caso de necessidade ou naufrágio. — Será, a meu ver, mais que suficiente.

Terceira Parte
O MOSTEIRO

15

A fúria dos *akinci* se abatera sobre o litoral como um vento negro. Demônios armados de cimitarra, arcabuz ou besta, montados em velozes corcéis, deviam ter desembarcado ao sul do golfo de Piombino ao romper do dia, numa enseada oculta por altos penhascos. Dom Juan de Vega mal havia colocado os pés no cais de uma praia pedregosa, que parecia talhada entre as rochas de Capo di Troia, quando se viu diante daquela que até havia pouco tempo fora uma igrejinha voltada para o mar. Dela só restavam ruínas, tal como dos casebres dos pescadores erguidos à sua volta.

Na véspera, o embaixador espanhol havia convencido Jacopo V Appiani a seguir a frota otomana. Persuadir o príncipe não fora tão difícil quanto tinha pensado, a ponto de fazê-lo suspeitar de que o homem tivesse interesse pessoal naquela missão. Interesse ligado a Cristiano de Hercole, sem dúvida, embora não de natureza afetiva. Dom Juan tinha a sensação de que Jacopo estivesse arquitetando alguma coisa, talvez associada à fraternidade misteriosa a que pertencia; mas as pistas a seu dispor eram insuficientes para esclarecer do que se tratava. Não fosse a preocupação por sua filha, raciocinaria com calma; infelizmente, depois que Isabel fora raptada, tornara-se incapaz de agir com prudência, a despeito de seu papel de diplomata. Se Carlos V ou o vice-rei de Nápoles soubessem que estava no mar, perseguindo corsários turcos como um capitão mercenário, ele pagaria caro por aquele abuso de poder, interrompendo sua honrosa carreira ou mesmo perdendo a vida. Contudo, não houvera tempo para pedir permissão. Precisara aproveitar a oportunidade de embarcar na flotilha de Piombino e pôr-se no encalço dos infiéis ao lado de Jacopo V.

No início, velejaram ao longo das costas orientais de Elba, recolhendo informações sobre o deslocamento das naus inimigas, depois viraram para sudeste, rumo à torre de vigia do ilhéu de Sparviero, onde souberam do rumo tomado por Barba-Roxa. Ao que parecia, a esquadra do Crescente seguira o vento sudoeste para Maremma. Os perseguidores, portanto, foram observando um por um os estabelecimentos costeiros do golfo de Piombino até que, nas imediações de Capo di Troia, perceberam sinais de devastação. A trilha de morte conduziu-os àquela praia pedregosa, semeada de cadáveres.

— Dividiram-se — murmurou dom Juan, caminhando entre os seixos na direção da igreja arruinada. A um aceno inquisitivo de Jacopo V, que estava a seu lado, imitou com as mãos abertas o avanço paralelo de dois destacamentos. — Refiro-me aos corsários turcos — explicou com voz grave. — Acho que a cavalaria está assolando a terra firme, enquanto a frota os acompanha a certa distância da costa.

Appiani concordou, pensativo.

— Dirigem-se juntos para o sul.

— Sim. Mas exatamente para onde?

— Não é isso que me inquieta mais, no momento.

Vega observou-o atentamente, sem replicar. O príncipe de Piombino era desleal e irritadiço, mas possuía notáveis qualidades de estrategista, herdadas de uma estirpe que, no curso de um século, guarnecera todos os pontos daquele trecho de mar com fortalezas, fossos e torres de vigia. Se houvesse alguém capaz de encontrar sua filha nas águas de Túscia, seria ele.

— Que quer dizer? Seja claro — disse por fim dom Juan.

Appiani se inclinou sobre o cadáver de um pescador estendido entre as pedras. Magro, de tamancos e calças arregaçadas até os joelhos, empunhava ainda uma faca com a qual devia ter tentado se defender. Não se via mais seu rosto, destruído por estilhaços de artilharia. O príncipe de Piombino, indiferente ao seu aspecto, parecia interrogar-se sobre o calibre da arma usada para matá-lo. Quando ergueu a cabeça, tinha o olhar inexpressivo de um pássaro marinho.

— Acredite-me, excelência, a coragem não lhe bastará para salvar sua filha — disse, dando um suspiro que pretendia comunicar solidariedade. — Para reavê-la, será preciso estar em condições de negociar. E por enquanto não estamos, entende? Ir até Barba-Roxa com uma galera e dois veleiros seria o mesmo que convidá-lo a nos pôr a pique.

E, sem esperar comentários, levantou-se rapidamente e apressou-se na direção da porta da igreja.

A estreita janela de bombordo havia se tornado, para Isabel, a única fonte de distração. A jovem passava horas inteiras observando as costas de Maremma eriçadas de escolhos e penhascos, à sombra de promontórios de aparência ora áspera, ora suave. E havia o mar com seus infinitos encrespamentos que pareciam diluir-se ao cair da noite, tornando-se um manto negro e sussurrante sob as estrelas. Aquele cenário exercia sobre ela uma atração irresistível, era um convite a fugir do cubículo onde continuava prisioneira com Margarida. Esta, porém, não mostrava nenhum interesse pelo espetáculo. Desde que Nizzâm descera à terra com seus depredadores, tornara-se silenciosa e irritadiça, passando o tempo a costurar retalhos de pano e a tecer fiapos de palha.

Em dois dias, o mouro viera a bordo apenas uma vez. Não, é claro, para se entreter com a bela Marsili, mas para coordenar a acomodação de escravos capturados durante as incursões. Isabel, olhando pela janela, vira os veleiros corsários aproximarem-se da praia e recolher no barco uma grande quantidade de prisioneiros. Nunca havia assistido a uma cena igual. As pessoas, encadeadas, eram tantas que para lhes encontrar lugar nas naus fora preciso metade do dia. Gritavam a plenos pulmões enquanto eram conduzidas para as chalupas, sob a ameaça das cimitarras e arcabuzes, e emitiam lamentos cada vez mais profundos à medida que se aproximavam dos veleiros atracados ao largo. Os recalcitrantes eram mortos imediatamente e lançados à água como animais sem valor, mas a maior parte obedecia, assustada demais para opor resistência.

Isabel, no fundo, poderia considerar-se afortunada. Não havia sofrido a humilhação de ser desnudada, espancada e embarcada como um bicho em meio a estranhos nem de ficar comprimida com os outros no porão imundo. Nizzâm lhe permitira conservar a dignidade, ao menos por enquanto, embora ela não soubesse se aquele privilégio duraria por muito tempo. Mas outras inquietações a oprimiam. Da última vez que vira o mouro, lera em seu rosto um lampejo de luxúria. Não era decerto a primeira vez que um homem lhe lançava esses olhares, embora os fidalgos a cujo convívio estava habituada possuíssem modos bem mais corteses de manifestar seu desejo. Seu noivo, por exemplo, dom Pedro de Luna, costumava pedir licença até para beijá-la e nunca fora mais longe. Nizzâm, porém, era homem de outro temperamento e sem dúvida não se deteria diante de uma recusa. Isabel tremia à ideia do que pudesse lhe acontecer durante o próximo encontro, sobretudo porque não conseguia prever sua própria reação. Em parte, estava curiosa e quase impaciente por se ver diante do corsário. E essa consciência fazia-a enrubescer de vergonha.

— Devemos fugir — disse de repente, dando voz às suas inquietações.

A companheira olhou-a de lado, quase divertida.

— E como pensa fazer isso?

— Tenho um plano. — Isabel não estava sendo absolutamente sincera, mas não desejava permanecer nem mais um dia naquele navio. Não podia.

— Acho que ficou maluca — comentou Margarida, continuando a tecer seus fios de palha.

— Não digo que será fácil, mas devemos arriscar.

— E por quê? Seu pai pagará o resgate e você partirá sem fazer o mínimo esforço.

— Isso levará meses, talvez anos! E até lá, ignoro o que possa me acontecer. Não vou esperar tanto.

Os lábios da ruiva se arquearam numa expressão indefinida, um misto de ironia e piedade.

— Então, como pretende agir?

— Já lhe disse, tenho um plano — respondeu Isabel. — Quando Nizzâm desceu à terra, levou consigo muitos homens. Vi-os desembarcar na praia e correr para seus cavalos. Deduzo que no navio ficaram poucos para nos vigiar e esses mesmos têm que cuidar dos cativos trazidos a bordo.

Vendo que Margarida começava a prestar atenção, a jovem se sentiu mais segura.

— Se trabalharmos juntas — continuou —, poderemos talvez nos esconder numa chalupa sem que ninguém perceba e, durante a noite, alcançar a costa.

— Falar é fácil. Você se esqueceu da coisa mais difícil: sair daqui.

Isabel sacudiu a cabeça.

— Pensei nisso também.

A bela Marsili fitou-a por um instante e parecia prestes a aceitar a proposta. Mas logo se virou e fez um gesto de desinteresse.

— Não conte comigo.

— Tem medo? — perguntou Isabel, irritada com sua recusa. Pegou-a por um ombro a fim de obrigá-la a dar-lhe atenção. — Ou hesita porque não quer se afastar *dele*? — perguntou, furiosa.

A ruiva se desvencilhou com um repelão.

— Que está dizendo? Enlouqueceu? — Levantou-se, lançando-lhe um olhar colérico. — Acha mesmo que me apaixonei por aquele animal? Você não sabe... Não pode sequer imaginar o que significa amar alguém!

Isabel recuou até a parede. Tinha agido por impulso, quando na verdade eram outras as palavras que pretendia pronunciar. "Não entende?", gritava no íntimo. "Não posso permanecer aqui! Tenho medo de me tornar outra pessoa... Tenho medo de ficar como você!"

Margarida fitou-a intensamente, como se quisesse ler seus pensamentos.

— Por acaso não é *você* que está enfeitiçada pelo mouro? — perguntou com malícia. — Notei como nos observava na noite passada.

Isabel conteve o impulso de arranhar-lhe o rosto.

— Está enganada — replicou. — O que viu em meus olhos foi apenas compaixão por seu comportamento.

A ruiva ergueu os braços para o céu, exasperada.

— Uso meu corpo para obter uma vantagem, só isso — justificou-se, como se repetisse essa frase pela centésima vez. — Se sair daqui, eu o farei de cabeça erguida, como uma senhora, e não arriscando a vida numa fuga estúpida. Não preciso de seus planos insensatos: Savério Patrizi prometeu me libertar.

— Você é que está sendo ingênua — ponderou Isabel. — Se bem entendi, a promessa do inquisidor tem um preço muito alto...

— E que não demorarei a pagar, minha cara.

Margarida pronunciou essas palavras com indiferença, mas seu tom de voz traía uma segurança que a companheira, até então, não havia percebido nela.

— E como, se posso saber? — perguntou-lhe, com a curiosidade levando a melhor sobre a cólera.

— Não é da sua conta. — A ruiva apontou-lhe o dedo. — Você é muitíssimo petulante. Ofende-me, diz que se compadece do meu comportamento e depois finge que confia em mim. Esqueça.

Longe de se deixar intimidar, Isabel deu um passo à frente e cruzou os braços ao peito.

— Não esquecerei — disse em tom gélido. — E é melhor me dizer tudo, do contrário vou contar o que sei a Nizzâm!

O rosto de Margarida se transformou numa máscara de espanto.

— Faria isso?

— Experimente para ver. — Isabel estava tão surpresa quanto ela com sua reação, mas não o demonstrou. Nunca se julgara capaz de chantagear ninguém. Um ato desses não condizia com a rígida educação católica de uma mulher nobre; mas a satisfação de ver a bela Marsili perder de um golpe toda a sua compostura impediu que ela fizesse um exame de consciência. A ruiva mordeu os lábios e suspirou, resignada.

— Pois bem, vou lhe contar tudo. — Margarida calou-se por um instante e, após uma breve hesitação, assombrou a companheira com uma expressão transtornada. — Mas a partir de hoje seremos como irmãs.

— Que quer dizer?

— Que nossos destinos estarão de agora em diante ligados.

Isabel achou melhor concordar com ela.

— E já não estão?

— Não inteiramente. — Margarida tomou-lhe as mãos com um toque delicado, mas intenso. Quando voltou a falar, sua voz estava rouca. — Deve me fazer uma promessa... Se ficarmos livres, cuidará de mim.

Isabel esperava tudo, menos uma súplica. Mas afinal, disse para si mesma, a pessoa que tinha diante de si era prisioneira havia mais de um ano. Quanta coisa deveria ter sofrido, quanta coisa teria sido obrigada a presenciar... Sob aquela índole manipuladora, escondia-se sem dúvida um espírito mais vulnerável do que havia imaginado.

— Já não tenho família nem lar — prosseguiu Margarida, melancólica. — Fora desta nau, não existe mais nada para mim...

— Não a abandonarei, prometo-lhe — tranquilizou-a Isabel, mas sem exagerar no tom. Queria parecer resoluta. — Deve, porém, me contar tudo.

A bela Marsili soltou as mãos da companheira e sentou-se de novo na enxerga. Vencida, mas sentindo-se ainda obrigada a manter uma postura altiva, baixou a cabeça e preparou-se para a confissão. — Na última noite que passei com Nizzâm, esperei que ele dormisse para examinar seus mapas — disse. — Faço isso sempre e com cuidado, a fim de não deixar nada fora do lugar. Ele coloca as coisas mais importantes sobre uma mesa de madeira. E foi ali que encontrei um mapa da costa com um destino assinalado recentemente. Não havia nomes de cidades nem de pontos de desembarque, mas ainda assim reconheci o litoral de Maremma. Conheço-o muito bem e tenho certeza de não estar enganada.

— Reconheceu então o destino da frota?

— Sim. Mas não é um lugar qualquer.

Isabel aguçou o ouvido.

— Explique-se.

— É um mosteiro localizado perto de uma fortaleza inexpugnável — revelou Margarida. — Deve estar em jogo algo muito importante. Como você mesma notou, Nizzâm desembarcou acompanhado de uma tropa numerosa, mais numerosa que de costume. Levou consigo os *akinci*, mas também os janízaros. E, depois de tanto tempo espionando-o, sei bem o que isso significa: está preparando um assédio.

136

— Seus olhos cintilaram de astúcia e, por um instante, pareceram recuperar o orgulho perdido. — O inquisidor me ficará infinitamente grato por essa informação.

— Acha mesmo? Ainda que fique, você terá de encontrar um meio de se comunicar com ele — objetou Isabel. Mas então percebeu o sorriso confiante da companheira. — Não acredito... Já fez isso?

A outra assentiu, satisfeita.

— Pois bem — disse por fim, num murmúrio. — Vou lhe revelar meu último segredo.

A igrejinha havia perdido o campanário e parte da nave direita, alvejados pelos canhões da esquadra. A luz do sol penetrava no interior, iluminando inúmeros corpos crivados de setas. Eram em sua maioria de religiosos, mas também de mulheres e crianças. Deviam ter se refugiado ali na esperança de ser poupados ou, mais provavelmente, para implorar salvação à Virgem. Suas preces, porém, não foram ouvidas. Os atiradores turcos não haviam poupado ninguém e até se divertiram mirando os vultos das vítimas, como se treinassem tiro ao alvo. Agora dom Juan caminhava entre os mártires de uma matança absurda, de tal modo perplexo que não conseguia recitar uma simples oração por suas almas. Não era o espetáculo da morte que o sensibilizava, nem também a brutalidade da cena à sua frente. Ele próprio, na juventude, praticara ações igualmente ferozes e poderia muito bem repeti-las em nome da coroa espanhola e da Igreja. Não, não era a piedade que lhe apertava o coração e sim o receio de que a mesma violência se abatesse sobre sua filha, de um momento para outro.

O príncipe de Piombino caminhava diante dele com as mãos às costas, examinando a nave como se nutrisse a secreta esperança de achar vestígios. E, embora fosse evidente que pensava em outra coisa, não interrompeu a conversa.

— Mesmo que encontrássemos os corsários de Barba-Roxa — ponderou —, não estaríamos decerto em condições de enfrentá-los nem de convencê-los a propor o resgate dos prisioneiros. Por enquanto, só nos resta seguir suas pegadas.

O embaixador farejou a hipótese de um plano.

— E então?

— E então... pretendo pedir ajuda a Doria.

Vega estacou, deixando que Appiani entrasse sozinho na penumbra da abside. Andrea Doria era o almirante no comando da frota genovesa. Nove anos antes, os canhões de suas naus haviam destroçado as torres da Goletta com a ajuda da esquadra espanhola, fazendo cair de joelhos os piratas entrincheirados em Túnis. Era um herói, um príncipe do mar, e mais de uma vez estivera a ponto de despachar para o inferno o próprio Barba-Roxa, que, entretanto, sempre conseguira fugir. Existem rumores que entre os dois havia um acordo tácito, como às vezes sucedia com inimigos mortais de igual grandeza. Mas Doria sulcava as águas do Mediterrâneo havia muito tempo, estava perto dos 80 anos e talvez não tivesse mais a têmpera necessária para subir a um barco de guerra.

— Você mencionou um homem de virtudes excepcionais, um leão dos mares, que agora, entretanto, é um velho. Não sei se...

— Não me referia a Andrea Doria. — A voz de Appiani ecoou metálica dentro da igreja vazia. — Mas a seu sobrinho, Giannettino, que navega sob as mesmas insígnias da águia negra.

Dom Juan observou o príncipe que caminhava na sombra, afastado dele uma dezena de passos.

— Não o conheço. Acha-o capacitado?

— É hábil e astuto como um lobo. Há quatro anos capturou o pirata Dragût na enseada da Girolata graças a um golpe de gênio. No momento está ao largo da Córsega, comandando cerca de trinta galeras. Se chamado, poderá juntar-se a nós em pouco tempo.

— Seria ótimo — reconheceu o embaixador, sentando-se num banco de madeira. — Mas os genoveses, como os venezianos, são ardilosos e só entram em ação por interesse. Pergunto-me se ele atenderá ao nosso apelo.

— Pode apostar que sim. Sei de fonte segura que se pôs ao mar tão logo a frota barbaresca zarpou da Provença, justamente para carçar os corsários.

— Excelente! Apressemo-nos, então.

Mas dom Juan percebeu que Appiani já não o escutava. Viu-o aproximar-se do altar como se tivesse notado ali alguma coisa importante e inclinar-se para recolher um objeto aos pés de um grande crucifixo de madeira. O estado de ânimo do príncipe de Piombino parecia ter mudado. Seus movimentos revelaram, de repente, uma impaciência febril.

Vega estava curioso. O que poderia Appiani ter encontrado?

— Uma boneca — disse a bela Marsili, deixando perplexa sua companheira. — É onde escondi minha mensagem a Savério Patrizi. Dentro de uma boneca.

Isabel assentiu sem dizer uma palavra. Não sabia se Margarida brincava ou falava sério. Apesar do discurso comovente que a ouvira pronunciar, ainda não confiava nela. "Seremos como irmãs", dissera-lhe havia pouco. Mas entre irmãs também pode haver desconfiança.

— É o que sempre faço — continuou a ruiva. — Costuro a boneca servindo-me do pouco que tenho à mão. — E, como exemplo do que afirmava, mostrou-lhe a trama de palha e tecido em que estava trabalhando. Um fantoche. — Já fiz umas vinte. E logo que descubro algo importante, escrevo uma mensagem curta, escondo-a dentro da boneca e entrego-a ao homem de quem já lhe falei, o janízaro mancomunado comigo. Conforme o acordo com Patrizi, ele coloca a boneca bem à vista, nos lugares onde houve batalha. Se possível, no interior de edifícios sagrados.

— E se suas bonecas forem encontradas?

— Quando posso, escrevo mais cópias da mesma mensagem e escondo-as em várias bonecas, que o janízaro deposita em locais diferentes. Da última vez, porém, não tive tempo.

— Portanto, você tem uma única chance.

— Estou certa de que Patrizi a encontrará.

— Verdade? Já teve confirmação de que ele recebeu suas mensagens?

A ruiva mordiscou uma unha.

— Não, nunca. Porém...

Isabel sacudiu a cabeça.

— Está se agarrando a uma ilusão.

— Bela maneira de me dar ânimo — exclamou a Marsili. — Você recrimina como uma ama-seca.

— Procuro apenas chamá-la à realidade dos fatos — ponderou Isabel. — Não tem certeza de nada. — Aproximou-se, tentando assumir uma atitude tranquilizadora. — Eu, ao contrário, lhe ofereço uma via de escape concreta.

Margarida empurrou-a.

— Continua insistindo em seu plano de fuga! Não entende que temos pouquíssimas possibilidades de executá-lo?

— Bem mais do que costurando bonecas.

— É mesmo? E como pensa sair deste quarto?

— Com a faquinha que você usa para cortar o pano...

— O que achou? — perguntou dom Juan de Vega, aproximando-se em largas passadas da abside.

Jacopo V estava tão entusiasmado com a descoberta que parecia não ouvi-lo. Por isso, ao senti-lo de repente às suas costas, estremeceu e tentou esconder a boneca que tinha nas mãos.

— Não pensei que estivesse tão perto — reprovou em tom hostil.

— Você me parece inquieto — observou Vega, desconfiado. De súbito, via-se diante de outro homem, bem mais semelhante ao que havia desembarcado na enseada de Piombino após a investida contra Elba. — Algo o perturba?

— Nada, excelência.

— Então me mostre esta boneca.

— Por quê? É uma ninharia sem importância... — contemporizou Jacopo V, recuperando apressadamente os modos cordiais. Mas dom Juan arrancou-a de suas mãos.

Era um mísero fantoche de retalhos recheado de palha, pouco maior que um punho. Appiani tentou retomá-lo, mas Vega o afastou com um gesto brusco, perguntando-se qual seria o motivo de tanto interesse. Apertou o objeto entre os dedos, cada vez mais curioso, lançando olhares interrogativos ao príncipe de Piombino. Este se absteve de responder àquelas perguntas tácitas e, pondo de lado a agitação, postou-se à sua frente de braços cruzados.

— Nada a dizer? — insistiu o embaixador espanhol.

— Já lhe disse. É uma ninharia sem importância.

Fixando-o com ar desconfiado, dom Juan se aproximou de um candelabro.

— Se é assim, vou queimá-la. — E encostou a boneca à chama da única vela que permanecera acesa.

Jacopo V estremeceu. Viu, fingindo indiferença, as chamas se insinuando pelos cabelos de palha, mas, quando elas atingiram a cabeça do fantoche, não pôde conter-se.

— Pare! — gritou, estendendo a mão para o pequeno objeto.

Reagindo com presteza, Vega atirou a boneca ao chão e pisoteou-a para extinguir o fogo, recolheu-a e soprou a cabeça enfumaçada.

— Agora vai me contar tudo — ordenou, entregando-a a Appiani.

O príncipe de Piombino não disse nada. Desfez a costura que fechava o peito do fantoche e tirou o bilhetinho enrolado que estava escondido lá dentro. Abriu-o e, após lê-lo rapidamente, mostrou-o ao embaixador.

A mensagem continha poucas palavras:

Campo Albo, mosteiro da Rocca.

— O que significa? — perguntou Vega, invadido por uma terrível suspeita. — De que modo você... — Mas teve de interromper o fluxo da intuição ao ser agarrado pelos braços. Voltou-se, na tentativa de desvencilhar-se; dois soldados o haviam surpreendido pelas costas e o imobilizaram. — Maldito, como ousa! — rugiu, virando-se para Appiani. — Ordene já a seus esbirros que me soltem.

— Não posso fazer isso, excelência — respondeu Jacopo V, num tom grotescamente melífluo. — Nem revelar-lhe mais do que já suspeita.

Dom Juan lançou-lhe um olhar furioso.

— Tem um espião embarcado com Barba-Roxa, certo? — Agitou-se, raivoso, mas sem conseguir se libertar. — Vai me matar porque descobri isso?

— É melhor permanecer em silêncio, do contrário terei de liquidá-lo realmente. — Assim falando, Appiani voltou-lhe as costas. — Bastará deixá-lo em terra. Continuarei sozinho, para seu próprio bem.

— Maldito patife! Não o permitirei!

E num ímpeto de cólera, dom Juan se livrou dos soldados e, de um pulo, avançou contra o traidor, disposto a combater contra uma centena de adversários; mas, antes de poder desembainhar a espada, viu-se no chão, atingido por um golpe na cabeça.

16

A bala de canhão passou por cima do caiaque e desapareceu, sibilando, na espuma das ondas. O sol, a pino no horizonte, tingia de vermelho vivo as imponentes galeras corsárias e o enxame de chalupas que conduzia os soldados turcos aos desembarcadouros de Campo Albo. Eram dezenas, banhadas do claro-escuro que ia do negro à cor do sangue. Sinan observava suas silhuetas velozes, ensurdecido pelo troar das colubrinas e pelos gritos dos remadores cujas forças a velocidade do avanço consumia. Seus sentidos estavam embotados pelo cheiro da maresia, da pólvora e do alcatrão dos botes, um amálgama pungente que mordia suas vísceras, deixando-o ainda mais nervoso. Diante de seus olhos, as torres da Rocca, projetando-se de um penhasco, desenhavam-se contra nuvens raiadas de púrpura e vomitavam descargas de canhão das amuradas. De vez em quando, ouviam-se o ranger de tábuas estraçalhadas e os gritos de homens lançados ao mar, mas o avanço das chalupas prosseguia inexorável, protegido pela artilharia das galeras que rondavam ao largo como feras famintas. A mais temível, a capitânia, guiava-as na vanguarda, como se Barba-Roxa desafiasse o inimigo a alvejá-la. Sinan sabia muito bem que aquela era apenas uma manobra de diversão. Um forte destacamento da frota ultrapassara a pequena enseada chamada "Afunda Galera" a fim de penetrar numa rede de canais que ligavam o mar aos vastos pântanos da terra firme. Naquele ponto, os turcos desembarcariam sem ser vistos e marchariam para a Rocca sem ser alvejados por seus canhões. Em seguida, Nizzâm investiria do norte contra as costas de Campo Albo.

A um primeiro exame, Sinan enfrentava a situação de maior perigo. A bordo do caiaque exposto aos disparos da artilharia, via-se no meio de um enxame de pequenas embarcações atulhadas de guerreiros prontos a morrer em nome de Alá e de Khayr al-Dīn. Mas sua missão era outra. Enquanto aqueles pobres-diabos acossassem a Rocca para abrir uma brecha nas fortificações cristãs, ele e seus companheiros, mais ao norte, buscariam um objetivo de escasso valor estratégico. Naquele lugar, junto à muralha, erguia-se um antigo mosteiro onde vivia o *monachus peregrinus* que guardava o segredo do *Rex Deus*. Sinan ainda não havia revelado seu nome a ninguém, mas logo teria de fazê-lo, e isso o preocupava.

Barba-Roxa o enviara naquela missão com um bando de canalhas, seis *azap* sórdidos, assassinos sem honra nem escrúpulos que não hesitariam em apunhalá-lo pelas costas na primeira oportunidade. Quem mais o preocupava, todavia, eram os outros três indivíduos sentados a seu lado no banco da popa. O primeiro se chamava Assān Agà, um homenzinho robusto com olhos de sabujo, raptado muito jovem das espeluncas da Sardenha para se tornar o mais fiel dos sequazes do emir. Mais fanático que os chefes janízaros, olhava em volta com desconfiança, a mão direita no cabo da *jambiya* enfiada no cinto. Vinha em seguida o gigantesco Margutte, branco como um cadáver, segurando a pesada maça entre as mãos. Olhava as ondas com ar sonhador, quase inconsciente dos riscos que o aguardavam. Por fim, Leone Strozzi. Sinan se surpreendera ao vê-lo subir a bordo do caiaque para tomar parte na missão. Sabe-se que o cavaleiro de Malta, embora se dissesse "amigo" de Barba-Roxa, preferia manter uma posição neutra, a ponto de ficar com sua galera, a *Lionne*, sempre longe dos combates. Mas agora ali estava ele, na primeira fila, por razões que o jovem ignorava.

Strozzi havia substituído o uniforme da Ordem de São João por um simples gibão acolchoado e, como armamento, munira-se de uma espada e de uma adaga de duelo. Sinan também estava equipado à altura. Tivera permissão para trazer o punhal do pai e uma *espada ropera* ou "espada larga", com guarda em forma de cruz enfeitada com anéis metálicos. Preferira-a à cimitarra por não estar acostumado a brandir lâminas recurvas.

Antes de chegar à costa, destacaram-se do grupo das chalupas e conduziram o caiaque um pouco para o norte, rumo à saliência dominada pelo mosteiro.

— Eu não gostaria nada de estar no lugar daqueles desgraçados. — Strozzi apontou para os companheiros das pequenas embarcações turcas agora bem próximas do velho porto abandonado no sopé dos rochedos. — Ao que se conta, a Rocca foi reforçada há um século pelo rei Afonso de Aragão e passou a gozar da fama de inexpugnável.

— Vamos pensar em nós — rebateu Assān. Sua voz fina, em contraste com o porte taurino, traía a cantilena dos dialetos sardos. — Nossa tarefa também não será fácil.

Sinan tinha de lhe dar razão. Embora o mosteiro não dispusesse de canhões nem de atiradores, erguia-se sobre um penhasco à primeira vista difícil de escalar. E por mais que observasse, o jovem não conseguia descobrir outro caminho para o edifício.

Atracaram numa praia estreita e desceram apressadamente, para não ser vistos. A possibilidade de encontrar inimigos era remota, pois o avanço dos turcos mantinha ocupadas as defesas da Rocca. Mas nunca se sabia.

Começaram a subir, dez ao todo, servindo-se dos ganchos metálicos usados para aferrar as naus inimigas durante as abordagens.

Sinan deixou que dois *azap* se adiantassem e, com os demais, seguiu-os a distância. Tinha de se empenhar ao máximo para acompanhar seu ritmo. Aqueles homens eram muito ágeis e se agarravam sem esforço ao paredão, como se seus dedos aderissem perfeitamente às saliências que ele, porém, achava escorregadias e cortantes. No meio da escalada, a dor nas mãos tornou-se insuportável e um forte entorpecimento invadiu seus músculos. O rapaz teve a sensação de que as feridas provocadas pela tortura se reabriam, provocando espasmos lancinantes em suas costas e peito. Continuou, cerrando as mandíbulas, até o extremo das forças, mas, ao chegar a um ponto da subida particularmente escarpado, precisou parar a fim de recuperar as energias. Fechou os olhos e respirou fundo, repassando os motivos que o haviam levado até ali. Não era um guerreiro dado a massacres, agia tendo em vista objetivos pessoais. Queria Isabel, as sete galeras de seu pai, o segredo do *Rex Deus*. Queria, sobretudo, vingança. Ainda que sucumbisse de fadiga, jurou a si mesmo que encontraria uma maneira de matar Jacopo V Appiani.

De repente, sentiu que uma mão o segurava pelo braço direito, ajudando-o a prosseguir. Virando-se, avistou Strozzi, banhado em suor e com o rosto congestionado de fadiga. O florentino se limitou a sorrir-lhe, indicando com o olhar o cume do rochedo. Faltava pouco.

Após um último esforço, içaram-se até em cima e esperaram os outros *azap*, Margutte e, por fim, Assãn, que parecia extenuado.

O sardo fitou Sinan bem nos olhos, mal acreditando que ele houvesse conseguido chegar.

— Temos de entrar no mosteiro — disse, ofegante.

A igreja da Rocca fora edificada como uma pequena fortaleza. Apresentava, do lado do precipício, apenas a torre do campanário e os muros da abside, enquanto as paredes laterais se fundiam na muralha defensiva. Não se via nenhuma entrada ao rés do chão.

— A fachada está do outro lado das ameias — deduziu o cavaleiro de Malta, estudando a forma do edifício. — Só se entra pelo povoado interno da Rocca. Precisamos encontrar outro ponto de acesso.

Sinan concordou.

— O único ponto de acesso é aquele — e indicou aos demais, no teto do mosteiro, uma pequena abertura que permitia chegar ao campanário.

Assãn empurrou-o, colocando-se entre ele e o florentino.

— Não cabe decerto a um cristão e a um rapazola decidir o que vamos fazer!

— Como queira, *agá** — replicou Strozzi em tom zombeteiro. — Mas a verdade é que não há outra maneira de entrar, a menos que você queira abrir a muralha a cabeçadas. Depois, é claro, de tirar o turbante.

Num assomo de ira, o sardo desembainhou a *jambiya* e ameaçou agredir o cavaleiro, mas deteve-se com a mesma rapidez: o outro já lhe apontava a adaga contra o ventre.

— Guarde seu descontrole para mais tarde — disse Strozzi, agora sério —, e olhe em volta. Se não me engano, faltam-nos aríetes para abrir brechas na muralha. Será, pois, necessário entrar pelo alto.

— Está bem — grunhiu Assãn, recuando com o semblante fechado. Enxugou a testa coberta de suor e acenou para que os *azap* subissem ao teto do mosteiro. Os homens, já prontos para saltar sobre Strozzi, embainharam as armas e obedeceram ao comando, agarrando-se ao beiral das janelas para alcançar o alto do edifício. O rapaz e o florentino seguiram-nos por último, temendo que o *agá* se aproveitasse daquele momento para vingar-se do insulto.

A leste, a sombra já descia sobre as colinas de Tirli. De cima da igreja, Sinan pôde admirar o trecho de mar que lambia a ponta da Rocca e toda a costa até a enseada de Afunda Galera. O troar incessante dos canhões ribombava dentro de seu peito e em suas têmporas, alimentando, já não o medo, mas sim uma euforia selvagem. Essa emoção se acentuava à vista das hordas turcas que continuavam a desembarcar ao longo da praia, saltando sobre os recifes, enquanto

---

* Com essa palavra, os turcos se referiam ao chefe da milícia ou ao soldado mais antigo.

as galeras corsárias, espectros errantes entre as ondas, descarrega-vam suas colubrinas e falconetes contra as defesas cristãs. As ondas assumiam uma coloração escura com lampejos metálicos à luz das descargas dos canhões, envolvendo em treva dezenas de chalupas despedaçadas com suas tripulações.

— Tudo isso pelo *Rex Deus*... — murmurou o jovem.

— Não seja ingênuo — comentou Strozzi, sem deixar que os outros o ouvissem. — Faz tempo que Barba-Roxa projeta um ataque a estas praias.

— Minha missão é então um pretexto?

— Ao contrário, é muito importante. Mas Khayr al-Dīn nem por isso deixa de ser um pirata que odeia desmesuradamente os cristãos.

Sinan se perguntou até que ponto o cavaleiro conhecia os planos de Barba-Roxa, mas eram de outra natureza as perguntas que queria lhe fazer.

— Precisamos conversar — disse por fim, rompendo o silêncio.

— Agora, não — retrucou o cavaleiro, convidando-o a unir-se ao resto da companhia.

Os outros os esperavam diante da pequena porta fechada que li-gava o teto ao interior do campanário. A um sinal de Assān, Margutte começou a forçá-la com os ombros, mas nesse instante ouviram-se gritos vindos do alto. Um velho monge aparecera nas ameias da torre, lançando-lhes impropérios e escarros. Um dos *azap* mirou-o com a besta, mas Sinan impediu-o de disparar.

— Pode ser o homem que estamos procurando — gritou alarma-do, obrigando-o a baixar a arma.

A porta cedeu e o grupo entrou.

— Prendam todos os monges — ordenou o jovem — e levem-nos para baixo, para a nave do mosteiro!

*   *   *

Nizzâm se juntou, no fim da tarde, aos barcos corsários atracados a leste de Campo Albo, junto aos vastos pântanos que, segundo algumas informações, se estendiam terra adentro até as muralhas de Grosseto. Detivera-se várias vezes durante a sangrenta cavalgada através de Maremma, incentivando os *akinci* a arrasar as aldeias e mosteiros espalhados pelas colinas e vales, sem poupar nem mesmo o antigo eremitério de Malavalle. Enquanto isso, seus veleiros costeavam o litoral, canhoneando os povoados ribeirinhos e capturando escravos cristãos. Mas, em caminho, soubera de uma ameaça iminente: um destacamento de *tercios* havia partido de Nápoles a fim de interceptar o avanço otomano. Até o momento não os avistara, mas convinha ficar alerta. Se quisesse evitar complicações, o assédio da Rocca não poderia demorar muito.

O plano previa esmagar o inimigo num torno de ferro e fogo, do lado do mar e da terra. Nizzâm calculou que, naquele instante, ao longo da costa, as galeras de Khayr al-Dīn estivessem tomando de assalto as defesas da Rocca, enquanto os barcos menores da frota, avançando para os pântanos, desembarcavam hordas de *ghazi* prontos a reduzir à impotência os povoados vizinhos. Mas o grosso das milícias e da artilharia desceu por último, num cais oculto entre as lagunas, a oeste da fortaleza, e dali se dirigiu para o lado leste da Rocca. Desta, já se distinguiam claramente as torres contra o céu da tarde.

Chegado a um ponto suficientemente próximo para desfechar o ataque, Nizzâm ordenou que os *akinci* e janízaros sob seu comando repousassem. Em seguida, galopou em direção à vanguarda, a fim de observar a disposição das bocas de fogo. Estas tinham sido transportadas até ali por escravos e animais de carga, e agora estavam instaladas em forma de leque, conforme o peso, o calibre e o alcance. As mais recuadas eram as colubrinas forjadas em forma de dragão, que tinham cada qual cerca de uma tonelada e meia de peso e disparavam balas de vinte centímetros de diâmetro, capazes de descrever parábolas de mais de dois mil metros. Vinham depois os falcões, com quatrocentos quilos de peso, dez centímetros de calibre e alcance máximo de dois mil metros. Por fim os falconetes que, pesando trezentos quilos e com seis centímetros de calibre, alcançavam mil e quinhentos metros. Quanto menor o calibre, maior a frequência de tiro.

Mas o lugar-tenente de Barba-Roxa sabia muito bem que, no momento crucial, o papel determinante caberia aos *tüfek* dos janízaros, mais precisos e possantes que os arcabuzes europeus. Seus disparos podiam matar um homem a quatrocentos metros, permitindo aos sitiantes combater sob as muralhas e encurtar a distância do choque até chegar ao corpo a corpo com lanças e cimitarras.

Montado em seu corcel, o mouro observava, satisfeito, a disposição das grandes bocas de fogo e saboreava a ideia da luta iminente. Aquela não seria uma das incursões de sempre, destinadas a perder-se no esquecimento, mas uma verdadeira batalha. Morreriam centenas, talvez milhares de homens, a fim de que se cumprisse um empreendimento importante. Sem dúvida, o acontecimento seria comentado por séculos e Nizzân tomaria parte nele.

No entanto, se tivesse oportunidade, abriria caminho em meio à fúria do combate e atravessaria com seus bravos guerreiros o burgo existente dentro das muralhas na direção de um pequeno mosteiro localizado de frente para o mar. Conhecia em detalhe o plano de ataque e sabia que lá encontraria o filho de Sinan, ocupado em procurar o *Rex Deus*. Nizzâm pouco se importava com aquele mistério antigo ou mesmo com a advertência do emir, que o proibira terminantemente de atrapalhar a missão do rapaz. Desde que brandira seu primeiro punhal, obedecia apenas à lei do aço e do sangue. Implorara vingança aos Sitanis, os deuses maléficos de seus pais, e, em nome da raiva que lhe queimava as vísceras, faria de tudo para obtê-la.

17

Os monges da Rocca eram apenas cinco, os remanescentes de uma comunidade outrora próspera e regida por uma série de abades veneráveis. O tempo do esplendor estava agora distante, mas ainda se podia percebê-lo naqueles rostos cavados de rugas. Haviam se reunido em semicírculo diante da abside, como uma *schola cantorum* se preparando para entoar um hino de louvor. Ou, talvez, como um batalhão de veteranos longamente empenhados contra um inimigo ainda mais temível que os corsários turcos que haviam invadido o mosteiro. O esquecimento.

Sinan esperou que se juntassem naquele local para interrogá-los e agora os observava em silêncio, enquanto o chão e as paredes tremiam sob o incessante ribombar do canhoneio. Se os ouvidos não o enganavam, o barulho não provinha mais apenas do mar, mas também do leste. O ataque por terra havia começado. Perguntou-se quanto teriam resistido as defesas cristãs e quantas vidas teriam sido ceifadas pela fúria dos cães de Alá. Depois, concentrando-se no mistério que estava a ponto de desvendar, voltou-se para os monges com ar ameaçador.

— Um de vocês guarda um grande segredo — disse. — Um homem que, há dez anos, sobreviveu à abordagem de uma galera do Crescente. Era um peregrino oriundo da Ásia, embarcado numa nau do papa. Não se salvou por sorte nem audácia; foi poupado por um *rais*, capitão pirata. — Olhou rapidamente para os companheiros de aventura, detendo-se nos rostos de Assãn Agà e Leone Strozzi, que mais pareciam máscaras inescrutáveis. Sinan podia imaginar perfeitamente o que se agitava sob aquelas expressões contraídas. Esperavam que ele pronunciasse um nome. E esse nome, ele o conservou ainda por um instante nos lábios. — O homem que procuro se chama Tadeus — revelou por fim, fitando novamente os cinco reféns. — Se der um passo à frente, juro por minha honra que não farei mal a nenhum de vocês.

Percebendo que os monges trocavam olhares furtivos, o rapaz fendeu o ar com a espada para chamar sua atenção. Vivera bastante tempo entre cristãos para conhecer certos usos dos religiosos. Os cenobitas dos mosteiros podiam se comunicar sem palavras, mediante complicados códigos gestuais concebidos para não infringir a regra do silêncio.

— Não brinquem comigo, *fratres* — advertiu-os Sinan. — Estou a par de suas artimanhas.

Um dos monges deu um passo à frente.

— Artimanha nenhuma, jovem aventureiro — disse com voz firme. Era o mais alto e, embora velho, conservava no porte uns restos de altivez. Via-se em seus olhos um lampejo de orgulho, quase de desafio, que suscitou em Sinan um profundo respeito. — Sou o homem que procura — acrescentou sem temor. — E, se o capitão pirata a que se referiu honrou sua promessa, você só pode ser...

— ... seu filho — completou o rapaz, aproveitando a deixa. — O filho de Sinan, o Judeu, nascido em Esmirna e morto por um bastardo traidor. — Cedendo aos impulsos, aproximou-se do monge de um salto. Esse gesto gerou inquietação entre os *azap*, mas ele os tranquilizou erguendo a mão esquerda. Os homens sossegaram num instante, como se achassem natural obedecer. Essa atitude agradou ao rapaz, que entretanto ficou preocupado: estava desafiando a autoridade de Assãn.

— Você, porém, não se parece com ele — observou Tadeus, arqueando as sobrancelhas. — Não se parece sequer com um muçulmano.

— Vivi longe do meu pai por muitos anos, mas o sangue dele corre em minhas veias, esteja certo disso.

— Portanto, admitindo-se que fala a verdade, seu pai morreu?

— Expirou em meus braços há poucos dias. E, para honrar sua última vontade, iniciei a busca do *Rex Deus*.

— Palavras sem sentido — objetou o monge. De sua mansidão, agora não restava nada. Empertigado como uma verga, espreitava o rapaz como um soldado pronto a combater. — Qualquer um poderia me procurar e mostrar-se convincente. É fácil se dizer filho de um homem morto ou pretensamente morto quando ninguém pode confirmar nem desmentir essa alegação.

Se percebesse na voz daquele homem o mínimo traço de insolência, Sinan não hesitaria em esbofeteá-lo. Mas, ao contrário, via em Tadeus um exemplo de coragem e franqueza.

— Tem razão — admitiu com um meio sorriso. — Insisto, porém: meu pai está morto. Não posso prová-lo, é verdade, mas eis aqui algo que deixará clara minha ligação com ele. — Embainhou a espada, enfiou a mão no bolso e tirou um pequeno objeto metálico. — A prova de minha sinceridade. A chave cilíndrica!

Os olhos do monge se arregalaram, deixando entrever bem mais que o simples espanto. Haviam se tornado profundos, quase insondáveis, como se estivessem na iminência de contemplar uma revelação.

— De que modo a obteve?

— Recebi-a do meu pai.

— Mostrou-a para mim em nosso primeiro encontro... — murmurou Tadeus, levando ambas as mãos à boca. — Prometeu mantê-la escondida...

— E cumpriu a promessa até o último alento.

— Então por que me procurou?

— Para conhecer a parte do segredo confiada apenas a você. Meu pai só me contou que seu mistério diz respeito à serpente coroada.

— Sim, à serpente coroada... Apenas o Judeu poderia dizer-lhe isso...

Tadeus permaneceu imóvel, examinando a pequena bússola, fascinado pelo movimento da agulha.

— A chave cilíndrica o guiará... — disse em voz baixa. — Antes, porém, deve encontrar o mapa... O mapa... O...

— Deduzo que está convencido de minha sinceridade — interrompeu-o o rapaz, para arrancá-lo daquela espécie de deslumbramento. — Pois bem, esse mapa me levará ao *Rex Deus*?

— Sim, meu filho. — A atitude e o tom de voz do monge mudaram de repente. A suspeita e a dureza desapareceram de seu rosto. — Vou lhe revelar tudo, fique tranquilo. Devo explicar, entretanto, por que me entendi com seu pai.

— Nada mais óbvio — declarou Sinan. — Para salvar a vida. — Mas, tão logo proferiu essas palavras, se deu conta de que o motivo não poderia ser aquele. Não com o homem que tinha à sua frente.

De fato, o monge sacudiu a cabeça.

— Não o fiz por covardia nem por medo da morte...

— Pouco me importa! — interrompeu-o Assān, abrindo caminho entre as fileiras de *azap*. Examinou os presentes com um olhar cheio de desconfiança e brandiu seu punhal recurvo em direção a Tadeus.

— Não temos tempo a perder. Diga-nos onde procurar, velho idiota, e diga logo!

— Cale-se! — rugiu Sinan, arreganhando os dentes como um lobo. Agarrou o sardo por um braço e empurrou-o violentamente. — Como ousa? Estamos falando de meu pai! Se ainda conserva algum respeito por ele, ouça sem abrir a boca.

O *agá* recuou, intimidado. Depois, percebendo que tinha agido como covarde, cedeu à raiva e esteve para saltar sobre o agressor, mas parou a tempo, limitando-se a esboçar um sorriso malicioso. Sinan suspeitou que estivesse arquitetando um modo de vingar-se; contudo, não tinha tempo para se preocupar com ele. Estava curiosíssimo para descobrir os mistérios guardados pelo padre, embora aborrecido por ter de compartilhá-los com os presentes, sobretudo Assân.

A um gesto seu, Tadeus retomou a palavra:

— A vida de uma pessoa não é nada perto do *Rex Deus*. Quem se dispõe a preservar um segredo pratica um ato de pura devoção e aceita com alegria, se necessário, sacrificar a própria vida para protegê-lo... No entanto, revelando-o ao Judeu, não infringi nenhum juramento. Encontrei nele uma parte do mesmo mistério que estava defendendo.

Sinan sentiu um calafrio percorrer-lhe a espinha.

— Seja mais claro.

— Seu pai não me encontrou por acaso. Quando atacou a nau em que eu estava, já vinha me seguindo havia muito tempo. Escapei-lhe por pouco em Rodes, onde fui descoberto pelos soldados do papa; e, sem a intervenção dele, seria levado, iludido, para Roma, isto é, para a prisão e a tortura.

— Quer dizer que... estava sendo perseguido pela Igreja?

— Não pela Igreja, mas por uma confraria secreta que desejava se apossar do *Rex Deus* a todo custo, embora, na época, eu nem soubesse de sua existência. Seu pai é que me esclareceu. Trata-se de homens muito poderosos, que tramam nos claustros e palácios de Roma e Paris. Adotaram o nome de "Escondidos".

O rapaz virou-se instintivamente, trocando um olhar com Strozzi, que deu de ombros, como se não soubesse de nada.

Tentando concatenar as ideias, Sinan voltou-se novamente para o monge.

— Não entendo. Você diz que aqueles homens, os Escondidos, não têm o direito de conhecer o segredo do *Rex Deus*... E meu pai, tinha?

— Ele, sim — disse Tadeus, confirmando essas palavras com um aceno de cabeça solene. — O Judeu procurava resposta para um enigma que herdara de seus antepassados. Um enigma secular. A princípio, o segredo esteve em mãos de um grupo de famílias de raça judaica; mas, quando os herdeiros legítimos concluíram que sua estirpe estava a ponto de extinguir-se, confiaram-no à ordem dos monges peregrinos à qual pertenço. Eu sou o último representante dessa ordem sem nome. Já seu pai era um herdeiro legítimo, compreende? O que aceitei por vocação lhe pertencia por nascimento. Um direito, mas também uma missão, que agora é sua.

— Ignoro tudo de meus antepassados — comentou o rapaz. — Sou filho de um pirata, é só o que sei.

— Você é bem mais que isso. — O monge abriu os braços a fim de enfatizar as palavras que ia dizer. — Pertence a uma linhagem de cabalistas e astrônomos. Talvez mesmo ao ramo mais nobre que teve a honra de custodiar o *Rex Deus* antes de seu desaparecimento.

Sinan, ao ouvir isso, sentiu-se aturdido e lembrou a conversa que tivera, dias antes, com o sufi. Omar conhecia apenas uma parte da verdade, mas pusera-o no caminho certo, suscitando nele dúvidas que agora se agigantavam.

— Como pode afirmar isso com tanta certeza? Diga-me quem é e por que fugia dos Escondidos.

— Tudo a seu tempo, meu filho... Vou mostrar-lhe os documentos, muito antigos, que conservo no alto da torre. Vou lhe mostrar também a verdade sobre seus antepassados e o caminho para descobrir o mapa. Mas agora...

— Silêncio!

Sinan foi trazido de volta à realidade com tamanha violência que lhe pareceu ter sido acordado de um sonho. A exclamação proviera de Leone Strozzi, que olhava em volta alarmado, a mão direita agarrando firmemente o cabo da espada.

— Ouvi um barulho — disse o florentino para alertar os companheiros. — Alguém nos espia.

— Impossível — declarou Tadeus. — Aqui só moramos nós, os confrades.

O cavaleiro de Malta ignorou-o e, após percorrer a nave em largas passadas, indicou com o queixo uma portinhola lateral que dava para o claustro externo.

— Quem está aí? Apareça!

O rapaz apurou o ouvido, mas a princípio escutou apenas o troar dos canhões que vinha do mar. Ia pedir explicações quando, ao observar o ponto indicado por Strozzi, notou ali alguma coisa.

No arco de sombra projetada pela portinhola, percebeu um movimento furtivo. E de repente, como fantasmas saídos da noite, um grupo compacto de homens armados irrompeu no mosteiro.

18

Savério Patrizi recitara o ofício das vésperas sozinho, na capela do castelo de Piombino. Estava intensamente recolhido na *genuflectio recta*, orando com os dedos entrelaçados junto ao queixo que se projetava do rosto cheio de rugas. Uma estátua esculpida na penumbra, não fosse pela leve respiração que de vez em quando lhe soerguia o peito. Talvez contivesse o fôlego de propósito, pensou a mulher escondida atrás da coluna, para prolongar ao máximo aquela imobilidade hierática. Depois o viu espremer um grão do rosário, provocando um ruído seco, calculado, que a fez estremecer.

O inquisidor se virou.

— Minha senhora, eu a esperava.

Helena Salviati simulou uma reverência acanhada, aproximou-se a passos rápidos e ajoelhou-se a seu lado, diante do grande crucifixo que ornava um pequeno altar de mármore.

— Novidades, padre?

— Notícias do seu marido — respondeu o religioso, fitando o Cristo suspenso da cruz.

A dama ficou perplexa.

— Mas como é possível? Eu não sabia de nada...

Patrizi ergueu a mão como se pretendesse abençoá-la e agitou-a de leve, para impor-lhe silêncio.

— Providenciei para que as mensagens dele fossem entregues a mim e não a você. Estamos numa situação muito especial, espero que compreenda.

Helena irritou-se. Havia convencido Jacopo a apoiar os Escondidos a fim de obter vantagens, não para que sua correspondência fosse examinada e controlada por estranhos. Mesmo assim, não disse nada. Savério Patrizi intimidava-a. Frio e inescrutável, bastava-lhe fitá-la com seus olhos astutos para deixá-la pouco à vontade. Tentara inibir aquela sensação, procurando conquistá-lo com lisonjas e risinhos maliciosos, mas só o que conseguira fora um maior distanciamento. E agora estava sozinha em seu castelo, ao lado de uma pessoa que não compreendia e que temia.

— Sua criada, senhor — disse, esforçando-se para parecer submissa.

— Um mensageiro chegou do sul, após levar à exautão física três cavalos — informou o inquisidor, sem se dignar olhá-la no rosto. — Seu marido está no encalço de Barba-Roxa e, o mais importante, do *Rex Deus*. Segundo uma fonte segura, o almirante corsário foi para a igreja da Rocca, ao sul de Piombino.

— Que fonte?

— A espiã, naturalmente.

Helena retorceu a boca, enciumada.

— Continua confiando naquela mulher...

— E você, não?

— Ouvi histórias vergonhosas sobre ela.

— Todas verídicas, suponho. — Um gélido sorriso se desenhou nos lábios do inquisidor. — Margarida Marsili traz em si profundezas obscuras, quase insondáveis, mas quer ser resgatada e, para isso, está disposta a fazer qualquer coisa. Sei muito bem o que digo. Conheci-a na primavera passada num lugar parecidíssimo com o inferno: Toulon, na Provença. A frota de Barba-Roxa invernava naquela cidade desde o outono precedente, com o beneplácito de Francisco I da França, seu aliado blasfemo. Os chacais de Maomé estavam acompanhados de escravos e concubinas.

Embora não por experiência direta, dona Salviati sabia o que havia acontecido em Toulon. Barba-Roxa instalara-se com seu séquito numa fábrica de sabão, transformando-a em corte, e havia obtido permissão para usar a catedral de Santa Maria Maior como mesquita, que os muezins passaram a ocupar. Corsários e janízaros perambulavam pelas ruas da cidade, confraternizando-se com os capitães das esquadras francesas e perpetrando saques, assassinatos e raptos. Depois de cinco meses, Toulon ficara reduzida à miséria e, se Francisco I resolvesse se livrar de Khayr al-Dīn, teria de pagar-lhe oitocentos mil escudos de ouro, além de víveres e munições. Esse era o preço para quem hospedava o diabo em sua própria casa.

— Margarida Marsili estava entre as putas que acompanhavam os turcos otomanos — continuou Patrizi. — Encontrei-a num estado lamentável, mais semelhante a um animal que a um ser humano. Era a pior de todas, entregava-se a qualquer um que lhe desse comida e proteção. Normalmente, eu não me aproximaria de uma alma tão corrupta, mas fui obrigado a fazer isso devido às circunstâncias. Procurava uma pessoa capaz de exercer certas funções, a pedido de gente muito importante. No entanto, falhou na primeira missão que lhe confiei.

Embora se esforçasse, Helena não conseguia imaginar o diáfano Savério Patrizi percorrendo lugares de depravação e torpeza, em busca de refugos humanos que servissem à causa dos Escondidos. Sob aquela fachada de dominicano, pensou, devia esconder-se um homem de muitas caras.

— Eu não sabia nada sobre isso.

— Não há muito a dizer — suspirou o inquisidor. — Pedi a Margarida que se ocupasse de um exilado que frequentava Barba-Roxa, um espinho na carne do duque de Florença. Mas ela, em vez de matá-lo, apaixonou-se por ele.

— Quem era esse exilado? — perguntou Helena, curiosa não tanto em relação àquele homem, nem à paixão da Marsili, mas aos laços entre Patrizi e Cosme I de Médici. Por um instante receou que o duque de Florença, um inimigo poderoso, estivesse secretamente mancomunado com os Escondidos. Não, disse para si mesma, era impossível. Porque, se fosse assim, ela e o marido, enganados, podiam estar correndo um risco mortal...

— Você não precisa saber o nome dele. — Patrizi olhou-a de soslaio. — Era um cavaleiro de Malta, traidor de sua ordem e do grão-ducado da Toscana. — Voltou-se de novo para o crucifixo. — Desde então, confiei à Marsili tarefas mais condizentes com sua índole. — Suspirou fundo. — Mas falemos de nós. Seu marido cometeu uma grande tolice, ainda que estivesse bem-intencionado. Agrediu dom Juan de Vega, deixando-o desfalecido na praia, ao norte de Campo Albo.

— Precisamos remediar isso...

— Aguardemos com calma a evolução dos acontecimentos. Aliás, o Senhor Deus inspirou a Jacopo uma ótima estratégia. Pedirá ajuda a Giannettino Doria, para que ele, com sua frota, detenha os corsários. Enquanto isso, enviou um destacamento de homens escolhidos à igreja da Rocca, para arrancar do filho do Judeu o segredo do *Rex Deus*. Assim, cada um de nós poderá obter o que mais deseja.

Ao abrir os olhos, viu-se dentro da igreja arruinada, em meio aos cadáveres crivados de setas. Seu primeiro impulso foi levantar-se. Uma reação imprudente, considerando-se a vertigem provocada pelo golpe recebido na cabeça. Dom Juan de Vega, porém, queria ficar logo de pé para não se confundir com os corpos mortos que jaziam à sua volta.

Cambaleou até a porta e lá, apoiando-se no portal, contemplou o mar avermelhado pelo crepúsculo. A flotilha de Jacopo V Appiani havia desaparecido. O maldito bastardo o tinha abandonado como a um refugo, numa praia coalhada de seixos e cadáveres. Que teria sido feito de Isabel? Já não havia possibilidade de encontrá-la.

Dominando a ira, avançou a passo já firme por entre as choupanas desertas e enveredou por uma senda que o afastava do mar, na direção de um bosque. Essa foi outra reação instintiva, como se o simples fato de mover-se pudesse atenuar sua angústia. A princípio, não sabia que rumo tomar. Depois, forçando a memória, ocorreu-lhe uma série de imagens. A conversa com Appiani, a penumbra da abside, a boneca de trapos e... a mensagem que continha! Então soube exatamente para onde ir. Mas a pé perderia muito tempo — e tinha pressa.

Virou para o sul, entrando num bosque de carvalhos. Cansado e sedento, prosseguiu como um sonâmbulo, sem que o pensamento de resgatar a filha lhe desse sossego. A certa altura, sufocado pelo peitoral de aço, arrancou-o impulsivamente e jogou-o na grama, sem se deter.

Caminhou durante horas, sem encontrar ninguém. Depois, ao escurecer, ouviu o relincho de um cavalo. Num assomo de esperança, correu por entre os arbustos de rosmarinho até avistar um corcel turcomano amarrado a uma árvore. O dono estava perto, sentado no chão com as costas apoiadas ao tronco. Envergava um turbante escuro e um cafetã elegante, amarelo. Mesmo no escuro, via-se em seu flanco esquerdo uma mancha de sangue. Os *akinci* tinham deixado para trás um de seus feridos.

Sem procurar se esconder, Vega saiu do meio dos arbustos e caminhou na direção do moribundo. Queria o cavalo e o cantil de água que pendia da sela.

O animal deu sinais de nervosismo, mas o turco, abrindo de repente os olhos, tranquilizou-o com uma exclamação curta e, para surpresa do espanhol, pôs-se de pé, desembainhando a cimitarra.

Cruzaram as lâminas sem proferir palavra, medindo-se num duelo breve, mas violento — um soldado ferido de morte contra um homem esmagado pela fadiga, sob um céu coberto de estrelas. Dom Juan lutou como um bárbaro, furioso e indiferente às regras da esgrima, até dominar o inimigo. Um golpe no peito, nenhuma mesura, e o espanhol pegou o cavalo e a água.

Com o ardor do combate se desvanecendo na frescura da noite, cavalou a trote largo em direção à Rocca de Campo Albo. Já pensava ouvir, a distância, o ribombar dos canhões.

19

As lâminas e os peitorais dos soldados cintilavam à luz das velas. Não eram guerreiros comuns, mas infantes bem equipados. Vinte ao todo, chegavam para matar. Sinan viu-os penetrando na penumbra da nave e, quando se aproximaram, reconheceu seu uniforme. Eram esbirros de Jacopo V Appiani.

— Por onde anda o seu chefe? — rugiu, num acesso de cólera. — Terá perdido a coragem, agora que não estou mais acorrentado?

— Cautela! — advertiu-o Leone Strozzi, postando-se a seu lado. Empunhava a espada com a mão direita e a adaga com a esquerda. — Estes cães certamente não vieram aqui para conversar. — E, brandindo as armas, convidou um adversário a adiantar-se.

A um grito de Assān, os seis *azap* avançaram em ordem dispersa para travar o combate. Estavam em nítida minoria, mas eram mais valentes que um bando de lobos. Em lugar de presas e garras, serviam-se de dardos, cimitarras e ganchos metálicos, com que haviam escalado o penhasco. Diante de seu ímpeto, os homens de Appiani foram obrigados a recuar para os fundos. Mas os golpes mais temíveis eram desferidos no centro da nave, onde Sinan e Strozzi travavam uma luta desigual. O cavaleiro de Malta, que tinha pela frente dois adversários, aparava seus golpes com a adaga e respondia com a ponta da espada, até ferir um deles no pescoço. Rápido, colocou-se às costas do companheiro, para protegê-lo, e continuou a lutar. Sinan, por sua vez, havia acabado de derrubar um esbirro quando se viu diante de outros dois, ainda mais agressivos. Defendia-se habilmente, manejando a espada com movimentos tão velozes que atordoavam os homens de Jacopo V.

Era a primeira vez que se via envolvido num combate não convencional, mais semelhante a uma briga que a um duelo entre cavalheiros, mas mesmo assim não se sentia constrangido nem em apuros. Ao contrário, estava perfeitamente à vontade, tomado por uma euforia sanguinária alimentada pelo ódio ao príncipe de Piombino. Contudo, os ferimentos recentes impediam-no de dar o melhor de si, obrigando-o a dosar as forças para não perdê-las de vez e ficar à mercê do inimigo. Além disso, tinha pouco espaço para se movimentar. A nave do mosteiro era escura e atravancada. Só com dificuldade ele se orientava na confusão da luta, com dezenas de silhuetas recortadas na penumbra, entre os gritos, o retinir das armas e o estrondo dos canhões, que ia ficando cada vez mais alto.

Sem deixar de desferir seus golpes, Sinan olhou em volta para avaliar a situação. Os *azap* haviam dizimado as fileiras de agressores, mas pelo menos três deles jaziam por terra. Viu Assān, encoberto pelas sombras, apunhalar pelas costas um inimigo e, bem no centro da peleja, o monolítico Margutte.

O gigante albino golpeava com sua maça à direita e à esquerda, arremessando os adversários ao chão ou contra as colunas. Mais que combater, parecia ocupado em afugentar um enxame de moscas. Em seu rosto, o sorriso infantil estava deformado por um reflexo de loucura. Quando cruzou o olhar com o de Sinan, baixou a arma e aproximou-se do rapaz a passos largos, empurrando os bancos de madeira da nave com seu corpanzil.

Sinan estava às voltas com um terrível espadachim, talvez o chefe do grupo, a julgar por sua formidável habilidade. E, não obstante o cansaço, pressionava-o duramente. Uma última sequência de golpes e poderia despachá-lo para junto do Criador. Mas Margutte decidiu vir em seu socorro e, vibrando a maça de baixo para cima, atingiu o homem à altura dos joelhos, mandando-o de pernas para o ar com um rangido de ossos quebrados.

— Não se meta, idiota! — rugiu Sinan, vendo-se privado do prazer de liquidar o adversário.

— Deixe-o! — interveio Strozzi, puxando o rapaz em direção à abside. — Você tem coisa mais importante em que pensar.

Nesse momento um soldado inimigo saiu da sombra, surpreendendo o florentino pelas costas. Sinan empurrou Strozzi com um gesto brusco e, agindo por reflexo, adiantou-se para golpear o esbirro.

O cavaleiro de Malta, assustado, viu o homem cair ao chão e voltou-se para o jovem corsário.

— Devo-lhe a vida — disse, mais surpreso que agradecido.

— É provável que não demore a me pagar esse favor — retrucou Sinan com um sorriso zombeteiro. Em seguida, tomado de um súbito pressentimento, virou-se para a área do coro.

— Os monges! — exclamou. — Para onde foram?

O florentino examinou bem as silhuetas dos homens que estavam no recinto.

— Fugiram!

— Precisamos recapturá-los — disse o rapaz. — Não podemos perder Tadeus.

— Ali! — gritou Strozzi, indicando a porta principal do mosteiro. Um grupo de soldados saía a toda pressa, fugindo ao combate.

Os dois companheiros lançaram-se em seu encalço, deixando para trás o lento Margutte. Com uma rápida sucessão de golpes desvencilharam-se do homem que tentava barrar-lhes o caminho, atravessaram a porta e viram-se do lado de fora, armas em punho e músculos contraídos. Não estavam preparados para o espetáculo que tinham pela frente.

Diante de seus olhos abria-se um pequeno pátio circundado por casas em chamas. A noite, agora mais escura por causa da fumaça do incêndio, estremecia ao som dos canhões e do sibilar dos projéteis que batiam contra paredes e edifícios.

Sinan, petrificado, ficou a contemplar a Rocca em chamas. O vento lhe trouxe o calor das labaredas, cegando-o com uma baforada de cinzas. Um grito de Strozzi arrancou-o daquela visão infernal.

No meio do pátio, confundida com as sombras, uma carroça negra partia ao som de chicotadas.

— Devem ser eles! — disse o rapaz, tentando alcançar o veículo. Mas no mesmo instante um cano de arcabuz surgiu debaixo do toldo, obrigando-o a atirar-se por terra.

O tiro partiu, roçando-lhe pela orelha esquerda, enquanto a carroça disparava com um ranger estridente de rodas em direção aos becos em chamas e desaparecia numa nuvem de fumaça.

— Que fazemos agora? — perguntou o florentino, ajudando o companheiro a levantar-se. — Se você voltar para a capitânia de mãos vazias, Barba-Roxa o matará antes que possa lhe dar explicações.

Sinan apanhou a espada que caíra por terra e olhou em volta, procurando apressadamente organizar os pensamentos. O primeiro impulso, e talvez mais racional, foi o de fugir. O cavaleiro de Malta poderia defendê-lo declarando que tinha sido raptado ou morto pelos homens de Appiani. Mas, se fizesse isso, o rapaz teria de renunciar à sua vingança e, provavelmente, também a Isabel. A jovem ainda estava lá, nas garras do feroz Nizzâm. Não podia permitir-se abandoná-la. Mas, por outro lado, que escolha lhe restava?

Não muito longe do lugar de onde a carroça partira, descobriu os cadáveres de quatro monges. Os cães bastardos de Appiani haviam reconhecido Tadeus e se livraram de seus confrades, temendo sem dúvida que algum deles estivesse a par do segredo. Agora, na igreja da Rocca, não restava ninguém capaz de desvendar o mistério do *Rex Deus*.

— Talvez nem tudo esteja perdido — ponderou Sinan, esperançoso, e correu para o interior do mosteiro.

Strozzi seguiu-o instintivamente.

— Que pretende fazer?

— Lembra-se das palavras de Tadeus? — O rapaz estacou à entrada. — Disse ter escondido documentos na torre!

— Socorro, ela quer me matar! — gritou Isabel, esmurrando a porta do cubículo. Já não tinha mais voz e, pior ainda, estava certa de que ninguém responderia ao seu chamado. Mas, quando já se dava por vencida, ouviu passos que se aproximavam, o giro da chave na fechadura e o ranger dos gonzos do batente.

Apareceu um guarda de rosto redondo e totalmente desprovido de barba. Fitou a jovem com ar inquisitivo e parou cautelosamente na soleira para ver o que acontecia. Isabel convidou-o a entrar, fingindo-se aterrorizada.

Enquanto isso, a porta se fechava devagar, descobrindo uma figura oculta na sombra. Uma mulher. Esperou que o homem chegasse ao centro do cubículo, aproximou-se silenciosamente por trás, ergueu o braço e baixou-o num golpe rápido. Um lampejo de luz metálica.

Com um gemido entrecortado, o guarda levou a mão à nuca e seu rosto se deformou numa expressão de dor. Rilhou os dentes, ameaçando explodir num acesso de cólera, mas foi tomado por uma convulsão e caiu com os joelhos e o rosto contra o assoalho.

— Que ideia foi essa? — gaguejou Isabel, aturdida. — Não combinamos matá-lo!

Emergindo da sombra, Margarida Marsili curvou-se sobre a vítima e, tomando cuidado para não se sujar de sangue, arrancou o punhal de sua nuca.

— Era maior que nós duas juntas — retrucou com cinismo. — Achava mesmo que conseguiríamos assustá-lo com uma laminazinha de cortar barbante?

— Então você pretendia matá-lo desde o início... — Isabel se imobilizou diante do aspecto da companheira. Após sua recente discussão, acreditara ter reconhecido nela uma alma indefesa e perturbada, oculta sob um véu de agressividade. Enganara-se. "Seremos como irmãs", prometera, para tranquilizá-la. Mas a verdadeira Margarida era outra. A mulher altiva e impiedosa, capaz de matar a sangue-frio, agora reaparecia à sua frente.

— Depressa! — gritou a ruiva, correndo para a porta. — Precisamos ir.

Isabel se sentiu agarrada pela mão e arrastada para fora do cubículo. Então percebeu que havia se iludido: a mais forte das duas sempre fora Margarida.

Avançaram com cuidado pelo corredor, passaram pelo camarote do comandante e, descendo uma curta escada de madeira, saíram do castelo de popa. Era noite fechada. Não havia ninguém por perto, mas elas não podiam ter certeza de que a ponte estivesse completamente deserta. Rompia as trevas apenas o brilho das lanternas suspensas das vergas e da amurada, deixando amplos espaços no escuro. A prudência aconselhou-as a esconder-se atrás de alguns tonéis para estudar a situação, à espera de que os olhos se habituassem à penumbra.

A superfície negra do mar fundia-se com o relevo da terra firme, bem próxima. A nau devia estar atracada perto da costa, oscilando e rangendo sob as estrelas como se dormitasse.

— Veja, uma chalupa. — Isabel mostrou uma pequena barca amarrada ao costado, aos fundos do convés.

— Não será fácil chegar até lá — murmurou Margarida, apontando para as velas recolhidas nos mastros.

Mas o rugido dos canhões obrigou-as a se virar para o sul, para um espetáculo que as paralisou. A cerca de três quilômetros de distância, um grupo de galeras tomava de assalto uma fortaleza debruçada sobre o mar. Os tiros de artilharia riscavam o céu como raios numa tempestade, iluminando o perfil das embarcações, enquanto as chamas que envolviam as ameias, bem distintas mesmo de longe, tingiam a noite de borrões purpúreos.

A bela Marsili foi a primeira a recuperar-se do impacto daquela cena.

— Pensemos em nós — disse. E chamou a atenção da companheira para a gávea instalada no mastro principal, onde resplandecia uma tocha.

Isabel levou alguns segundos para dominar as emoções. Olhou então para o alto, onde se viam as silhuetas de dois vigias acocorados na plataforma.

— Estão imóveis.

— Talvez dormindo. Mas nunca se sabe.

— De qualquer forma, não me parece que vigiem a ponte.

— Mas aqueles, sim — disse Margarida, indicando dois homens de ronda que acabavam de sair da sombra. *Ghazi* armados de lanças curtas, arrastando os pés de cansaço. Vinham sem dúvida da proa.

— Esperemos que façam seu giro e se afastem — sugeriu Isabel, encolhendo-se atrás de um barril. — Aqui não nos verão.

Os dois homens passaram por seu esconderijo sem perceber nada. Vistoriaram rapidamente as imediações do leme à luz dos faróis de popa e continuaram andando em direção à proa. Quando já iam longe, as duas mulheres saíram de trás dos tonéis e se aproximaram da chalupa.

O barco estava preso ao costado por meio de um sistema de amarras ligadas a um cabrestante provido de manivela.

— Não podemos descer juntas — disse Isabel. — Uma terá de ficar na ponte para acionar a manivela.

— E depois?

— Depois descerá por uma das cordas fixadas na chalupa.

— Com risco de cair no mar...

— Se isso acontecer, a outra a puxará para bordo.

A ruiva cruzou os braços.

— Eu não sei nadar.

Isabel se pôs de lado.

— Desça você para a chalupa — ordenou, decidida. Talvez estivesse mais assustada que a companheira à ideia de se precipitar na água, mas o receio de que os guardas voltassem de um momento para outro inquietava-a ainda mais que o risco de afogar-se.

Depois de ajudar Margarida a entrar na barca, destravou a manivela onde estava enrolado o cordame e segurou o cabo para fazê-la girar. Mas o mecanismo era mais resistente do que previra. Precisou apelar para todas as suas forças a fim de movimentá-lo alguns centímetros e, pela primeira vez desde que tinha saído do cubículo, pensou que não conseguiria alcançar seu objetivo. Era muito fraca, seriam necessários os músculos de um homem para acionar a manivela; mas agora estavam fora e haviam matado um guarda: não podia deixar que alguém as descobrisse. Dominada pela angústia, agarrou-se à manivela com ambas as mãos e tentou mais uma vez girá-la, dobrando os joelhos para dar mais impulso. De repente, sentiu que o mecanismo cedia. Profundamente aliviada, a jovem continuou a fazer força, mas o giro ainda era lento; percebeu então que, quanto mais a corda se desenrolava, menor era a resistência oposta pela máquina. Rezando para que ninguém ouvisse o chiado da carretilha, continuou a girar a manivela até escutar o barulho da chalupa pousando sobre a superfície da água.

Soltou a manivela e respirou fundo. Estava exausta, mas não tinha tempo de descansar. Havia chegado a sua vez de descer.

Debruçou-se na amurada e agarrou um cabo, mas, olhando para baixo, sentiu-se invadida pela vertigem. Era mais alto do que tinha calculado e a escuridão, de tão profunda, se confundia com a água do mar. Hesitou um instante, depois sacudiu a cabeça e cobrou coragem. Afinal, acabara de arriar sozinha uma chalupa. Não podia fraquejar. Calou, pois, todos os temores, agarrou a corda e começou a descer. Mas então compreendeu que havia cometido um erro. Sentiu os dedos deslizar sem conseguir se prender a nada e percebeu que a corda fora encerada com alcatrão!

Precipitou-se no vazio com um grito prolongado, até sentir o impacto e em seguida o abraço gélido da água, que a arrastava para o fundo, onde a escuridão era quase palpável. Onde tudo parecia diluir-se no nada. Mas antes que se precipitasse nas profundezas, uma mão agarrou-a pelos cabelos e puxou-a para a superfície.

— Rápido, rápido! — disse Margarida, ajudando-a a subir a bordo. — Seus gritos sem dúvida chamaram a atenção de alguém!

Isabel segurou-se nos bordos da chalupa, tossindo e respirando convulsivamente. Nunca tinha imaginado que o simples contato com umas pranchas de madeira pudesse infundir tamanha sensação de felicidade. E, ignorando os arrepios de frio, sentou-se na proa e começou a remar juntamente com a companheira.

20

Combatia-se ainda no interior do mosteiro. Os últimos sobreviventes da peleja, já exaustos, vibravam seus golpes com menos audácia e energia, confiando mais na sorte que no valor. Sinan e Leone Strozzi percorreram a nave sem se deixar envolver na luta, mas não passaram despercebidos a Assān, que ordenou a Margutte substituí-lo no duelo e alcançou-os a passos rápidos.

— Malditos incapazes, deixaram o monge fugir! — bradou-lhes com sua voz estridente. — Agora o *Rex Deus* está perdido!

— Isso veremos — retrucou o jovem. — Existe outra possibilidade. — E, correndo para o lado direito da abside, cruzou a porta para a torre do campanário.

— Esperem! — chamou o sardo. — Não se atrevam a me deixar para trás.

Em resposta a essas palavras, o cavaleiro de Malta pôs-se de lado e deixou-o passar.

— Primeiro você, *agá*. — E, tendo assim lhe dado precedência, seguiu-o para além das colunas, em direção à escada.

Sinan já estava no meio da subida quando ouviu atrás de si um grito lancinante. Desceu apressadamente, pronto para combater, quando avistou Assān caído de joelhos e a boca escancarada: às suas costas, Leone Strozzi mergulhava-lhe a adaga na nuca.

O jovem observou a expressão agonizante do sardo, mais surpreso que desgostoso por assistir à sua morte.

— Senhor... por quê? — balbuciou Sinan.

— Porque eu conhecia as ordens dadas por Barba-Roxa a este homem. — O florentino arrancou a lâmina das carnes de Assān e, com ela, seu último sopro de vida. Em seguida, afastou-se para deixá-lo rolar escada abaixo. — Estava aqui para descobrir seus segredos e depois assassiná-lo. Mas não tema, diremos ao emir que ele foi morto pelos esbirros de Appiani. — Lançou ao rapaz um olhar de cumplicidade. — Considere isso o pagamento por você ter salvado minha vida.

Sinan fez uma leve reverência de gratidão, mas não se deixou demover.

— Não pense que sou ingênuo, senhor. Tem me ajudado muito e ainda ignoro o motivo.

O cavaleiro de Malta deu de ombros.

— Saberá logo, fique tranquilo. — Embainhou a arma. — Mas agora temos trabalho pela frente.

Continuaram subindo até chegar à área do sino.

— Nem baús nem prateleiras. — O rapaz olhou em volta com ansiedade crescente. Sabia bem que, se voltasse de mãos vazias, Barba-Roxa cobraria caro seu fracasso. — Em sua opinião, a que se referia Tadeus?

— Falou de documentos, de papéis muito antigos — respondeu Strozzi. — Palavras muito vagas para tirarmos alguma conclusão. Mas aqui não vejo nenhum esconderijo onde se poderiam guardar tais coisas.

— Vamos descer — propôs Sinan, voltando-se para a escada. — Talvez tenhamos mais sorte se procurarmos em outro lugar.

— Não, espere. O velho era muito devotado à sua causa para mentir. Aquilo de que falou deve com toda certeza estar aqui.

Strozzi começou a examinar com mais atenção as paredes e o rapaz imitou-o. Os membros da Ordem de São João Batista eram homens especiais, primeiro de tudo por sua devoção e coragem. Mas também gozavam da fama de mestres em ocultar provas e distorcer a realidade, a ponto de fazer passar por empresas heroicas seus atos de pirataria. Quem, então, melhor que um deles para interpretar os enigmas de um monge?

Sinan acompanhava-o, mais atento à sua expressão que à busca. E, depois de segui-lo por todo o recinto, viu-o aproximar-se de um ponto preciso na parede.

— Que será isto? — ouviu-o dizer.

Entre os blocos de pedra, havia uma fenda vertical, como se a argamassa tivesse sido raspada para abrir um espaço no interior da parede. Dentro, fora colocado um objeto comprido e fino, envolto num pedaço de pano.

Strozzi enfiou a mão na fenda e, com cuidado, retirou o embrulho, colocou-o no chão e pediu a Sinan que o ajudasse a desfazê-lo. Parecia um antigo estandarte, agora desgastado. Ao tocá-lo, os dois companheiros perceberam imediatamente que era muito frágil. Não puderam evitar danificá-lo em vários pontos. Manchas de mofo e sujeira cobriam uma trama que na origem devia ter sido branca, com uma grande cruz vermelha pintada no centro. No interior do embrulho encontraram uma espada de cavaleiro totalmente enferrujada. Entre o cabo e a guarda estava amarrado um livrinho.

— Vê? — perguntou o florentino, num tom de profundo respeito. — Estas coisas devem ter mais de duzentos anos!

Sinan reconhecia a custo o companheiro. Até então, comportara-se com o cinismo de quem está interessado apenas em vingança e agora o via de joelhos, absorto a contemplar uma relíquia com autêntica veneração. Mas era natural. Aquele estandarte trazia o símbolo de uma ordem de monges guerreiros extinta havia muito tempo: a cruz herética dos templários.

Entretanto, o que mais intrigava o rapaz era o misterioso vínculo entre seu pai, o *Rex Deus* e a Ordem do Templo. Um vínculo que, por estranhos caminhos, também lhe dizia respeito. Se Tadeus fora sincero, a resposta estaria no livrinho amarrado à espada. E em suas páginas ele encontraria igualmente o mapa para chegar ao *Rex Deus*. Impaciente por descobrir, Sinan desatou o laço que o mantinha preso ao punho da arma e examinou-o com cautela, receoso de danificá-lo como havia feito ao estandarte. Com imenso alívio, notou que estava bem mais conservado e que poderia folheá-lo sem dificuldade. Ao que parecia, o pergaminho resistira mais ao tempo que o aço.

Depois de espanar a poeira do códice, abriu-o na primeira página. Tratava-se de um manuscrito redigido numa língua que ele não conhecia. Não era certamente latim nem nenhum dialeto da península italiana. Certas frases lembravam o francês, mas não faziam sentido para ele.

— Estas páginas devem conter o segredo mencionado por Tadeus — disse Strozzi.

— Talvez. — O rapaz passou-lhe o livrinho. — Mas o fato é que não consigo entender uma palavra sequer.

— Está escrito em provençal antigo — explicou o cavaleiro de Malta, examinando o texto. — Parece uma espécie de diário.

— Pode traduzi-lo?

— Acho que sim, já estudei documentos escritos nessa língua. — Franziu o cenho e murmurou algumas palavras para si mesmo. — Mas você deve ter paciência, pois isso faz muito tempo e terei de ler com muita atenção para não me enganar. Felizmente, o autor usou uma linguagem simples. Não era nenhum erudito — sorriu —, mas um monge templário. — E, dizendo isso, mostrou alguns sinais em forma de cruz nas margens das páginas, emblemas da Ordem do Templo. — O texto começa com uma data, 16 de março de 1244.

Começou então a traduzir:

Chamo-me Aloisius e, há duas semanas, assisti à queda do castelo de Montségur. Que Deus tenha piedade de minha alma imortal, mas não pude fazer nada diante dessa calamidade a não ser, oculto na espessura de um bosque, lamentar minha impotência. Não sou covarde e muito menos perverso. Se faltei ao meu dever de defender os oprimidos, foi para cumprir uma tarefa de imensa importância, da qual depende o futuro de toda a cristandade.

Amanhã, os soldados do senescal do rei conduzirão os habitantes do castelo à fogueira, onde queimarão diante dos olhos do arcebispo de Narbonne. Mas esta noite Pierre-Roger de Mirepoix, comandante supremo das milícias de Montségur, conseguiu levar para fora do castelo quatro homens e, após iludir a vigilância dos guardas, confiou-os à minha proteção. Implorei-lhe que viesse conosco para salvar-se, mas aquele valente, depois de agradecer-me, voltou para partilhar o destino dos companheiros. Espero que Deus, quando decidir tirar-me a vida, infunda em mim a mesma coragem. Antes, contudo, peço-lhe que me dê forças para pôr a salvo esses quatro fugitivos. Agora que as defesas de Montségur ruíram, eu represento para eles a única esperança de sobrevivência. Não permitirei que morram em vão. Três deles são cátaros *perfecti*, guardiães do culto professado em diversos lugares do Languedoque e erroneamente definido como heresia. Esse culto representa, muito ao contrário, a verdadeira interpretação do Evangelho.

O quarto fugitivo é um judeu de antiga estirpe. Não sei por que foi se esconder em Montségur. O comandante Mirepoix pouco me falou a respeito, advertindo-me apenas de que esse homem conserva um terrível segredo. E enquanto me abraçava para se despedir, sussurrou ao meu ouvido duas palavras: *Rex Deus*.

Leone Strozzi ergueu os olhos do livro. Lera somente a primeira página e Sinan ardia de curiosidade por saber o que mais continha aquele diário. Quem era o judeu citado por Aloisius? Um de seus antepassados distantes, talvez?

— Continue a traduzir, por favor — pediu.

Mas o florentino passou-lhe o livro e dirigiu-se a uma janela que dava para o pátio embaixo.

— Acho que ouvi relinchos de cavalos — avisou, alarmado. Debruçou-se no peitoril. — Problemas — disse, convidando o companheiro a olhar também.

Sinan obedeceu, dando-se conta, subitamente, de que os ribombos dos canhões haviam cessado. O interesse pelo conteúdo do diário fora tal que o tinha afastado da realidade. E, quando olhou para baixo, teve uma péssima surpresa.

O pátio estava ocupado por um destacamento de guerreiros turcos. No comando, sobre um corcel magnificamente ajaezado, Nizzâm.

Dom Juan de Vega freou o cavalo na praia para observar os imponentes veleiros atracados ao largo. A escuridão da noite não lhe permitiu distinguir as insígnias, mas tinha certeza de não se enganar: eram sem dúvida as naus do Crescente.

Estava cansado demais para urdir estratégias, precisava de descanso — e, contudo, sentia-se invadido por uma imensa alegria. Isabel se encontrava decerto numa daquelas embarcações. Restava-lhe apenas encontrar um modo de libertá-la.

Em seguida, fitando novamente o mar, entreviu algo entre as ondas e os escolhos. Por um instante julgou estar assistindo a um jogo de sombras que plasmava formas de objetos inexistentes, mas, após aguçar a vista, concluiu que não havia se enganado. Uma chalupa atracava na praia, a pouca distância. Talvez fossem soldados turcos, pensou. Mas em seguida, para sua grande surpresa, viu duas mulheres descer da embarcação. Estavam sozinhas e, mais estranho ainda, só podiam ter vindo de um dos grandes veleiros turcos.

De repente, dom Juan sentiu um presságio apertar-lhe o estômago e lançou o cavalo naquela direção. Era uma ideia louca, uma ilusão vã, mas ele orou com todo o seu ser para que fosse verdadeira. Pois, exceto se o cansaço houvesse turbado seus sentidos, uma das mulheres tinha algo de muito familiar.

Esporeou o cavalo e partiu a galope.

Quarta Parte
O LOGRO

21

A fumaça dos incêndios já tinha começado a se dispersar, mas o pátio diante da igreja ainda parecia um antro de trevas circundado pelas chamas. Sinan, do alto da torre do campanário, tentava proteger os olhos das nuvens de cinza e pólvora. A oeste, por entre a neblina da manhã, distinguia as galeras corsárias balançando nas ondas, mas sua atenção se voltava para o que acontecia embaixo, no pátio ocupado por um destacamento de *akinci* sob o comando do lugar-tenente de Barba-Roxa. Teria Nizzâm vindo ali com o propósito único de matá-lo? Sinan não pretendia de modo algum fugir dele. Planejava resgatar Isabel e, como talvez não tivesse outra oportunidade, pensou em descer e negociar o resgate da jovem a golpes de espada. Ponderou se, primeiro, não convinha consultar Leone Strozzi, mas, impaciente por lutar, guardou o diário de Aloisius sob o gibão e ia correr para a escada quando, de repente, percebeu que a situação havia mudado.

Alguns soldados da Rocca, saindo dos becos em chamas, se espalhavam pelo pátio emitindo gritos de guerra. Eram cerca dez infantes mal armados e sem um plano estratégico, mas, irrompendo em desordem, confundiram os cavaleiros turcos, incapazes de puxar as rédeas das montarias naquele espaço restrito. Quase todos os *akinci* saltaram para o chão a fim de engajar o corpo a corpo. Mas o *agá*, com os pés firmes nos estribos, tirou uma pistola de um coldre suspenso da sela e descarregou-a no peito do primeiro inimigo que teve pela frente.

Recolocou a arma fumegante no coldre, tirou outra do lado oposto da sela e apontou-a para um soldado prestes a agredi-lo, estourando-lhe os miolos. Rapidamente, desembainhou a cimitarra e avançou a trote pelo meio da peleja, desferindo golpes mortais em quem atravessava seu caminho.

— Aquele não é um homem, mas um demônio! — exclamou Strozzi, sem esconder uma certa admiração.

Sinan, taciturno, nutria a esperança de que o mouro fosse morto ou pelo menos ferido no combate. Mas logo percebeu que aquilo era uma ilusão. Nizzâm se movia com a desenvoltura de uma pantera, perfeitamente à vontade entre os adversários. O mesmo se poderia dizer dos *akinci*, que após o embaraço inicial se dividiram em grupos de espadachins e lanceiros para responder ao ataque, enquanto os atiradores, sempre montados, deslocavam-se para os lados do pátio a fim de cobrir os companheiros com disparos de arcabuzes e bestas. Os tiros dos *tüfek* riscavam o ar, abatendo os soldados da Rocca, até que o massacre foi completo. Os turcos levaram a melhor em poucos minutos, sem sofrer nenhuma baixa.

Excitado pela cena, Sinan recobrou o ânimo, afastando-se da janela em direção à escada.

— Aonde pretende ir, meu caro? — perguntou Strozzi, voltando-se para ele.

O jovem estacou sob a arcada do patamar, meio oculto na sombra.

— Vou resolver um problema de espada em punho.

— Sei o que quer dizer, mas Nizzâm o reduzirá a pedaços.

O rosto de Sinan emergiu da penumbra, transfigurado pela ânsia de lutar.

— Não tenho escolha, entenda isso. Aquele mouro jamais me dará trégua.

— E tenciona enfrentá-lo sozinho, provocando-o diante de seus homens?

— Quero desafiá-lo a um duelo de igual para igual. Se ele tiver honra, aceitará.

— Oh, quanto a isso não há dúvida — disse o cavaleiro de Malta. — Sabe-se que o mouro jamais recusou um desafio... e que nunca foi vencido. Será possível que você não tenha na cabeça uma ideia melhor?

— Nenhuma capaz de me livrar daquele velhaco.

— Então vá. — A voz do florentino assumiu um tom frio. — Mas, se for morto, o *Rex Deus* se perderá.

— Pouco me importa — retrucou Sinan. — O *Rex Deus* é apenas um meio para um fim. E, se eu morrer antes de encontrá-lo, o problema será de vocês, não meu. Porque agora estou entendendo tudo muito bem, não tenha dúvida! Ignoro o motivo, mas você me acompanhou até aqui apenas para obter mais informações sobre o *Rex Deus*. Chegou a matar guerreiros cristãos para alcançar seu objetivo. — Observou-o com ar petulante. — Se eu ouvisse isso da boca de terceiros, não acreditaria. Um cavaleiro de São João Batista que ajuda soldados de Alá a penetrar numa igreja!

— Palavras ousadas. O fogo do duelo já invadiu seu sangue — disse Strozzi, indiferente à provocação. — Que pecado! Eu lhe contaria tudo no momento oportuno se você não teimasse em correr para uma morte certa.

— Não está escrito que o vencido serei eu.

— Mesmo assim, permita que eu o ajude. — O florentino se ajoelhou, tirou um pequeno punhal escondido dentro do calçado e entregou-o ao rapaz. — A lâmina foi aspergida com um veneno extraído de uma planta do Novo Mundo. Um simples arranhão basta para matar um homem.

Sinan pegou a arma e observou-a, satisfeito. Era de bela feitura, guardada numa bainha de marfim recoberta de incrustações. Esboçou um breve gesto de gratidão e enfiou-a na bota direita, ajeitando-a de modo a poder tirá-la rapidamente, em caso de necessidade.

— Rápido, amigo — disse então, correndo para a escada.

— Não se deixe matar — recomendou Strozzi. — Não será nada fácil arrancá-lo do inferno.

A descida foi mais demorada do que haviam previsto. O rapaz não tinha certeza de poder derrotar Nizzâm, mas não era isso o que o abalava. Até agora, havia confiado em sua destreza com a espada e, sobretudo, no desejo de vingar-se de Jacopo V Appiani. Esse sentimento o guiara como a um cego na tempestade, levando-o a enfrentar terríveis perigos. Contudo, a lembrança de Isabel fizera-o sentir-se um idiota. Preparava-se para lutar por uma mulher que nunca o tinha amado. Uma mulher cuja manifestação de afeto não ia além de um leve sorriso ocasional. "Se, porém, me visse agora", pensou, "perceberia que sou cem vezes melhor que seu noivo."

Havia, no entanto, outra coisa, embora hesitasse em admiti-lo. Não estava se expondo a um perigo mortal apenas por Isabel. Desde algum tempo sentia crescer dentro de si um anseio tenebroso e incontido, algo que Cristiano de Hercole conhecera somente de passagem, mas que Sinan, o bastardo corsário, começava a considerar uma verdadeira razão de viver.

Ao chegar à nave principal, encontrou Margutte sentado num banco, contemplando os cadáveres dos companheiros e dos homens de Appiani. O sangue deles cobria o chão com estrias purpúreas, que escorriam das carnes dilaceradas. Não se via traço dos *azap* sobreviventes; talvez houvessem saído do mosteiro para se unir aos cavaleiros turcos postados no pátio. O jovem consultou com um olhar o gigante mudo, mas logo sua atenção foi desviada para um som proveniente do exterior. Parecia o rugir de uma fera prestes a lançar-se sobre a presa. Mas, apurando o ouvido, reconheceu que era uma voz humana. Nizzâm o chamava pelo nome.

Ficou olhando para a porta, agitado por emoções cada vez mais violentas, vislumbrando mentalmente a figura do mouro ereto no meio do círculo de fogo, uma sombra de morte com a cimitarra em punho.

Dom Juan de Vega sentia as batidas do coração fundir-se com as de sua cavalgadura. Não saberia dizer qual dos dois estava mais cansado e, ainda assim, espicaçou o animal, arrancando-lhe um relincho de dor. Fazia-o correr havia horas, mas naquele momento não o pouparia nem mesmo com o risco de quebrar-lhe as pernas. Agora distinguia com clareza as duas mulheres que haviam desembarcado da chalupa e, já não duvidando dos próprios olhos, gritou um nome, "Isabel", sentindo-o escapar da garganta como um cântico de libertação. Um instante depois ela se voltou, cabelos ao vento, e dom Juan se viu a contemplar o rosto da filha iluminado pelos albores da manhã. Sentiu-se invadido por uma alegria tão intensa que se esqueceu do cansaço e do medo de tê-la perdido para sempre; não ouvia sequer as batidas frenéticas dos cascos do cavalo sobre a areia. Só o separava da jovem uma língua rochosa que cortava a praia e desaparecia no mar. Dom Juan poderia chegar até lá em segundos, descer da sela, saltar aquele último obstáculo e receber nos braços a filha adorada.

Mas então, quase instintivamente, percebeu com o canto do olho uma forma escura e esguia que avançava veloz entre as ondas. Vinha diretamente para o ponto de desembarque das duas mulheres. Nem Isabel nem sua companheira pareciam se dar conta de nada; mas dom Juan, olhando atentamente, distinguiu uma barca de quatro remos. Tomado por uma súbita angústia, saltou da sela para galgar a rocha interposta entre ele e a filha, mas a pressa o distraiu. Enfiou o pé direito entre duas pedras, perdeu o equilíbrio e caiu, fulminado por uma dor lancinante no tornozelo. Um lampejo de consciência sugeriu-lhe que era o castigo justo por ter maltratado o cavalo, mas logo essa ideia foi sufocada pelo terror de perder Isabel.

Arrastou-se pela praia coberta de areia e seixos, incapaz de levantar-se, até chegar diante da proeminência rochosa, que de perto se revelou bem mais elevada do que lhe parecera do alto da sela. Ouvindo os gritos das fugitivas, apressou-se a subir, sem se importar com as lacerações nos cotovelos e joelhos, desde que conseguisse ultrapassar o obstáculo. Estava possuído pela ânsia desesperada de alcançar Isabel a todo custo. Mas quando chegou em cima, viu que os marinheiros turcos já haviam desembarcado e capturado as jovens, prestes a levá-las para bordo.

— Isabel! — gritou mais uma vez dom Juan, saltando da rocha justamente no momento em que a barca se lançava ao mar. Caminhou, mancando, naquela direção com a mente agitada por um turbilhão de preces e imprecações. A Santa Virgem não poderia trazê-la até ele para afastá-la de novo. Era um projeto cruel demais para emanar do desígnio divino!

Não se deu por vencido. Ignorou a dor no tornozelo e, apelando para suas últimas energias, mergulhou na água e conseguiu agarrar a borda da chalupa, mas viu-se às voltas com um marinheiro que tentava repeli-lo a golpes de remo. Esquivou-se ao primeiro golpe e avistou a filha entre a tripulação: procurava se desvencilhar, indômita e guerreira como fora sua mãe. A visão durou um instante; dom Juan, atingido pelo remo, despencou nas ondas, cegado pela espuma do mar.

Emergiu em seguida e começou a seguir a chalupa bracejando desesperadamente, sem parar de gritar o nome de Isabel. Mas a água salgada entrou-lhe pela garganta até que, de sua boca, só saíram gorgolejos.

22

A um passo de cruzar a soleira, Sinan começou a rir. Poucos meses antes recuaria sem pensar duas vezes, mas agora ignorava o conflito que divide a alma do homem antes de uma luta. Só havia pouco tempo descobrira a existência de sensações que pareciam alheias à natureza humana, arroubos emotivos tão brutais que só podiam ser contidos pelo instinto. Desse modo, chegara finalmente a compreender a inquietude que devorava seu coração. Não se tratava da ânsia de libertar Isabel, mas de algo mais primitivo, semelhante à devoção: o desejo de agradar a Marte, o único deus realmente adorado pelos homens. Agora, desapontado, concluiu que não era diferente dos guerreiros turcos responsáveis pelo massacre durante a tomada da Rocca. Os mesmos guerreiros dos quais havia pouco se compadecera.

Margutte devia ter percebido seu drama interior, pois se levantou do banco e caminhou em sua direção, oferecendo-lhe ajuda com um gesto amigável. Mas o jovem repeliu-o com maus modos.

— É assunto meu — exclamou, irritado. Não queria que nenhum aliado o auxiliasse diante do mais terrível corsário otomano. Reuniu coragem e cruzou sozinho a soleira da igreja.

Fora do mosteiro, o ar estava quente, saturado pelas cinzas do incêndio. As silhuetas dos cavaleiros otomanos se recortavam contra os edifícios da Rocca em chamas. Sinan desceu, de cabeça erguida, os degraus fronteiros e caminhou para o centro do pátio, olhando à volta em busca de Nizzâm. Avistou-o no meio dos soldados, no ato de desmontar do cavalo e desembainhar a cimitarra.

O mouro envergava um peitoral metálico provido de ombreiras e braçadeiras, e renunciara ao capacete em favor do turbante negro. As pernas estavam cobertas por calças bufantes da cor da noite e botas de couro.

— O coelho saiu da toca — zombou, suscitando o riso dos *akinci*. — Vem me implorar alguma coisa?

— Ao contrário. — O jovem sacou da espada e apontou-a para o peito do mouro, pondo de lado imediatamente toda hesitação. — Venho desafiá-lo.

— Cão miserável! — O lugar-tenente avançou para ele, mas, percebendo que alguns cavaleiros se dispunham a ajudá-lo, ordenou com um gesto seco que se contivessem. Em seguida, voltou todo o seu desdém contra o rapaz: — Se agora o tenho pela frente, não é decerto por mérito seu, mas dos espíritos Sitanis que atenderam à minha sede de vingança!

— Não estou aqui para saldar as dívidas do meu pai e sim para reclamar uma pessoa — esclareceu Sinan, provocando uma careta de espanto no rosto do inimigo. — Você mantém prisioneira uma mulher raptada em Elba — disse em voz alta. — Chama-se Isabel de Vega e é filha do embaixador imperial.

Nizzâm pareceu não compreender, mas logo se recompôs e fingiu desinteresse.

— Ocupa-se de mulheres quando devia temer pela própria cabeça!

— Cale-se! Exijo que Isabel seja libertada imediatamente e posta sob minha proteção.

— Cale-se você! — atalhou o mouro. — Afirma que os erros de seu pai não lhe dizem respeito, mas é tão arrogante quanto ele. Nunca suportei aquela odiosa vanglória! — E, antes mesmo de concluir a frase, desferiu uma formidável estocada.

Sinan não se deixou apanhar desprevenido e esquivou-se girando sobre o pé direito, respondendo com um golpe direto contra o pescoço do adversário. A lâmina resvalou na braçadeira esquerda do mouro, arrancando uma nuvem de fagulhas. Nizzâm erguera o braço para se defender, deixando, porém, a cimitarra abaixada. O rapaz se aproveitou disso, avançou de um salto e preparou uma estocada a fundo, mas, por excesso de audácia, foi surpreendido por uma cotovelada no queixo.

Sentiu um dente se despedaçar, viu-se erguido do chão e caiu de costas. Quando reabriu os olhos, Nizzâm estava sobre ele; ainda deitado, mirou-lhe o rosto, e se o mouro fosse um homem comum, teria sido ferido no olho. Mas o rival era dotado dos reflexos da serpente e esquivou-se a tempo, recebendo apenas um arranhão no rosto. Passou a mão sobre o ferimento, sujando os dedos de sangue.

— O próximo será seu — rugiu.

O jovem se aproveitou daquela pequena interrupção para levantar-se, mas foi derrubado novamente por um pontapé no peito. Cego de dor, teve de admitir a superioridade do inimigo e, sobretudo, sua própria estupidez, que o tinha induzido a sair a campo apesar do cansaço acumulado pelos duelos anteriores.

O mouro ergueu a cimitarra e se preparou para golpear. Respirando profunda e freneticamente, sua figura exibia uma satisfação raivosa.

Sinan fez de tudo para manter os nervos sob controle. Depôs a espada, fingindo que se rendia, e desceu a mão até o punhal escondido na bota. Pretendia tirá-lo um segundo antes que Nizzâm baixasse a lâmina, bem a tempo de fugir ao golpe e feri-lo à altura da coxa, que não tinha proteção. Segundo Strozzi, bastaria um pequeno corte para que o veneno fizesse efeito.

Preparou-se para agir.

Mas uma coisa estranha aconteceu. O inimigo não se movia e olhava para a frente. Após uma espera breve, mas enervante, o rapaz decidiu olhar também naquela direção e surpreendeu-se ao ver um segundo destacamento de soldados no interior do pátio. Eram cerca de cinquenta turcos, entre os quais muitos *bork*.* No ardor do combate, não os tinha ouvido chegar e, quando reconheceu o homem que os comandava, compreendeu a hesitação de Nizzâm.

Khayr al-Dīn em pessoa havia desembarcado a fim de quebrar a última resistência dos cristãos. Sinan precisou observá-lo atentamente para ter certeza de que era ele mesmo, pois o emir não se vestia como de costume, mas envergava uma esplêndida armadura com elmo *çiçak*,** do qual escapava a barba ruiva e encrespada. Vinha num corcel magnificamente ajaezado, coberto de placas metálicas douradas, dignas da montaria de um rei.

Nizzâm continuava com a lâmina erguida, mas Sinan pôde perceber nele uma súbita mudança de humor. O nervosismo havia tomado o lugar da ferocidade.

Com um gesto do indicador, o emir ordenou ao mouro que depusesse a arma. Estava claramente na iminência de um acesso de cólera, embora se esforçasse para dominá-la. Mas, vendo que o lugar-tenente se recusava a pôr fim às hostilidades, não se controlou mais.

— Nizzâm, maldito louco! — gritou, esporeando o cavalo. — Ordenei-lhe que poupasse o filho do Judeu e aí está você me desobedecendo pela segunda vez! Por que me desafia?

— Quero justiça — replicou o lugar-tenente, fitando-o sem medo, um titã de ébano e olhos esbraseados. — O Judeu me enganou e matou vinte dos meus janízaros, fazendo-os cair da muralha de Volterraio. Por esse crime mereceria ser queimado vivo ou empalado, mas morreu pela mão de outro, sem me dar a satisfação da vingança.

---

* Chapéus altos usados pelos janízaros.
** Elmo otomano pontiagudo.

Finalmente o rapaz compreendeu o motivo de tanto ódio da parte de Nizzâm. O que mais o espantou, porém, foi seu autocontrole. Após vê-lo comportar-se como um selvagem, nunca o julgaria capaz de exprimir-se com tanta propriedade.

— Você, mais que qualquer outro — continuou Nizzâm, sempre olhando para o almirante —, sabe que tenho o direito de tirar a vida do filho do Judeu, mas ainda assim se obstina em defender esse bastardo.

— Embainhe a espada — rugiu Barba-Roxa, furioso — ou juro sobre o Alcorão que o empalado será você. — Parecia prestes a desmontar do cavalo a fim de pôr em prática a ameaça, mas, para surpresa dos presentes, limitou-se a franzir o cenho e a completar num tom quase paternal: — Caro amigo, não abuse da minha paciência. Hoje vi morrer uma infinidade de soldados turcos e meu coração não suportaria mais um luto.

Sinan estremeceu. Sabia por experiência própria que nos momentos de maior gentileza era que o grande almirante se preparava para cometer as maiores atrocidades. E Nizzâm, corajoso mas não tolo, também devia saber muito bem disso, pois — embora a contragosto — decidiu-se por fim a guardar a cimitarra. Eis a oportunidade para feri-lo com o punhal envenenado, pensou o jovem, mas logo concluiu que obteria maior vantagem recorrendo às palavras. Assim, pôs-se de pé, sacudiu a poeira das roupas e aproximou-se de Khayr al-Dīn, esboçando uma reverência. Pela segunda vez, apresentava-se a ele dolorido e machucado. E, pela segunda vez, tentaria enganá-lo.

O emir saudou-o com um sorriso ansioso.

— Espero que tenha cumprido sua missão, filhinho. Mas, antes, diga-me onde está meu fiel Assān.

Sinan apressou-se a inventar uma mentira plausível. Mas foi precedido por uma voz às suas costas:

— Apunhalado na nuca pelos esbirros de Appiani.

Todos os olhares convergiram para a porta da igreja, de onde estava saindo Leone Strozzi. Avançou com ar imperturbável e passo firme, sem ostentar no rosto nenhum traço do feroz combate travado havia pouco.

— Procurei defendê-lo — explicou o cavaleiro de Malta —, mas os inimigos eram numerosos demais.

— Tem certeza de que está morto? — perguntou Barba-Roxa, com expressão sombria.

O florentino assentiu.

— Seu cadáver jaz dentro do mosteiro.

— Por Iblīs, quanto isso me dói... — O emir cobriu os olhos com um gesto de tal modo teatral que fez Sinan duvidar de que alguma vez houvesse sentido tristeza por alguém. — Era um soldado fiel, o melhor dos meus sabujos.

— Achará outro — consolou-o Strozzi. — A esquadra otomana pulula de valentes — acrescentou, com cinismo.

Barba-Roxa sacudiu a cabeça, murmurando uma prece, depois baixou as mãos do rosto revelando duas brasas infernais no lugar dos olhos.

— Lamentaremos os mortos no devido tempo — disse, voltando-se para Sinan. — Agora, quero o *Rex Deus*.

Para o jovem, havia chegado o momento de pôr em prática o engodo que lhe permitiria vingar-se de Nizzâm.

— Não temos um minuto a perder, senhor.

— Como assim?

— O único guardião do segredo é um monge chamado Tadeus. Os esbirros de Appiani o raptaram e o levaram embora numa carroça.

— Numa carroça? — O emir se agitou na sela. — E por que você não a seguiu?

— Era essa a minha intenção. — Sinan abriu os braços, fingindo-se consternado. — Saí correndo do mosteiro para interceptá-la, desprezando a própria vida, mas o seu lugar-tenente me impediu.

Os olhos de Barba-Roxa se voltaram para o mouro.

— Ele diz a verdade?

— Não. — Nizzâm tremia de raiva, olhando para o rapaz com tamanha fúria que parecia prestes a saltar sobre ele e despedaçá-lo. — Não vi carroça nenhuma, juro-o.

— No entanto, ela estava aqui — interveio Sinan. — Afastou-se do pátio um segundo antes de sua chegada. — E, virando-se para Barba-Roxa: — Talvez, se nos apressarmos, tenhamos tempo de alcançá-la.

O grande almirante pareceu hesitar em tomar uma decisão imediata, mas em seguida concordou.

— Vai precisar de animais velozes — disse, virando-se para as fileiras dos *akinci*. — Nizzâm, empreste seu cavalo ao filho do Judeu e ordene a seus homens que o sigam.

— Pelos demônios do deserto, assim você me desonra! — rugiu o mouro, incapaz de tolerar o insulto. — Não pode me humilhar dessa maneira!

— Se me fizer perder mais tempo — prosseguiu Khayr al-Dīn, impaciente —, juro que mandarei estourar sua cabeça. — E ordenou a dois janízaros que o mirassem com seus *tüfek*.

Nizzâm ignorou a ameaça, levou a mão ao punho da cimitarra e esteve a ponto de sacá-la; mas deteve-se. Algo em sua expressão mudara. E, com um lampejo de maldade nos olhos, voltou-se para Sinan, esboçando um gesto de grotesca cortesia.

— Cedo-lhe meu cavalo, filho do Judeu — disse, contraindo o rosto numa máscara que podia significar muita coisa. — Enquanto não acerto as contas com você, levarei minhas homenagens à sua queridinha.

— Não se atreva...! — O jovem perdeu o controle e saltaria sobre ele se Strozzi não o detivesse.

— Lembranças à senhorita Isabel — apressou-se a dizer o florentino, em tom jovial, enquanto afastava o companheiro a viva força.

195

Lançaram-se a galope pelos becos da Rocca, passando velozmente diante dos casebres em chamas, e cruzaram a muralha. Montando aquele corcel veloz, Sinan não conseguia esquecer as últimas palavras de Nizzâm e, enquanto meditava numa maneira de liquidá-lo, conduzia Strozzi e os *akinci* pelo caminho que lhe pareceu mais plausível. Sem dúvida, os homens de Appiani tinham saído pelas portas setentrionais da fortaleza, pois as outras deviam estar sendo bem vigiadas pelos contingentes otomanos. A pressa de alcançá-los, porém, era a última de suas preocupações. Com a desculpa de perseguir os raptores de Tadeus, livrara-se momentaneamente do mouro, mas, sobretudo, tinha evitado um perigoso confronto com o almirante corsário. A descoberta do diário de Aloisius o expunha a um grande risco. Se Khayr al-Dīn viesse a saber da existência de um documento escrito sobre o *Rex Deus*, Sinan já não teria importância alguma e se tornaria um mero refém em suas mãos. O cavaleiro de Malta seguramente havia entendido a situação e colaborara, entrando no jogo. Mas até onde se mostraria fiel? O rapaz estava convencido de que havia apenas um modo de garantir sua ajuda incondicional.

Deixaram para trás a muralha envolta em fumaça e prosseguiram por uma descida semeada de seixos e arbustos até alcançar uma vereda à sombra de um bosque. No ponto em que este se adensava, chegaram a uma bifurcação. Sinan ordenou a um grupo de *akinci* que rumasse para as montanhas; ele, Strozzi e os cavaleiros restantes se dirigiram para o mar.

O caminho, paralelo à costa, estendia-se por um longo trecho até ultrapassar a enseada onde havia atracado a flotilha de Nizzâm. A certa altura, Sinan começou a temer que o instinto o houvesse traído, mas logo mudou de ideia: encontraram a carroça abandonada entre as árvores.

Era mesmo a que saíra do mosteiro. Preta e coberta por um toldo. Tinha uma roda quebrada e ninguém dentro. A julgar pelas pegadas, os fugitivos haviam desatrelado os cavalos e galopado para a praia. Sinan ordenou, pois, que prosseguissem naquela direção. Chegaram justamente a tempo de avistar três embarcações que se faziam ao largo.

— É a segunda vez que consegue fugir de mim — murmurou o rapaz, que no fundo esperara agarrar Appiani.

— Na terceira o pegará — disse o florentino.

— Devo segui-lo.

— Fará isso a bordo de minha galera.

Sinan olhou-o de lado.

— Ao que parece, não quer me perder de vista.

— Tem um jeito estranho de mostrar gratidão — censurou-o Strozzi. — Prefere ir a bordo da capitânia?

— Não duvide que saberei convencer Barba-Roxa a agir de acordo com minha vontade.

— Não duvido. Você usa a língua melhor que a espada. — A voz do cavaleiro de Malta transformou-se num murmúrio. — Mas eu levo uma vantagem: sou o único capaz de traduzir o diário de Aloisius.

— Pois saiba que, para conservar a minha vantagem, não hesitarei em destruir o livro — replicou o jovem com um meio sorriso. — E então, a única pista será Tadeus. Encontrá-lo significará encontrar também o príncipe de Piombino e, portanto, um meio de obter minha vingança.

— Então é isso: só lhe interessa a morte daquele homem.

— Suspeito que você procure o *Rex Deus* por motivos muito semelhantes.

O florentino permaneceu em silêncio, como se estivesse fazendo um exame de consciência.

— Não posso negar — respondeu por fim.

— Portanto, eu é que conduzirei o jogo — disse Sinan, satisfeito.

— Vou acompanhá-lo com uma condição.

— Qual, se me faz o favor?

— Deverá ajudar-me a matar meus inimigos.

Jacopo V Appiani sempre o considerara um homem fraco, esmagado pelos anos e pelo medo de ser preso. Assim, ao menos, Savério Patrizi descrevera o *monachus peregrinus* que havia escapado aos Escondidos graças à intervenção do Judeu. Isso acontecera dez anos antes e ainda assim muitos, na confraria, se recusavam a acreditar que Tadeus estivesse morto. "O velho Sinan descende dos guardiães do *Rex Deus*", confidenciara-lhe o inquisidor, "portanto é lógico deduzir que tenha decidido proteger o último homem capaz de desvenar esse mistério." Mas ninguém, até o momento, conseguira descobrir onde se escondia Tadeus. Não que Jacopo V houvesse jamais dado crédito a semelhantes histórias, pois estava convencido de que caçar fantasmas era perda de tempo. Por isso, tivera de reconsiderar quando seus homens, enviados à Rocca para prender o filho do Judeu, voltaram na companhia de um monge idoso que atendia justamente por aquele nome. Então a incredulidade tinha dado lugar a uma certeza: havia achado algo tão precioso que lhe permitiria tratar com os Escondidos de igual para igual. "Já chega de humilhações", pensara, triunfante. "Agora Patrizi está em minhas mãos."

Mas Tadeus não era nada fraco e demonstrou-o mal pôs os pés na galera. Do alto de seus veneráveis 70 anos, fitou a todos com o desdém de um capitão de mercenários e caminhou para a popa com a desenvoltura de um lobo do mar, mantendo em respeito seus guardas.

Ao encontrá-lo, Jacopo V queria dar a impressão de que sabia tudo o que havia ocorrido na igreja da Rocca. Determinou ao piloto a velocidade do cruzeiro e desceu do castelo de proa para interrogar o inesperado viajante.

— Então você é o segredo escondido na Rocca! — exultou, mal se viu diante do monge.

O velho se limitou a devolver-lhe um sorriso astuto. O príncipe de Piombino, porém, fingiu ignorá-lo.

— Fala-se de você como de uma lenda — prosseguiu, olhando para a costa cada vez mais distante. — Serão verdadeiros esses boatos? O amigo sabe mesmo tudo o que lhe atribuem? — E concluiu com uma ameaça: — Espero que sim do fundo do coração, se deseja viver em paz o pouco que lhe resta.

O monge nem sequer titubeou.

— Fala como se me conhecesse, excelência, mas não é essa a impressão que me dá.

— Verdade? — Appiani desviou os olhos do mar e fitou o ancião. — Você é Tadeus, o peregrino que fugiu dos Escondidos há muitos anos. É o último sobrevivente de uma seita e o único capaz de revelar onde se encontra o *Rex Deus*.

— Sem dúvida me confundiu com outra pessoa.

Refreando a vontade de esbofeteá-lo, Jacopo V pôs-se a caminhar em volta dele, examinando-o com atenção. Aquele homem ainda o deixava inseguro, mas não tanto quanto antes. Persistia, porém, o desejo de agredi-lo.

— Você não me engana — sussurrou-lhe ao ouvido. — Meus homens ouviram sua conversa com o filho do Judeu e me transmitiram palavra por palavra.

— Seus homens são um bando de idiotas, não saberiam distinguir uma fábula da verdade.

Se havia algo que alegrava o príncipe de Piombino era uma brincadeira de gato e rato. Decidiu concordar com o interlocutor, fingindo condescendência.

— Pois bem, explique-se então.

— Não sou Tadeus — disse o monge — e sim um confrade que ficou em seu lugar.

— E o verdadeiro Tadeus, onde está?

— Morto de peste branca há uns quatro anos.

Jacopo V coçou o queixo, refletindo.

— Se está dizendo a verdade, então o que meus homens ouviram dentro da igreja era mentira?

— Fui obrigado a dissimular. Para me proteger dos turcos.

— Muita esperteza de sua parte, mas que só fez você saltar da panela para o fogo. — Appiani agarrou-o pela gola da túnica. — Eu poderia pôr sua sinceridade à prova com a tortura.

— A dor não alterará minhas palavras.

— Há, contudo, um modo mais simples de descobrir se está mentindo.

O monge deixou entrever pela primeira vez uma nota de insegurança.

Jacopo V lançou-lhe um olhar zombeteiro.

— O verdadeiro Tadeus é circuncidado.

O velho recuou de um salto, mas dois guardas o seguraram pelos braços.

— Não permitirei que me desnudem!

— Peço desculpas, reverendo — gracejou Appiani entre os risos da tripulação —, mas sou forçado a levantar sua sotaina. — E, após ter visto o que queria, permitiu-se um sorriso de vitória. — Como eu suspeitava, você é Tadeus. O autêntico Tadeus.

O monge estava rubro de vergonha.

— E você é um bastardo sem honra... — Não teve tempo de concluir a frase: recebeu um soco no estômago e se dobrou, tossindo convulsivamente. Em seguida, apoiando a mão na amurada da ponte, ergueu-se devagar e retomou a expressão de desafio.

— Você não é, sem dúvida, melhor que eu — retorquiu o príncipe de Piombino —, já que me obrigou a observar suas partes pudendas... Mas agora vai me dizer tudo o que sabe sobre o *Rex Deus*, do contrário acabará esfolado.

— Não tem o direito de saber... — protestou o velho. — Não faz a mínima ideia do que está procurando.

— O que me interessa não é a informação em si, mas seu valor.

— Pior ainda. O que quer que lhe tenham prometido, não o obterá.

— Palavras vazias.

Tadeus acalmou-se de súbito.

— Ao contrário, conheço bem o jogo dos Escondidos — replicou, deixando o príncipe intrigado. — E creio mesmo saber o nome daquele que o controla. É Savério Patrizi, a serpente mais asquerosa que já vi.

— Mas como...

— De que maneira acha que fui parar a bordo daquela maldita galera, há dez anos? Patrizi é que me convenceu com sua lábia. É o sabujo predileto dos Escondidos, o homem a quem confiam as missões mais delicadas. Depois dele, só há a morte. E, para seu governo, costuma pagar favores com traições.

Appiani sacudiu a cabeça.

— Está tentando me confundir.

— E para quê? Já sabe quem eu sou. Pode dizer o mesmo daquele que o move como a uma marionete?

Embora detestasse admiti-lo, Jacopo V tinha de concordar com Tadeus. Patrizi se mostrara, desde o princípio, um aliado imprevisível, movido por obscuras intenções e mais propenso a mandar que a agir em sintonia com seus cúmplices. Nunca havia revelado o verdadeiro motivo que o induzia a procurar o *Rex Deus* e muito menos o papel que desempenhava em nome dos Escondidos. Mas agora Appiani havia finalmente alcançado uma posição vantajosa e a ela não renunciaria por nada no mundo.

— Talvez você esteja certo — reconheceu —, mas saberei me proteger dele. E quando descobrir a verdade sobre o *Rex Deus*, ficarei com a faca e o queijo na mão.

O monge suspirou, amargurado.

— Não reconheceria a verdade nem mesmo se a tivesse diante dos olhos.

— Cuidado, velho, está me cansando. Aconselho-o a dobrar a língua.

— Encontrar o *Rex Deus* é um caminho difícil. Para compreender o segredo, terá de repudiar como mentiras tudo o que lhe ensinaram e depois adquirir o conhecimento dos Perfeitos.

— Fala de coisas abstratas.

— Ao contrário, no fundo do segredo esconde-se um objeto de tal modo poderoso que é capaz de destruir a Igreja de Roma e o catolicismo inteiro, anulando de um golpe quinze séculos de fé.

— De que objeto está falando? Que é o *Rex Deus*?

Mas Tadeu se recusou a falar.

Appiani, exasperado, tinha pressa de saber e afastar-se o máximo possível da frota barbaresca. Até se unir à esquadra de Giannettino Doria, não estaria em condições de enfrentar o inimigo. E com relação a Tadeus, concluiu que tinha sido condescendente demais. Fez um sinal claro a seus homens e esperou que lhe trouxessem uma tocha. A um segundo sinal, um soldado truculento segurou o braço direito do monge e obrigou-o a esticá-lo para a frente, mantendo-o firme nessa posição.

— É teimoso como uma mula, sou obrigado a dizer — disse Jacopo V. E, colocando a tocha sob a mão do velho, começou a queimar-lhe a palma e os dedos.

Tadeus emitiu um grito lancinante. Seu algoz nem por isso afastou a chama e continuou a observá-lo enquanto ele se agitava como um lagarto, sem poder desviar o membro da chama.

Quando a pele começou a chiar, Appiani interrompeu a tortura.

— Fale-me do *Rex Deus*! — ordenou.

— Nunca o vi... — gaguejou o velho.

Jacopo V gostou de tê-lo despido de sua altivez. Agora se achava diante de um homenzinho trêmulo e assustado, tal como o descrevera Patrizi. Mas ainda não lhe arrancara nenhuma resposta. Aproximou de novo a chama da mão, olhando-a com prazer sádico, enquanto ela inchava e explodia em pústulas que liberavam jatos de sangue espumante. O cheiro de carne queimada era insuportável, tanto quanto os gemidos de Tadeus, e todavia o príncipe de Piombino não interrompeu o suplício até o monge dar sinais de que queria dizer alguma coisa. Só então ordenou aos soldados que se afastassem, enquanto o pobre-diabo caía de joelhos.

— E então?

— Está guardado numa urna... — revelou Tadeus, transtornado pela dor. — Não sei o que contém, juro...

— E onde encontrarei essa urna?

Mas da boca do monge saiu apenas uma palavra:

— *Igilium*.

23

Helena Salviati acordou às primeiras luzes da manhã. Alguém a agarrara por um pulso e a chamava em voz alta, com insistência. Caso não se tratasse de Teresa, sua criada mais fiel, o atrevido pagaria bem caro essa insolência. Mas a dama gostava daquela jovem a ponto de ter-lhe confiado muitas de suas preocupações, sobretudo as mais recentes. Concluiu, pois, que devia haver um bom motivo para Teresa ousar acordá-la com tanta urgência. Ainda assim, resmungou em tom agressivo:

— Solte meu braço, desgraçada! Como se atreve?

— Ele foi embora, madame — murmurou a jovem com um gesto de desculpa.

A dama se lembrou então da tarefa especial que lhe confiara na véspera. Uma tarefa muito importante e muito sigilosa.

— Tem certeza? Quando o viu?

— Agora mesmo. Acaba de sair do palácio.

— A cavalo?

— A pé.

Dona Salviati não se conteve mais. Saltou da cama, agitada, e sem tirar a camisola envolveu-se num velho manto com capuz e saiu do quarto às pressas, furiosa. Teresa ia segui-la, mas ela a deteve na soleira com um gesto imperioso, atravessou velozmente os corredores e, descendo as escadas do palácio, achou-se ao ar livre. Só então percebeu que estava descalça, mas ainda assim continuou. Se voltasse para apanhar os sapatos, perderia muito tempo. Atravessou o pátio emporcalhado de esterco de cavalo e, chegando ao portão da muralha, dirigiu-se ao guarda que fazia a ronda.

— Para onde foi? — indagou, assustando-o.

— Quem, minha senhora? — balbuciou o homem.

— O inquisidor de Roma — respondeu a dama, irritada. — Que direção tomou?

— Vi-o ainda há pouco encaminhar-se para a Piazzerella, sem escolta. — O guarda examinou-a da cabeça aos pés. — Mas, senhora, está descalça...

— Não é da sua conta — calou-o Helena, que estava habituada a apresentar-se sempre em trajes elegantes e cuidadosamente penteada, e afastou-se sem dar explicações.

Desde que tinha chegado a Piombino, Savério Patrizi nunca saíra da residência dos Appiani. Dona Salviati se perguntava o que o havia levado a atravessar a muralha do palácio, mas supunha que, seguindo-o, descobriria suas obscuras maquinações. Porque o inquisidor lhe escondia alguma coisa, disso ela tinha certeza. Desde que o ouvira pronunciar o nome de Cosme I de Médici, desconfiara que os laços entre Patrizi e o duque de Florença remontavam aos tempos de Toulon, em virtude de uma secreta conjunção de interesses comuns.

Enquanto examinava a hipótese de um complô, aventurou-se pelas ruelas de Piombino com o rosto oculto pelo capuz, até chegar à praça que abria para o mar. Embora ainda fosse muito cedo, encontrou-a atravancada de barracas e tendas que expunham salames, vinhos, queijos e sobretudo peixes. O pequeno cais, bem próximo, estava congestionado de barcos com as velas recolhidas e as redes espalhadas pelo quebra-mar. As gaivotas enchiam o ar com seus gritos.

Helena olhou em volta à procura de Patrizi, escondendo-se atrás de uma carroça de azeitonas a fim de não ser reconhecida pelos passantes. Dentro de uma hora a Piazzerella estaria cheia de gente, mas por enquanto só se viam no local alguns vendedores, ajudantes e pescadores. Alguns tagarelavam em grupos, enquanto outros, mais laboriosos, dispunham as mercadorias ou as panelas onde fritariam peixe. Quem não pertencesse àquele ritual cotidiano se destacaria como uma flor entre a folhagem, mas do inquisidor não se viam traços. A mulher, desanimada, já se dispunha a procurá-lo no porto quando, de repente, percebeu o esvoaçar de uma capa negra ao fundo da praça. Com um arrepio de entusiasmo, pôs-se no encalço do homem, que enveredou por uma rua secundária e reapareceu antes de enveredar por uma viela entre o casario.

Era ele, sem dúvida. Caminhava, de cabeça erguida, pelos subúrbios da área nordeste e finalmente parou diante da igreja da Misericórdia. Helena, de longe, viu-o deter-se sob a arcada.

O inquisidor esperou a passagem de um grupo de mulheres e, disfarçadamente, olhou para o outro lado da rua, na direção de um homem encostado a um muro. Helena estava quase certa de nunca tê-lo visto, embora não pudesse distinguir seus traços. Trazia um chapéu largo, caído sobre o rosto, e um manto verde que, descendo pelo lado esquerdo, ocultava a espada. De repente, afastou-se do muro e saudou o inquisidor com uma breve mesura e convidou-o a entrar na igreja.

Dona Salviati continuou observando-os a distância, enquanto, um após outro, atravessavam a porta; em seguida, aproximou-se, um tanto inquieta por ter de espioná-los dentro de uma igreja. Embora inexperiente na matéria, imaginava que uma punhalada nas costas poderia acontecer tanto à sombra de uma capela quanto entre as mesas de uma espelunca.

O interior da igreja da Misericórdia, outrora dedicada a são João Batista, tinha uma única nave, no momento quase deserta. Os dois homens haviam se retirado para uma pequena capela à esquerda da abside, um local escassamente iluminado. Helena, misturando-se com alguns devotos, aproximou-se sem ser notada. Diante dos círios de um nicho com a estátua de santo Antimo, ajoelhou-se fingindo orar e apurou o ouvido.

Quem falava era o estranho do chapéu largo:

— Espero que minha viagem vá servir para alguma coisa, reverendo.

— Alguma vez já o incomodei sem necessidade? — respondeu Patrizi, impassível.

— Sua mensagem mencionava um mosteiro, mas não o nome.

— Trata-se da igreja da Rocca.

— Não a conheço.

— É em Campo Albo. Segundo nossa espiã, está na mira de Barba-Roxa.

— Não esperávamos que fosse atacar a costa.

— Desde que tem a seu lado o filho do Judeu, tornou-se ainda mais audacioso.

— A igreja da Rocca... — repetiu o estranho. — Acha que há por lá algum indício?

— Não, um homem.

— Sei a quem se refere. Mas eu não alimentaria muita esperança...

— Não alimento esperanças, raciocino por exclusão. — A voz do inquisidor era um sussurro baixo e metálico, cada vez mais difícil de ouvir. Helena teve de se aproximar um pouco para continuar escutando.

— Sabemos apenas — continuou Patrizi — que são necessários três objetos para encontrar o *Rex Deus*. O primeiro é a chave cilíndrica. Depois da morte do Judeu, deve ter caído nas mãos de seu filho ou do corsário e, no momento, está fora do nosso alcance. O segundo é o mapa de prata, seja isso o que for. Sei de fonte segura que está escondido numa igreja muito cara aos templários... Pode ser a da Rocca, sem dúvida.

— Portanto, supõe que na igreja da Rocca deve estar o terceiro objeto... O famoso diário de Aloisius.

— Juntamente com seu guardião — acrescentou o inquisidor. E logo, em tom cauteloso: — Desde que Barba-Roxa esteja realmente procurando o *Rex Deus*.

— Se assim não fosse, não reclamaria o filho do Judeu. Mas nada impede supor que Tadeus tenha entregado a Sinan também o diário de Aloisius.

— Isso eu saberia. A jovem Marsili não é o único espião ao meu serviço.

— Então, o que pretende fazer?

— Appiani está a postos para informar.

Depois de proferir essas palavras, Patrizi se voltou de repente. Helena conseguiu esconder o rosto justamente a tempo de não se deixar reconhecer e continuou ajoelhada diante da estátua do santo, fingindo que era uma devota qualquer. Por um instante pediu realmente a santo Antimo que a protegesse. Quando reergueu a cabeça, os dois homens não estavam mais lá. Haviam deixado a capela para cruzar a entrada do *jubé*, que levava ao setor da abside reservada aos cantores. A mulher seguiu-os com o olhar através de uma janelinha no muro de separação e viu-os retomando a conversa entre as cadeiras vazias do coro, mas agora sem conseguir ouvi-los. Não iria, porém, desistir depois que seu marido havia sido mencionado e, obtendo coragem, dirigiu-se para a entrada do *jubé* e, atravessando-a, escondeu-se atrás de uma coluna de madeira que sustentava a base do púlpito.

As primeiras palavras que conseguiu captar foram de novo as do homem do chapéu. E logo percebeu que havia perdido muita coisa.

— ... e estou prevendo uma grande conquista para os Escondidos. O duque ficará contente.

Patrizi emitiu um risinho de satisfação.

— Ficará mais ainda quando você lhe comunicar que, graças a nós, está a um passo de obter o principado de Piombino.

Helena estremeceu, mas fez de tudo para não se denunciar.

O desconhecido pareceu muito admirado.

— Reverendo, você é único. Conseguiu corromper dom Juan de Vega?

— Não foi preciso. Carlos V tem outro homem de confiança junto à Santa Sé e achei melhor recorrer a ele.

— Eu o conheço?

— Provavelmente sim. É um espanhol, dom Diego Hurtado de Mendoza.

— O filho do capitão-geral de Granada! Encontrei-o há dois anos em Veneza. É riquíssimo, possui propriedades em Flandres e no Novo Mundo. Como conseguiu persuadi-lo?

— Tem gosto refinado para amantes. Há pouco, saiu do leito de Marina de Aragão, condessa de Ribagorza. Traiu-se contando-me isso em confissão.

— Se o caso for divulgado — arriscou o homem do chapéu —, o escândalo será terrível.

— Ofereci meu silêncio em troca de sua cumplicidade — revelou Patrizi, com ar dissimulado.

— Excelente. Assim, poderemos manobrar qualquer um sem precisar pôr a mão no bolso.

— Haverá despesas, não se iluda. Segundo Mendoza, o imperador vê com bons olhos Cosme I e estaria disposto a ceder-lhe todo o principado de Piombino. Mas só o fará após uma demonstração de fidelidade.

— E *quanto* valeria a fidelidade para Carlos V?

— Duzentos mil escudos.

O desconhecido passou a mão pela boca e sacudiu a cabeça.

— Portanto, só nos resta ficar livres de Appiani.

— Enquanto ele nos for útil para a busca do *Rex Deus*, convém deixá-lo onde está.

— Não precisamos de Appiani. O duque encarregou outro homem de sua confiança, o capitão...

Helena estava tão concentrada em ouvir que não sentiu o toque de uma mão em seu ombro. Ao percebê-lo, estremeceu e virou-se, vendo diante de si um monge.

— Minha filha, deve sair — recriminou-a o religioso. — Com seus pés sujos, está conspurcando o pavimento do coro.

A mulher controlou o espanto e preparou-se para responder, mas antes de conseguir fazê-lo chegou-lhe aos ouvidos uma exclamação alarmada de Patrizi. Escutou passos às suas costas e, temendo enfrentar o inquisidor e seu companheiro, ajoelhou-se e agarrou a túnica do monge.

— Por caridade... — implorou, disfarçando a voz.

O religioso se desvencilhou.

— Ajude uma pobre infeliz... — continuou Helena, levando adiante a simulação.

Como resposta, o monge a empurrou.

— Agora entendo! — Olhou ao redor, em busca de ajuda. — Insinuou-se no coro para roubar os paramentos sagrados!

A mulher negou veementemente com um aceno de cabeça e arrastou-se de joelhos na direção do acusador. Graças àquela encenação, poderia afastar-se do *jubé* e fugir, fingindo-se amedrontada pelo monge. Mas logo percebeu a presença de Patrizi atrás de si e foi tomada de pânico. Não podia deixar que o inquisidor a reconhecesse...

— Tenha piedade de uma pobre pestilenta! — improvisou, tratando de manter o rosto bem oculto sob o capuz.

Essas palavras bastaram para conservar Patrizi a distância.

Dona Salviati continuou imóvel, aterrorizada demais para conseguir pensar, e esperou por um lapso de tempo interminável até ouvir o tilintar de alguma coisa sobre o pavimento. Então, com grande alívio, recolheu a moeda que lhe fora atirada e saiu apressadamente, sem se voltar.

Mal chegou do lado de fora, retirou-se para um canto e deixou que o medo e a raiva acumulados em seu estômago lhe subissem para a garganta, jorrando sobre o calçamento num jato amarelado. Fora salva por um milagre, pensou enquanto enxugava a boca e a fronte coberta de suor. Mas, antes de poder relaxar, fitou a mão que recolhera a moeda e compreendeu que havia se traído.

Sua vida estava em perigo.

De novo a sós, o homem do chapéu se dirigiu ao inquisidor com uma frase carregada de suspeita:

— Nunca, em minha vida, conheci uma mendiga com mãos tão brancas.

— Não sei nada sobre isso. Sempre evitei olhar para gente miserável — replicou Patrizi, invadido de súbito por uma onda de emoção. Havia anos não se sentia tão entusiasmado. O último acontecimento havia despertado nele o instinto do caçador.

— Eu só disse isso por uma questão de prudência — explicou o homem, ressentido. — Podia ser uma espiã e nós a deixamos escapar.

O inquisidor deu de ombros.

— Mesmo que fosse, não nos causará problemas. — E desviou o olhar para a sombra, a fim de não dar a perceber ao outro as sombrias intrigas que começavam a tomar forma em sua mente.

Bem mais astuto que o companheiro, fora além da simples suspeita. Ao atirar a moeda para a falsa mendiga, não se tinha se limitado a observar a pele da mão, mas também o anel de ouro que ela trazia no indicador.

Um anel conhecido, visto havia pouco tempo.

24

Embora menor, a *Lionne* superava em imponência a galera bastarda de Barba-Roxa. Quase cinquenta metros de comprimento, quarenta bancadas de remos, três mastros com velas vermelhas e uma quantidade impressionante de bocas de fogo. Tinha na proa uma bateria de cinco peças, formada por um canhão para projéteis de dezesseis quilos, duas *mojanas** para projéteis de oito e duas balistas para projéteis de quatro. O que mais assombrou Sinan, porém, foram os trinta falconetes — quinze de cada lado — dispostos nos flancos da nau e fixados em carretas que, em caso de necessidade, podiam ser deslocadas para regular o tiro. Até então, o jovem nunca tinha estado a bordo de uma embarcação provida de artilharia de costado e perguntou-se qual seria sua potência de fogo durante a batalha.

Os soldados da guarnição eram também um caso à parte. As outras naus francesas que haviam zarpado da Provença com Barba-Roxa traziam milícias regulares e, sobretudo, infantes picardos e piemonteses. Strozzi, ao contrário, preferira contratar mercenários suíços, tão eficientes e implacáveis quanto os janízaros.

— Você leu *A Arte da Guerra* de Maquiavel? — perguntou o florentino, ao ver que o jovem estranhava sua escolha. — Mesmo ali os suíços são citados como exemplo de combatentes de vanguarda.

---

* Artilharia de ré com canos reforçados e disposta aos lados dos canhões maiores.

Conversavam no castelo de popa, com cartas náuticas nas mãos, enquanto a galera se afastava da costa a um ritmo de doze batidas de remos por minuto. Não fora possível trazer o resto da flotilha francesa, pois Barba-Roxa a tinha retido como garantia do retorno da *Lionne*. Strozzi insistira em que lhe fosse dado pelo menos o apoio da *Colomba* de Braccio Martelli ou da *Guidetta* de Francesco Guidetti, mas não o havia convencido. Estavam, pois, sozinhos em perseguição às três naus de Appiani.

Sinan sentia-se muito inquieto. Embora houvese obtido do emir a permissão para embarcar na *Lionne*, receava não ter feito nenhum progresso. Quanto mais mentia, mais se enredava e agora, como nunca, tudo lhe parecia incerto.

— Não sabemos qual rota Appiani está seguindo — disse, tentando abafar com a voz o som do tambor que vinha da área dos remadores.

— A liberdade de ação dele, porém, é limitada. — Strozzi examinou a carta náutica, um velho portulano que no curso do tempo tinha sido atualizado com nomes de baías, enseadas e desembocaduras, mas também com anotações sobre baixios e recifes perigosos para a navegação. — Não pode, é claro, ir para o sul, pois esbarraria com a frota de Khayr al-Dīn. — E mostrou uma passagem entre duas ilhas. — Se eu fosse ele, ficaria entre Elba e Pianosa, para me esconder numa baía qualquer caso alguém me perseguisse.

— Então, o que sugere?

— Somos mais velozes, mas o príncipe de Piombino tem uma boa vantagem sobre nós. Se o seguirmos de perto, ele nos avistará e se esconderá, obrigando-nos a procurá-lo por todo o arquipélago toscano e expondo-nos aos canhões das torres de vigia. Só nos resta uma alternativa: cruzar ao sul de Pianosa e subir para o norte, a fim de tentar surpreendê-lo. Se percebi bem seus movimentos, talvez consigamos interceptá-lo.

— E se estiver indo para o norte?

— Escapará — respondeu o cavaleiro de Malta. Se havia algo que Sinan apreciava nele, era a franqueza. — Mas acho isso improvável — continuou Strozzi, olhando para a direita. — A julgar pelas nuvens que estão se acumulando no norte, Appiani iria ao encontro de uma tempestade.

Imitando o companheiro, o jovem também olhou atentamente para o norte e viu o céu obscurecido por espessas camadas de nuvens. Desde a noite anterior o vento aumentava de intensidade e soprava com toda a força do nordeste, engrossando as ondas que açoitavam cada vez mais violentamente o casco. Se não enfraquecesse, poderia causar-lhes problemas em menos de meio dia.

— Seja como for, cabe a você decidir — concluiu o florentino, passando-lhe o portulano.

— Confio na sua opinião — disse Sinan.

— Fico honrado — sorriu o cavaleiro. — Espero que deponha a mesma confiança em outro tipo de questão.

— O diário de Aloisius, suponho.

— Pretendo mandá-lo traduzir por um erudito embarcado em meu navio, bem melhor em línguas antigas do que eu.

O jovem tocou o gibão no lugar onde guardava o manuscrito e sacudiu a cabeça com firmeza.

— Primeiro terá de me falar sobre seu plano para matar Cosme I de Médici e me dizer onde entra nessa história o *Rex Deus*.

Strozzi enrolou a carta náutica e olhou para o mar, deixando entrever um profundo rancor.

— Faz sete anos que planejo me vingar daquele bastardo.

— Eu gostaria muito de saber por quê.

— Tudo começou com a chegada dele a Florença. Na época, Cosme I era um desconhecido proveniente de um ramo menor da estirpe dos Médici, mas não tardou a revelar-se versado na intriga e na perfídia. Insurgiu-se contra o Conselho dos Quarenta e Oito e instaurou um regime de tal modo autoritário que suscitou a oposição de inúmeras pessoas, encabeçadas por minha família. O preço para quem repudiava o novo duque foi a fuga de Florença a fim de evitar ser vítima de uma conjura. Mas em nosso sangue corre muito orgulho para que nos habituássemos a viver como covardes, por isso decidi, com meu pai e meus irmãos, reunir um exército capaz de derrubar o tirano. — O rosto barbado de Strozzi se iluminou à lembrança desse ato de coragem. — Nossas milícias, porém, foram esmagadas em Montemurlo e, com elas, o sonho de libertar Florença. Meus irmãos e eu conseguimos fugir e nos refugiar na França. Mas meu pai, não... Pensei que ele houvesse sido morto na batalha até que, após um ano, vim a saber que fora capturado e encarcerado nas prisões do duque. Cosme I, sem ligar para sua condição, submetera-o a todos os tipos de tortura. Depois de tanto sofrimento, meu pobre pai, assim que teve uma oportunidade, tirou a própria vida para ficar livre do suplício e da humilhação. E agora, por culpa de Cosme, queima no inferno entre os suicidas.

Sinan pousou a mão sobre o ombro do companheiro e quase sentiu na pele sua raiva.

— Então você também está espicaçado pelo desejo de vingar o sangue paterno.

— Não é a mesma coisa — ponderou o florentino. — Seu pai morreu em batalha, com honra. O meu se exauriu num calabouço, implorando piedade. Mas juro por Deus Santíssimo e, se não bastar, pelo diabo em pessoa, que Cosme I pagará mil vezes essa afronta.

— Quando você encontrar o *Rex Deus*?

Strozzi virou-se de repente e fitou Sinan com os olhos faiscantes de indignação.

— Pois bem, sim!

— Perdoe-me, amigo, mas não consigo adivinhar o motivo.

— É fácil. O duque de Florença está mancomunado com os Escondidos.

A explicação foi tão direta que o rapaz deu um passo atrás e logo juntou as peças do quebra-cabeça.

— Os Escondidos... Aqueles que, há anos, tentaram raptar Tadeus... Então você sabia! Por que deu a entender o contrário com respeito ao monge?

— Porque não queria ser desmascarado diante dos homens de Barba-Roxa. — O cavaleiro de Malta abriu os braços, como se procurasse as palavras. — Esperei o momento oportuno, achando que cedo ou tarde você se disporia a raciocinar. Deve entender que somos aliados contra um inimigo comum, uma poderosa confraria que busca o apoio de gente como os Médici e faz uso de pequenos senhores como Appiani.

Ao ouvir esse nome, Sinan estremeceu.

— Então você sabia também sobre...

— Sabia. E sabia também sobre seu padrinho. Já faz algum tempo que o príncipe de Piombino é um joguete nas mãos dos Escondidos. Tinha o encargo de mantê-lo refém para chantagear o Judeu e obrigá-lo a revelar o paradeiro do *Rex Deus*. Mas depois da intervenção de Barba-Roxa em Elba, os planos dos Escondidos devem ter mudado. Agora, estão sem dúvida atrás de você.

— E de meu pai, o que sabe?

— Embora pressionado por muitos, o Judeu era um homem esquivo. Dele, sei pouco ou quase nada, pois nunca tive ocasião de falar-lhe.

O rapaz, a essa altura, se fez mais cauteloso.

— Se você não é um iniciado como Tadeus e não gozava da confiança do meu pai, de onde vêm suas informações?

— Eu soube a verdade sobre os Escondidos há poucos meses, quando Barba-Roxa invernava em Toulon. Cheguei a essa cidade com alguns nobres banidos de Florença, em busca de uma oportunidade para me vingar. Mas falei demais sobre meus negócios e chamei a atenção de um maldito frade dominicano, um tal Savério Patrizi. Por pouco não caí em sua armadilha. Depois, descobri que era um emissário dos Escondidos.

— E como descobriu?

— Da boca da própria mulher encarregada de matar-me, uma verdadeira serpente a quem eu não entregaria o meu pior inimigo. Por sorte, ela se apaixonou por mim. Não sabia muita coisa, mas o bastante para me pôr a par da existência dos Escondidos e de suas relações com os Médici... Por fim, mencionou o *Rex Deus*. Eu já tinha ouvido algumas alusões a isso da boca de hereges e judeus condenados pela Inquisição, mas ignorava que fosse tão importante e, sobretudo, que o chefe turco estivesse à sua procura. Utilizei então essas informações para urdir um plano; e, quando soube que Barba-Roxa queria um embaixador francês para acompanhá-lo ao Oriente, apresentei-me sob os auspícios do rei e fiz um pacto com ele.

— Pacto pelo qual o seguiria, fazendo-lhe as vontades, até Constantinopla, em troca de uma ocasião para levar a cabo sua vingança.

— Exato. Mas Barba-Roxa não sabe de minhas verdadeiras intenções e ignora principalmente que eu esteja informado a respeito dos Escondidos e do *Rex Deus*. Meu plano é pôr as mãos nesse objeto misterioso a fim de atrair Cosme I para campo aberto e liquidá-lo.

— Agora que conheço sua história, ficarei feliz em ajudá-lo a eliminar aquele bastardo. E encararei a questão do diário de Aloisius com outra disposição de ânimo.

— Ótimo, amigo. Como eu já disse, vou submeter esse diário à apreciação de um erudito.

— Uma pessoa discreta, espero.

— Tem o péssimo hábito de anotar tudo o que vê, mas deste caso não fará menção, posso jurar.

— Será bem melhor para ele — disse Sinan. — Apresente-o a mim, então.

Depois de olhar em volta, Strozzi apontou um sacerdote gordo, completamente calvo e de expressão mansa, que subia para o castelo de popa.

— Eis ali Jérôme Maurand, padre em Antibes e capelão das galeras da França.

Ouvindo seu nome, o religioso estremeceu ligeiramente e aproximou-se dos dois homens com ar distante.

— *Lorsignori* falavam de mim?

— Perfeitamente, reverendo — respondeu o florentino, agora impassível. — Tenho um trabalho a lhe confiar. Um osso duro de roer, como se diz por aí.

O padre Jérôme fez uma leve mesura.

— Será uma grande honra, excelência.

— Mas não falemos aqui, estas rajadas de vento começam a me dar nos nervos. — Convidou os companheiros a descer do castelo. — Proponho que continuemos em volta de uma mesa. Eu e meu jovem amigo precisamos nos sentar na santa paz e encher a barriga.

— Fale por você, meu caro — retrucou Sinan. — Não tenho fome e, se fosse obrigado a engolir outra sopa de cevada com biscoitos e azeite, juro que vomitaria.

— Não seja precipitado. — Strozzi trocou um sorriso cúmplice com o padre Jérôme. — Esquece que está a bordo de uma nau cristã, onde há toda uma variedade de alimentos bem superiores à comida rançosa dos bárbaros turcos. Mas, primeiro, o vinho.

Menos de uma hora antes, Nizzâm caminhava pelo porto velho da Rocca em companhia de Khayr al-Dīn e dos outros *agá* corsários para assistir ao embarque dos prisioneiros e do butim recolhido no assédio. O emir estava de mau humor, lamentando-se das muitas baixas ocorridas durante a luta. Um sacrifício de quase dois mil soldados turcos, excessivo em comparação com os homens aquartelados a bordo dos veleiros. Todavia, o grande almirante ainda não estava satisfeito, tinha sede de mais sangue cristão e projetava uma surtida contra Talamone, onde dizia que o aguardava uma questão pessoal.

O mouro o escutava sem prestar muita atenção, revolvendo ainda a raiva que lhe dilacerava o estômago como a garra de uma águia. Odiava Sinan. Odiava-o tanto que por pouco, diante da igreja da Rocca, não havia desobedecido ao emir pondo à prova a mira dos arcabuzeiros na ânsia de matá-lo. O rapaz se tornara para ele ainda mais detestável que o pai, a quem superava em audácia e impostura. Nizzâm jamais supusera que seria humilhado a tal ponto na frente do emir. Com poucas palavras, Sinan havia distorcido a verdade dos fatos, envergonhando-o e expondo-o ao ridículo com uma mentira suja.

Não bastasse isso, depois de perseguir em vão a maldita carroça, o filho do Judeu extorquira de Khayr al-Dīn mais uma concessão, a licença de embarcar com o embaixador florentino a fim de ir no encalço dos sequestradores de Tadeus.

O mouro não tinha provas, mas entrevia nas invencionices de Sinan a sombra de uma perfídia. O que mais o irritava, porém, era a condescendência de seu senhor. Não conseguia entender que o terrível Khayr al-Dīn, mestre em matéria de embustes e segredos violados, se dobrasse com tamanha facilidade aos caprichos daquele fedelho. Que o filho do Judeu fosse um hábil manipulador, não se discutia; mas isso não chegava a explicar o comportamento do emir. Khayr al--Dīn devia ter boas razões para protegê-lo.

Incapaz de guardar para si esses pensamentos, o mouro deu vazão à sua decepção:

— Perdoe minha impertinência, grande emir. Mas por que lhe concedeu tanta liberdade de ação?

Barba-Roxa interrompeu o que estava dizendo e lançou-lhe um olhar furioso:

— Suponho que esteja falando do filho do Judeu.

Nizzâm assentiu.

— Falhou na perseguição a cavalo e mesmo assim você lhe permitiu embarcar com o capitão da *Lionne*.

— Está agindo como uma criança ciumenta, mas compreendo-o. Suas palavras mascaram um ressentimento maior do que deixa entrever.

— Não, você não me compreende bem. Aprecia o doce sabor da vingança mais que qualquer outro... E, no entanto, nega-a a mim.

A essas palavras, Khayr al-Dīn afastou-se dos corsários que o cercavam e convidou Nizzâm a continuar sozinho com ele, ao longo do cais.

— Não enxerga muito longe, meu amigo. Pensa mesmo que prefiro aquele moleque a você?

O mouro fitou-o, esperançoso.

— Quer dizer que poderei matá-lo?

— Tão logo ele cumpra sua missão — prometeu o emir. — O insolente é incapaz de lealdade e deixá-lo vivo seria um espinho na carne. Embora tenha renegado o Cristo, jamais poderei contar com esse rapaz.

— E se fugisse com o florentino?

— Leone Strozzi voltará, aposto a minha cabeça.

— Por que tem tanta certeza?

— Porque você falará com ele — revelou Khayr al-Dīn, surpreendendo-o de novo. — Embarcará imediatamente em sua nau e o alcançará, dizendo-lhe que recebi novas informações sobre Cosme I de Médici.

— E isso é verdade?

— Sim, embora não se trate de notícias muito recentes. Ouvi-as durante o desembarque em Elba e guardei-as para uma ocasião como esta. Você dirá a Strozzi que Cosme se prepara para navegar e ficará, pois, vulnerável a eventuais ataques. Contudo, se o florentino quiser saber para onde e quando, deverá encontrar-me em Talamone.

O lugar-tenente assentiu.

— Vou embarcar sem demora, grande emir.

— Muito bem. E seja cortês com o embaixador. A curiosidade o manterá preso a nós e o forçará a trazer-nos o filho do Judeu com todos os segredos que porventura haja descoberto sobre o *Rex Deus*.

Nizzâm fez uma reverência, afastou-se e saltou para o cavalo a fim de se dirigir ao ponto onde estava atracado seu veleiro. A *Lionne* havia partido fazia quase uma hora, ele não tinha tempo a perder caso quisesse alcançá-la. Mas, quando se preparava para subir a bordo, um oficial o chamou.

— Que é? — perguntou-lhe secamente Nizzâm.

— As duas mulheres, meu *agá* — respondeu o homem, um tanto embaraçado. — Tentaram a fuga.

25

— Eu disse que as coisas acabariam assim — exclamou Margarida, em tom de acusação. — Mas você não tem culpa de nada, a culpa é minha por lhe dar ouvidos. Acredite-me, devemos ser gratas pelo fato de aqueles brutos nos trazerem de volta sem usar de violência.

— Cale-se! — Isabel andava pelo cubículo como um animal enjaulado. — Não consigo deixar de pensar em meu pai... Você também o viu tentando nos salvar! Talvez tenha morrido afogado.

— Por sua causa. — A bela Marsili estirou-se na enxerga, suspirando. — Se ele não a avistasse naquela praia, ainda estaria incólume.

Isabel fulminou-a com o olhar.

— Posso saber por que você é tão cruel?

— Porque haverá um preço a pagar — replicou a ruiva. — Um guarda morto, uma chalupa roubada... O que pensa que Nizzâm fará quando voltar para bordo de seu veleiro?

— Fique tranquila, assumirei toda a responsabilidade. Direi a ele que a culpa foi minha.

— Pobre tola! Com essa carinha de anjo, ninguém a julgaria capaz de urdir semelhante trama. Nizzâm pensará que fui eu que a convenci, pode ter certeza.

Já abalada pela sorte incerta do pai, Isabel se sentiu invadida pelo remorso. Margarida era cruel e petulante, mas não merecia ser punida em seu lugar. Isso, porém, não lhe parecia possível e, depois de refletir um pouco, virou-se para ela com modos mais afáveis.

— Duvido que vá lhe fazer mal — disse, como se quisesse consolar também a si própria. — Ele a deseja.

A bela Marsili sacudiu a cabeça.

— Você não sabe nada sobre o desejo, como não sabe nada sobre o amor.

— Sei mais do que pensa — defendeu-se Isabel, melindrada. — Meu noivo...

— Amou de verdade um homem a ponto de arriscar sua vida? — interrompeu-a Margarida, exprimindo-se com tamanha violência que acabou por chorar. Enxugou os olhos, tentando desfazer o nó que lhe fechava a garganta. — Já experimentou uma paixão tão intensa que a deixasse sem dormir dias e dias?

Isabel ficou comovida com aquela manifestação imprevista de dor, um sentimento quase palpável e mais intenso do que quando Margarida lhe falara das desgraças de seus pais. Acreditava então conhecê-la bem e jamais pensaria em atribuir-lhe tanta profundidade de espírito, o que a tinha levado a considerar a jovem, em certos momentos, fria e estranha aos afetos. Mas agora, observando a mulher de cabelos vermelhos acocorada na penumbra, surpreendeu-se a invejá-la. Margarida lhe oferecia o testemunho de uma paixão amorosa que ela, Isabel, provavelmente nunca havia experimentado.

— Quem era ele? — perguntou-lhe.

— Conheci-o em Toulon — respondeu Margarida. — Era o homem que eu devia matar.

— Mas como pode...

— Fique quieta! — interrompeu-a a ruiva, subitamente alerta. — Não percebeu nada?

— O quê?

— O veleiro está se movendo...

Antes que pudesse terminar a frase, a porta do cubículo se abriu e entraram dois *azap*.

— *Nizzâm veut parler avec vous, mademoiselle** — disse um deles, agarrando Margarida por um braço.

— Não! — gritou a infeliz, tentando se desvencilhar. — Largue-me!

Isabel interveio em sua defesa, mas foi empurrada. Antes de atravessar a soleira, Margarida lançou-lhe um último olhar. Sua expressão havia mudado repentinamente: agora parecia uma menina aterrorizada.

— Diga-lhe! — implorou, as faces banhadas em lágrimas. — Diga-lhe que foi você!

Depois, desapareceu na escuridão. E Isabel ficou só, atormentada pelo remorso.

— Parece morto...

— Mas não tem nenhum ferimento...

— Não está morto, palermas. Ainda respira...

A primeira coisa que dom Juan de Vega percebeu foi a areia empapada no rosto e a ponta de uma bota que lhe cutucava o flanco. O instinto de falar foi interrompido pelo gosto de sal e desespero na garganta, que quase o fez vomitar. Calcou as mãos no chão, no esforço para se levantar, enquanto os gritos da filha lhe dilaceravam a memória. Concluiu que estava fraco demais para se erguer sozinho e agarrou as pernas do homem que o sacudia, mas foi repelido por um pontapé e viu-se estirado de costas, com os olhos fixos no céu nebuloso, rodeado por cabeças cobertas de elmos.

Seguiram-se gargalhadas e logo um daqueles cavalheiros, tirando o capacete, inclinou-se sobre dom Juan. E este, para sua grande surpresa, reconheceu o rosto de Oto de Montauto.

---

* "Nizzâm quer falar com você, senhorita." Em francês no original. (N.T.)

— Não posso acreditar — exclamou o capitão de mercenários. — Esperaria tudo, menos encontrar você aqui, atirado à linha da água como uma medusa morta.

Depois de recuperar o controle dos sentidos e da memória, o espanhol fincou os cotovelos na areia e sentou-se.

— Eu poderia dizer o mesmo de você, capitão... — Procurava falar em tom autoritário, apesar da garganta seca e dolorida. — Pensei que tivesse voltado a Florença... — Tossiu. — O amigo não estava autorizado a descer tanto para o sul...

— Cosme I tem outros planos para mim — explicou Montauto, estendendo-lhe a mão direita.

Dom Juan de Vega aceitou a ajuda e levantou-se com dificuldade, o calcanhar direito latejando.

— Se o imperador soubesse da presença de tropas dos Médici por estas bandas... — Tossiu de novo, convulsivamente. A cada acesso, parecia-lhe cuspir pregos.

— Ocupe-se de seus negócios — resmungou Oto de Montauto. Em seguida, pedindo a um soldado o cantil que este trazia à cintura, ofereceu-o ao espanhol.

Pouco se importando com as boas maneiras, dom Juan arrancou-o de suas mãos e bebeu um primeiro gole, sentindo-se quase renascer, e depois esvaziou o conteúdo de uma vez, sem sequer sentir que gosto tinha.

— Não sou seu inimigo — esclareceu por fim, enxugando o queixo com o dorso da mão. — Queria apenas preveni-lo.

— E eu o salvei da ressaca — disse o capitão de mercenários. — Pelo que me toca, estamos quites.

Mas o embaixador espanhol nem de longe queria encerrar o assunto. A chegada de Montauto poderia revelar-se útil em sua situação, embora fosse bem estranha a presença de um enviado de Cosme I nas costas da Etrúria.

— Não diga que veio aqui para guerrear com os turcos... — insinuou.

— Minhas ordens não lhe interessam.

— Suas ordens partem do duque de Florença — retrucou dom Juan. — E, pensando bem, não são nenhum mistério. Dado que ele, sem dúvida, não tenciona desafiar o imperador, só resta um motivo plausível: você está no encalço de Jacopo V Appiani.

— E se estivesse? — Oto observou-o de soslaio. — Deixe de se intrometer nos assuntos alheios e fale-me antes de você. Ainda não sei como veio parar aqui, nesta miserável condição.

— Devo isso ao homem que você procura — revelou dom Juan.

— Pode, pois, entender a razão do meu interesse.

O caso lhe parecia incompreensível. Que poderia querer o duque de Florença com Appiani, incomodando-se a ponto de lançar em seu encalço as milícias de Montauto? E o mistério se complicava com os possíveis objetivos do príncipe de Piombino. A seu ver, não era crível que Jacopo V houvesse zarpado em busca de seu afilhado. Devia estar em jogo algo bem maior, algo muito grande. E o instinto lhe dizia que, se quisesse salvar Isabel, teria de resolver aquela confusão. Primeiro, no entanto, seria necessário encontrar Appiani.

— Lamento, mas não posso lhe contar nada — disse o capitão de mercenários.

— Nem se isso fosse útil para você?

— Vossa Senhoria me perdoe, mas acho isso impossível.

— Em poucas palavras: sei para onde foi o príncipe de Piombino — revelou o espanhol. Lembrava-se bem da mensagem encontrada dentro da boneca três dias antes, na igreja arruinada perto de Capo di Troia, e tinha certeza de que Oto de Montauto não dispunha daquela informação.

O soldado fez um gesto de desinteresse.

— Não precisa me revelar nada. Avistei de terra o movimento da flotilha de Jacopo V. Ao que parece, anda à caça de corsários turcos.

— Contudo, você ignora para onde ele vai exatamente — insistiu dom Juan. — Appiani tem destino certo. Um edifício, para ser mais preciso.

Um lampejo de curiosidade bailou nos olhos do capitão de mercenários.

— Diga-me e eu lhe darei um cavalo com água e roupas limpas.

— Só se me permitir ir com você.

— Não entendo o motivo.

— Já lhe disse. Tenho razões pessoais para alcançar o príncipe de Piombino.

Oto de Montauto coçou o queixo adornado por uma espessa barba hirsuta.

— Está bem — disse finalmente. — Desde que não faça muitas perguntas.

Vega assentiu.

— Então não percamos tempo. O destino de Appiani é o mosteiro da Rocca.

26

A *Lionne* fendia as ondas sob um céu cada vez mais sombrio. As nuvens tangidas pelo vento nordeste haviam obscurecido completamente o sol, quase transformando o dia em noite. As lufadas, recendendo a tempestade, sopravam com tamanha violência que impediam Sinan de manter os olhos abertos. Leone Strozzi juntou-se a ele no castelo de proa, apoiou-se num cano de canhão e dirigiu o olhar para Pianosa, uma ilhota inóspita semiescondida pelo movimento inquieto das ondas.

— A escuridão nos protege das torres de vigia — disse em voz alta, para cobrir o fragor do mar. — Podemos virar de bordo para o norte sem correr riscos.

— É um homem otimista — comentou o jovem.

— Não tanto quanto gostaria de ser. Temos de ir em frente mesmo quebrando a espinha aos remadores.

E com efeito, mal a galera aproou para o norte, viu-se diante de um vento contrário. Enquanto a tripulação recolhia as velas, Strozzi corria para a popa ordenando ao piloto que bordejasse. A partir daí, os esforços dos remadores triplicaram e seus arquejos de fadiga subiam até o convés, misturando-se ao ulular do vento. Mas Sinan, indiferente a esses ruídos, só tinha olhos para o perfil de Pianosa, cujas enseadas observava atentamente à procura de naus inimigas. Em seguida ouviu a voz dos vigias postados no cesto da gávea e, vendo que o cavaleiro de Malta trocava sinais com eles, atravessou o passadiço central e foi encontrá-lo na ponte.

— Que está acontecendo? — perguntou-lhe.

— Avistaram três embarcações à nossa frente — respondeu o florentino.

— Só pode ser Appiani!

Strozzi concordou com um gesto de cabeça.

— Nós o pegaremos, fique tranquilo. — Com um gesto imperioso, o cavaleiro mandou que o piloto mantivesse a rota e depois, chamando o imediato, determinou-lhe que aumentasse a velocidade de curso.

Nesse momento o padre Jérôme Maurand saiu do castelo de popa, de sotaina ao vento e com o diário de Aloisius na mão. O balanço da nau deixava-o enjoado, a julgar pelo rosto pálido e pelo passo incerto. Mesmo assim, exibia uma expressão vitoriosa.

— Notícias interessantes! — gritou.

— Agora não, reverendo — repreendeu-o Sinan. — Temos mais em que pensar.

— Na verdade, tempo é o que não nos falta — contradisse-o Strozzi, já calmo. — A perseguição será longa e, enquanto isso, convém nos abrigarmos das intempéries. E tanto melhor se ouvirmos boas notícias.

Assim, retiraram-se para o castelo na companhia do padre. O camarote do capitão, reservado a Strozzi, abrigava uma quantidade considerável de livros acomodados junto às paredes, ladeando armas de todos os tipos. No centro, via-se uma mesa cheia de cartas náuticas em meio às quais se destacava uma edição bolonhesa da *Geografia* de Cláudio Ptolomeu.

O florentino pediu que o religioso se acomodasse numa cadeira de *iccasse*,* enquanto ele e Sinan se contentavam com dois escabelos

---

* Cadeira dobrável em forma de "x", também chamada em italiano de "savonarola".

sem encosto. Tão logo recebeu sua atenção, o padre Maurand abriu o diário sobre os joelhos e aproximou uma vela.

— Como *lorsignori* pediram, iniciei a tradução deste manuscrito — começou ele em tom pensativo. — Um texto muito estranho, se me é permitido dizer.

— Não precisamos da tradução integral — explicou o cavaleiro de Malta —, apenas dos trechos que aludem a um certo mistério, o *Rex Deus*, mencionado na primeira página.

— Esses trechos são poucos — disse o religioso. — Mas o templário Aloisius fala bastante de três *perfecti* sobreviventes à queda de Montségur. Descreve suas peripécias até, segundo parece, conseguir pô-los a salvo no norte da Itália. Já o *Rex Deus* é sempre citado em relação ao quarto homem fugido de Montségur, o misterioso judeu do qual, a certa altura, se revela o nome: Yona. — Folheou o manuscrito em busca de uma determinada passagem. — Aloisius quase não o menciona, a ponto de me induzir a pensar que seu silêncio seja intencional. Ainda assim, há certas referências... muito especiais.

— Noto a sua decepção, reverendo — observou o florentino. — E também uma pontinha de censura.

O padre Maurand retorceu a boca.

— Este diário não foi certamente escrito por um bom católico, cada palavra transpira heresia. Por favor, não ria, excelência! Falo sério! Textos como este deveriam ir para a fogueira sem sequer ser abertos e, no entanto, o senhor me obriga a...

Strozzi lançou um olhar divertido a Sinan, que já dava sinais de agitação.

— O padre Jérôme se alvoroça só de ouvir falar em luteranos — explicou, convidando o rapaz a ser mais paciente. — Imagine então ter de ler sobre cátaros e judeus...

O capelão suspirou e, baixando os olhos, continuou, resignado:

— Poupo-lhes as partes em que se descreve a viagem pelo sul da França. Ao que parece, Yona e os *perfecti* viajaram levando consigo uma carga pesada. Aloisius não especifica do que se tratava, mas alude várias vezes a uma grande quantidade de baús transportados em carroças. As partes dedicadas a Yona tornam-se mais interessantes aí pelo fim. É quando o autor começa a falar dos segredos do *Rex Deus*. Eis, por exemplo, um ponto de destaque. — E traduziu:

Na primeira noite em que ficamos sós, Yona recitou de cor a passagem da Segunda Epístola aos Coríntios em que o apóstolo Paulo trata das palavras indizíveis ouvidas em estado de êxtase. Confessei-lhe que conhecia bem o trecho, referente a uma sabedoria divina e misteriosa, uma sabedoria oculta e só acessível aos *perfecti*. Então o judeu me revelou que esse ensinamento havia sido colhido pelo gnóstico Valentino de um discípulo do próprio Paulo e que na realidade o dito mistério era o *Rex Deus*. Mas então Yona deve ter notado minha perplexidade, pois se irritou e me aconselhou a refrear o orgulho; em seguida, para mostrar sua sapiência, desvendou o mistério que até então eu julgava protegido apenas por minha Ordem. Não nego que fiquei surpreso e muito perturbado. Yona discorreu, com efeito, sobre Baphomet, identificando-o logo com a figura de cabeça peluda que os Cavaleiros do Templo veneram em grande segredo, e decompôs o nome nas duas palavras gregas de que é formado, *Baphé-Meteos*, mostrando conhecer seu significado profundo, Batismo-Iniciação, segundo o qual o verdadeiro Salvador foi João Batista. Nesse ponto, não duvidei mais de suas palavras e por isso as transcrevo sem discutir sua terrível veracidade. O *Rex Deus*, afirmou Yona, é o legado mais precioso do Messias e também o seu ensinamento mais autêntico — mas, sobretudo, a prova irrefutável do grave erro cometido pela Igreja de Pedro desde suas origens. O mistério foi conservado durante mais de doze séculos por aqueles que reconhecem na Serpente coroada o símbolo da Sabedoria. Esses homens pertencem à estirpe dos essênios — os Puros, os Banhados, os Silenciosos — e, antigamente, se diziam amigos dos seguidores do Batista. Os herdeiros de seu sangue, confidenciou-me o judeu, continuam a viver entre nós em absoluto anonimato. Yona era um deles.

— Mas não diz nada sobre o esconderijo do *Rex Deus*! — aborreceu-se Sinan, ao final da leitura.

— Espere um pouco — acalmou-o o padre Maurand. — Há alguma coisa, embora de pouquíssima utilidade.

— O quê?

— Nas páginas seguintes, temos o mapa de uma ilha. Parece que Aloisius o desenhou segundo as indicações de Yona. Mas não acrescenta nenhuma referência escrita.

— Deixe-me ver. — Strozzi se inclinou no banco e pegou o diário. — Sim, é mesmo a topografia de uma ilha — disse, depois de examiná-lo. — Mas sem indicações, exceto uma estrelinha no meio.

Sinan franziu a testa.

— Uma estrela, você disse? — Pediu o manuscrito e estudou por sua vez o mapa. Representava uma ilha oval de costas acidentadas e interior eriçado de picos; junto ao mais elevado deles, surgia o que era aparentemente a entrada de uma gruta marcada com uma estrela de cinco pontas. O jovem observou-a com atenção e, num movimento instintivo, tirou do bolso a chave cilíndrica para confrontar o desenho geométrico do quadrante com o do mapa. — Não há dúvida, é a mesma estrela — disse. — A mesma estrela que aparece na bússola deixada por meu pai.

O florentino olhou-o de soslaio.

— Já vi essa estranha bússola, você a mostrou a Tadeus. De que se trata exatamente?

— Cada qual com seus segredos — respondeu o jovem, guardando rapidamente a chave cilíndrica no bolso.

— Está bem — conformou-se Strozzi com um sorriso. — O importante é que estamos na pista certa.

— Também acho — concordou Sinan. — Mas sem indicações exatas, a tal ilha pode se localizar em qualquer lugar. Deve haver forçosamente algum outro indício... — Voltou-se para o capelão. — Padre Jérôme, tem certeza de que Aloisius não diz mais nada em seu diário?

O religioso deu de ombros.

— Até agora, não. Talvez o faça nas últimas páginas, as únicas que me falta traduzir.

O rapaz se levantou de repente, assustando o padre.

— Pois então continue lendo.

Leone Strozzi acenou para que ele se acalmasse e apontou para a porta do camarote. Alguém batia.

— Entre — disse.

Apresentou-se um oficial de nariz adunco e vermelho. Respirava com dificuldade, devia ter vindo correndo. Instado pelo olhar do florentino, desabafou o que tinha para dizer:

— Capitão, um veleiro turco se aproxima a estibordo.

— Identificou-o?

— Ainda não, mas navega a grande velocidade.

— Mande preparar os canhões — ordenou o cavaleiro de Malta — e diga aos arcabuzeiros que se postem na amurada. — Em seguida, para Sinan: — Se quiser me acompanhar, amigo, estou indo para o castelo de popa.

Margarida foi atirada aos trambolhões para dentro do cubículo, desgrenhada, chorando e com as roupas em tiras. Isabel correu para ela, afastou-lhe os cabelos do rosto, mas viu que ali não havia nenhum ferimento. Entretanto, como a infeliz se acocorava no chão, percebeu que tinha sido golpeada no ventre e nas costas.

— Porcos bastardos! — gritou para os dois *azap* que as observavam da soleira.

Os homens responderam com sorrisinhos cínicos, entraram e pegaram-na pelos braços.

— Larguem-me! — Isabel se contorceu como uma enguia, não pôde evitar ser arrastada para fora sob o olhar da companheira, que a fitava com o rosto desfigurado pela dor e o desvario.

Nizzâm esperava-a em seu camarote, monolítico e ainda ébrio da violência usada contra Margarida. Mal a viu diante de si, agarrou-a pelos cabelos e atirou-a brutalmente ao chão. Isabel bateu a cabeça, mas esforçou-se para não perder os sentidos e não se deixar vencer pelo pânico. A presença do mouro infundia-lhe um turbilhão de emoções, um misto de medo e arrebatamento que a fez perguntar-se ainda uma vez por que um homem daquela espécie a atraía tanto. E, vendo-o aproximar-se, compreendeu finalmente. Sua força. Desde menina, Isabel tinha vivido rodeada de fidalgotes sem ambição, dados unicamente ao conforto e à ociosidade. A única figura enérgica fora a do pai, um soldado imbuído de coragem que havia sobrevivido ao mar, aos combates e às hordas de inimigos. Sua proximidade ensinara-a a valorizar os homens ousados, sinceros e bravos. E, embora fosse um cão do inferno, Nizzâm se parecia, mais que qualquer outro, com um desses homens. Não era possível esquecer, em Volterraio, sua impetuosidade na luta e sua audácia na fuga. Isabel, segura nos braços de Nizzâm, havia percebido — e em parte partilhara — aquela energia selvagem, como se estivesse montada num corcel indomável.

Mas agora, ao sentir sua mão apertando-lhe a mandíbula, teve um arrepio de terror.

Nizzâm ergueu-a do chão e, depois de mandar os *azap* sair, observou-a com um sorriso cruel.

— Cá está então a mulher por quem se derrete o filho do Judeu.

— Quem...? — balbuciou ela, tremendo.

— Falo do homem que você conhece pelo nome de Cristiano de Hercole.

Isabel sacudiu a cabeça, perplexa.

— Ele não é o meu... Eu não...

— Menina mentirosa — zombou o mouro. — Para tê-la de volta, aquele louco arriscou a própria vida.

— Então continua vivo? — perguntou Isabel.

— Não por muito tempo. — Nizzâm dobrou-a sobre a mesa onde dispunha as cartas náuticas e começou a acariciá-la lascivamente, enfiando a mão em seu decote. — Mas, antes de matá-lo, farei com que saiba o que aconteceu com você.

Trêmula, a jovem sentiu os dedos do corsário entre seus seios e agarrou-se instintivamente à beira da mesa, buscando alguma coisa com que se defender. Vasculhou pergaminhos e penas, enquanto toda a atração que tinha experimentado por aquele homem desaparecia de um golpe, dando lugar a uma sensação de repulsa.

— Depois que eu a possuir — continuou Nizzâm, apertando o corpo contra o dela —, vou emprestá-la aos meus falcões assassinos e depois aos *azap*. Você se tornará o brinquedo dos janízaros e só ficarei satisfeito quando tiver sido usada pelo último soldado desta frota. Então... — Mas, de repente, emitiu um grito de dor. Levou a mão ao pescoço, tomado de cólera e surpresa, e recuou antes que Isabel pudesse feri-lo de novo com a ponta de um compasso que encontrara na mesa.

A jovem brandia a pequena arma como se fosse um punhal, inebriada pela vista do sangue que escorria da ferida do mouro. Finalmente era senhora de seu destino. Morreria combatendo, mas não sofreria mais humilhações. Ameaçou uma nova investida e, ao ver Nizzâm recuar, foi dominada por uma tal onda de excitação que se lançou ao ataque com um grito de fúria.

O corsário se esquivou prontamente e travou-lhe o pulso com tanta força que a obrigou a soltar o compasso. Em seguida, jogou-a no chão com uma bofetada violentíssima.

Por um segundo, Isabel ficou cega e surda; e, quando reabriu os olhos, foi como se voltasse de um desmaio. Ouviu vozes e percebeu que outros homens entravam. Respondiam em tom alarmado às perguntas secas de Nizzâm.

Conseguiu captar bem pouco daquela conversa. Apenas a palavra *kadirga*, galera, e um nome francês, *Lionne*. Mais nada.

Depois, sentiu-se ser levada para longe e mergulhou no esquecimento com uma sensação de infinita doçura.

27

Quando a teve ao alcance dos canhões, Leone Strozzi concluiu que não havia se enganado. A nau que se aproximava a estibordo era mesmo o veleiro de Nizzâm. Sem remos, sulcava o mar grosso com a agilidade de uma borboleta graças a três velas latinas que lhe permitiam aproveitar bem o vento. O cavaleiro de Malta ordenara à tripulação que se preparasse para o combate, mas permanecia imóvel no castelo de popa conservando todo o seu sangue-frio.

— Não parece que queira atacar — confidenciou a Sinan, de pé a seu lado.

O jovem concordou, nervoso: temia a ferocidade do mouro. Recordou as palavras de Nizzâm a propósito de Isabel, uma promessa de violência e humilhação, e sentiu-se dilacerado pelo remorso e pelo rancor. Por um instante desejou estreitá-la nos braços, finalmente salva e ciente de seu valor, mas logo se deixou dominar pelo desejo de vingança contra o inimigo. No próximo encontro, garantiu a si mesmo, não estaria despreparado.

— Acho que estão fazendo sinais — disse Strozzi, apontando para a proa do veleiro turco.

O jovem olhou naquela direção e notou uma luz que oscilava a intervalos regulares. Uma lanterna, talvez; mas a distância e a escuridão não permitiam que ele tivesse certeza.

— E se for uma armadilha? — sugeriu. — O canhão de vante de Nizzâm está apontado diretamente para nós.

O cavaleiro de Malta balançou a cabeça.

— O mouro teria apenas uma chance de atingir-nos e depois se exporia ao nosso fogo de costado. Não esqueça que o porão de seu navio está cheio de escravos, o que limita sua possibilidade de manobra.

— Seja como for — objetou o rapaz —, você conhece a ousadia daquele desgraçado.

— Inferior apenas à sua — retrucou Strozzi, sem afastar os olhos da proa do veleiro. — Espere um pouco... Acho que entendi — disse finalmente. — Sim, agora os sinais estão mais claros... Parece que querem conversar conosco.

— Absurdo!

— Não segundo a óptica de Barba-Roxa. Trata-se certamente de um pretexto para nos manter sob controle. Se quisermos evitar problemas, é melhor não contrariá-lo.

O rapaz, porém, alimentava outras intenções e, desejando a todo custo continuar na perseguição, mostrou as três naus que rumavam para o norte, agora bem visíveis.

— Não se esqueça da flotilha de Appiani — disse, contrariado. — Se pararmos, poderemos perdê-la, sem falar que a esta altura Jacopo V já deve ter nos avistado.

— Confie em mim — tranquilizou-o o florentino. — Se formos espertos, mataremos dois coelhos com uma só cajadada.

— Não consigo entendê-lo, senhor.

— Preocupa-se ainda com sua amada?

— Sim, é claro, mas como...

— Tenho um plano. Antes, porém, deixe-me falar com meus oficiais. Será necessário organizar em detalhe o encontro com Nizzâm e precisarei do apoio do gigante albino que o acompanha. Poderá ser útil para aquilo que tenho em mente.

— Sempre misterioso! Mas tudo bem, chame Margutte e use-o como quiser.

O cavaleiro de Malta afastou-se e convocou seus homens para a ponte, onde confabulou com eles por uma boa meia hora. Enquanto isso, Sinan observava as três naus de Appiani em fuga para o norte sob as nuvens tempestuosas e, no levante, a aproximação cada vez mais ameaçadora do veleiro turco. Mas logo percebeu que a velocidade dele diminuía, no instante em que Strozzi reapareceu a seu lado.

— Está decidido, deixaremos o corsário se aproximar — explicou o florentino. — O que ele quiser dizer ouviremos, mantendo-o ocupado pelo maior tempo possível. Desse modo...

— Terei a oportunidade de salvar Isabel.

— Exatamente.

Fácil de falar, calculou o jovem; mas a execução do plano lhe causava incertezas. A incógnita maior, porém, era a atitude de Strozzi. Antes, o florentino havia se mostrado bem mais ponderado e cauteloso, mas agora excogitava um projeto arriscado que os exporia a inúmeros riscos. Desde que tinha subido a bordo da *Lionne*, Sinan notara nele uma mudança de humor. Era como se o mar exercesse sobre aquele homem uma estranha influência, tornando-o mais audaz e imprevisível. Ou, talvez, a convivência com os corsários otomanos começasse lentamente a modificar seu caráter.

O cavaleiro de Malta olhou-o com ar surpreso.

— Eu pensava estar agindo em seu interesse, amigo. Contudo, percebo em você uma certa hesitação. Não me ouviu?

— Claro que ouvi — respondeu Sinan, em tom altivo. — Mas dê-me os detalhes.

— Certo. Para que Nizzâm possa falar comigo, terá de aproximar-se e acolher-me a bordo. Enquanto o mantenho ocupado, você entra escondido em seu veleiro com um par de homens.

— Está sendo vago demais. Não me disse como poderei entrar sem ser visto.

— Ora, pensei que isso estivesse claro. Você sabe nadar, sem dúvida.

— Como um peixe.

— Então, problema resolvido. Se quiser subir naquela nau, a única maneira é chegar até ela nadando. A escuridão e as ondas o protegerão da vigilância dos turcos, sem contar que todos estarão de olho em mim. E no momento oportuno provocarei uma confusão na ponte para distrair ainda mais os ânimos.

— Agora tudo está claro. — Sinan gostou de ver que Strozzi não tinha perdido a habilidade tática. Mesmo assim, continuava a nutrir sérias desconfianças a seu respeito e, antes de aceitar seu plano, achou melhor confessá-las francamente. — A salvação de Isabel não conta nada para você. O que vai ganhar me ajudando?

— Sua paz interior — respondeu o florentino, cruzando os braços. — Parece-me um ganho razoável. Se a jovem for salva, você não procurará mais encrencas como fez em Campo Albo e terei comigo um aliado lúcido e prudente.

— Mas as encrencas é que nos procurarão depois desta aventura. Quando Nizzâm perceber que foi enganado, se lançará em nosso encalço.

— Não se antes o colocarmos em condições de não fazê-lo.

— Como assim?

Antes de responder, Strozzi se aproximou de um tonel colocado perto de um canhão e tirou de dentro dele uma esfera de terracota do tamanho da cabeça de um homem, munida de um longo estopim de pano.

— Enquanto você estiver à procura de Isabel, mandarei instalar duas destas granadas sob o leme da nau de Nizzâm.

Sinan balançou a cabeça, agradavelmente surpreendido.

— Pensou em tudo, meu caro senhor. — Fitou o mar tempestuoso e negro como piche. — Só resta nos prepararmos para a ação, pois a nau do mouro está próxima.

— Você mergulhará com três de meus homens — explicou o florentino. — A propósito, deixe-me dar-lhe um conselho: se alguma vez for comandar uma tripulação, informe-se primeiro sobre quem sabe nadar. Em algum momento isso pode ser muito útil. — E, com um gesto brusco, chamou o chefe da tripulação. — Traga-me o ferrarense — ordenou em voz alta.

Logo Sinan se viu diante de um rapazinho de uns 15 anos, de cabelos louros e crespos, rosto delicado, quase feminino. Vestia apenas calças e trazia um punhal meio enferrujado metido no cinto.

— Não se iluda com as aparências. — Strozzi pousou a mão sobre a cabeça do rapaz. — Apresento-lhe o intrépido Guicciardo de Fiúme. Foi capturado pelos turcos nas margens do Pó, perto de Ferrara, há mais ou menos uns dois anos. Quando o vi pela primeira vez era um grumete à mercê dos homens de Barba-Roxa e, por causa de sua juventude, passava por toda sorte de abusos. Para evitar que tivesse um fim terrível, requisitei-o. Não existe nadador melhor.

— Espero que seja hábil também com a faca — disse Sinan, observando o rapaz.

— Sou sim, excelência — confirmou o ferrarense, de queixo erguido.

— De qualquer maneira, você estará ladeado por dois dos meus suíços. E, na hora certa, mais dois mergulharão para instalar as granadas no leme.

— Ótimo — disse Sinan.

— Só tenho mais uma recomendação a fazer-lhe — acrescentou o florentino, tornando-se subitamente sério. — Exceto Isabel de Vega, não se arrisque a libertar daquele navio mais ninguém, seja quem for. Entendido?

*   *   *

Conforme o esperado, o veleiro turco colocou-se ao lado da *Lionne*, que balançava à capa contra o vento. Com as proas em direções contrárias e os flancos de estibordo um diante do outro, os marinheiros de Nizzâm lançaram um passadiço de madeira para permitir que Strozzi e sua escolta se deslocassem de uma nau à outra sem precisar de uma chalupa. A operação foi um pouco difícil por causa do mar revolto e dos ventos impetuosos, mas se realizou sem incidentes.

Uns dez metros mais embaixo, Sinan assistia à cena boiando sobre as águas geladas. Depois, voltou a nadar, seguido pelos três homens, em direção ao casco do veleiro. Após alcançá-lo, esgueiraram-se na direção da popa em busca de um ponto de apoio para a escalada; Sinan então atirou para cima uma corda com um gancho e, quando conseguiu fixá-lo, iniciou a subida.

Ao chegar à amurada, esperou que um marinheiro de vigia lhe voltasse as costas e agarrou-o pelo pescoço com a intenção de matá-lo e atirá-lo ao mar; mas o homem resistiu com uma obstinação formidável e Sinan se viu lutando ainda preso à corda, com risco de cair. Felizmente, antes que o barulho alertasse alguém mais, o ágil Guicciardo de Fiúme surgiu ao seu lado e apunhalou o marinheiro no peito com a desenvoltura de um mercenário.

Sinan agradeceu-lhe com um aceno de cabeça e deixou o cadáver se precipitar nas ondas. Em seguida, saltou para bordo com a máxima cautela. Não havia ninguém por perto, o negrume do céu e o zunido do vento ocultavam sua presença. Olhando em volta, viu que o encontro de Nizzâm e Strozzi estava ocorrendo na ponte, no centro da nau. A maior parte dos homens a bordo se concentrava naquela área, atraída pelo tom exaltado do florentino e pelo ar impertinente de seus acompanhantes. Uma palavra impensada e a confusão se instauraria.

Sinan fez sinal aos suíços para se esconderem atrás da pavesada e decidiu levar consigo apenas o ferrarense, convencido de que um rapazinho magricela atrairia menos atenção que os dois milicianos. Além disso, o castelo estava próximo e talvez pudesse alcançá-lo sem verter mais sangue.

Isabel mal havia se recuperado quando foi alertada pelos sussurros da companheira. Ouviu o ruído da fechadura sendo forçada e viu a porta do cubículo abrir-se lentamente, deixando entrever primeiro a lâmina de um punhal, depois o rosto de um homem que, num primeiro momento, não reconheceu. Fitou suas pupilas que pareciam carbúnculos encastoados e seu rosto distorcido por um esgar grotesco — e só então compreendeu que se achava diante de Cristiano de Hercole ou do que restava dele após uma travessia do inferno.

Estremecendo, deu-se conta de que a chamava pelo nome. Até sua voz parecia mudada, tornara-se rouca e brutal.

— Venha comigo — disse, estendendo-lhe a mão.

Isabel recuou instintivamente. Esse gesto simples pareceu magoar o rapaz, que por um breve instante revelou a doçura da pessoa que fora outrora; mas logo tudo desapareceu, dando lugar a uma careta feroz.

— Não está entendendo, senhora — protestou ele, irritado. — Não temos tempo a perder.

— Tem razão — murmurou Margarida. — Precisamos ir.

O homem que já fora Cristiano de Hercole apontou o punhal para a bela Marsili.

— Você fique quieta. Está fora disto!

— Sem minha companheira não vou a lugar nenhum — opôs-se Isabel. — Caso não esteja de acordo, pode me matar também.

Diante dessas palavras, o jovem hesitou por um breve instante e, em seguida, sorriu.

— Como quiser, minha senhora — disse, convidando-a a segui-lo com uma reverência obsequiosa. — A propósito, se me perdoar a ousadia, está encantadora como sempre.

28

A esquadra de Barba-Roxa havia se afastado, deixando atrás de si um monte de ruínas enegrecidas pelo fogo. Dom Juan de Vega percorreu com Montauto as ameias da Rocca estilhaçadas pelos tiros de canhão. Tropeçava em cadáveres por toda parte, inteiros ou despedaçados de maneira indescritível, juntamente com armas de todos os tipos, espadas, punhais, arcabuzes e lanças cravadas na carne como agulhas de alfaiate. De vez em quando parava para observar os canhões dispostos na amurada, impressionado com suas bocas retorcidas, semelhantes a carrancas de dementes.

— Espero de verdade que você tenha razão — murmurou tristemente o capitão de mercenários. — Caso contrário, duvido que consigamos encontrar uma só pista nesta bagunça.

Vega apontou para um edifício isolado da fortaleza, sobre uma protuberância rochosa batida pelas ondas da borrasca.

— Lá está a igreja.

Para chegar até lá, precisaram atravessar o casario completamente destruído, em meio a um cheiro de coisas queimadas que persistia apesar das rajadas de vento. Chegados ao pátio, examinaram a fachada do mosteiro enquanto os homens de Montauto batiam as imediações para verificar se não havia alguma ameaça. Trabalho inútil, pensou dom Juan. Agora os únicos habitantes da Rocca eram os corvos e as gaivotas, que bicavam os cadáveres sem se importar com a presença dos soldados.

— Entremos — sugeriu Oto, ao constatar que o caminho estava livre.

Também dentro da igreja os sinais de luta eram evidentes. Mal cruzou a soleira, o embaixador espanhol dirigiu o olhar instintivamente para o altar e depois para os lados, atentando nos mínimos detalhes. Mas ficou desapontado. Nenhuma boneca, apenas um monte de corpos sem vida.

— Estamos no lugar certo — disse Montauto, mostrando o cadáver de um soldado. — Aquele era um dos homens de Appiani, não havia dúvida.

Vega debruçou-se sobre o corpo e reconheceu o emblema branco e vermelho no uniforme. Confirmou o achado com um aceno de cabeça e passou a examinar as outras vítimas do massacre. Pela maior parte, vestiam-se da mesma maneira.

— Que estariam procurando aqui dentro?

— Lutaram como leões, isso é certo. Mas parece que os turcos levaram a melhor.

Continuaram olhando em volta e se fazendo perguntas até dom Juan se deparar com o cadáver de um corsário que parecia ter caído da escada da torre do campanário. Fora morto com uma punhalada na nuca. Dom Juan estranhou o fato.

— Vamos olhar também lá em cima — sugeriu.

O companheiro concordou.

No campanário não encontraram nenhum sinal evidente de luta, mas bastou uma rápida inspeção para que os dois homens descobrissem um indício bem interessante. No pavimento, viam-se os restos de um antigo estandarte e, em cima dele, uma grande espada com a guarda em forma de cruz. Embora a arma estivesse em péssimo estado, dom Juan conseguiu ver uma cruz grega entalhada no pomo.

— Vestígios da Ordem do Templo — murmurou.

O capitão de mercenários coçou a cabeça.

— Não consigo entender...

— São relíquias de séculos de idade. Provavelmente estavam escondidas aqui em algum lugar. A julgar pelo laço preso à espada, devia haver alguma coisa amarrada ao punho, que foi removida.

— Acha que Jacopo V mandou seus homens aqui para recuperar estas velharias?

— Por ora, não concebo outra explicação plausível.

— Contudo, os indícios terminam aqui e não nos conduzem a nenhuma outra parte.

— Não concordo — rebateu dom Juan, examinando os farrapos do estandarte.

— Que quer dizer?

— Na barra deste tecido foi bordado um nome. Está quase apagado, mas se eu conseguisse... — O espanhol ergueu o olhar. — Peça que me tragam uma tocha. Talvez, com mais luz...

Helena Salviati chegou correndo ao palácio de Piombino, vestiu-se apressadamente de modo decoroso, encheu uma grande mala de roupas e partiu com Teresa numa carruagem. E só depois de murmurar o destino ao ouvido do condutor é que conseguiu relaxar, reclinando-se no encosto do banco.

— Aonde vamos, minha senhora? — perguntou a criada.

— Quieta! — ordenou-lhe a dama. E durante todo o trajeto não disse uma palavra.

Agora que havia descoberto as verdadeiras intenções de Patrizi, não se sentia mais segura em seu próprio palácio. A armadilha dos Médici estava para se concretizar. Era só uma questão de tempo: Helena e o marido se tornariam pasto para vermes, a menos que ela concebesse, por sua vez, um ardil. E para isso precisava sem falta saber mais sobre o *Rex Deus*. Até então, aquele nome representara apenas uma meta a atingir para agradar aos Escondidos; nem Helena nem Jacopo se interessavam por saber o que realmente significava. Mas, depois que ela havia se inteirado do jogo oculto do inquisidor, sabia que conhecer a natureza íntima daquele mistério poderia se revelar de importância vital. No momento, porém, só havia uma pessoa capaz de ajudá-la. Uma pessoa que todos acreditavam estar morta.

A carruagem cruzou as muralhas de Piombino, prosseguiu durante horas pelo campo aberto e, após um trajeto longo, desconfortável, chegou a um convento afastado das vias mais movimentadas. Tão logo o veículo se deteve, Helena saltou e continuou sozinha em direção à porta. Bateu várias vezes, apressada, até que ela se abriu.

Apareceu uma monja. Helena não a via fazia anos e o tempo escavara em seu rosto uma teia profunda de rugas.

— Quero falar com ela — disse, sem sequer cumprimentá-la.

— Mas, minha senhora... — balbuciou a mulher. — Sabe que ela não conversa com ninguém há dez anos...

— Quero falar com ela, já disse!

A monja teve de baixar a cabeça e obedecer. Conduziu Helena na penumbra do edifício, por um corredor severamente interditado a visitantes. Ao longo das paredes que recendiam a umidade e a sebo de vela, sucediam-se as portas das celas onde as monjas viviam em clausura, retiradas do mundo. A religiosa parou diante de uma daquelas entradas, tirou de sob o hábito um molho de chaves e deu volta, titubeante, na fechadura.

— Seja gentil com ela — recomendou. — Esperarei aqui fora.

Helena concordou com maus modos, mas antes de atravessar a soleira esperou até seus olhos se acostumarem à escuridão. Distinguiu então uma figura que rezava diante de um pequeno crucifixo e aproximou-se. Lá estava ela, a santa e prostituta, a mulher capaz de adequar-se à clausura como havia se adequado ao harém de um corsário turco. Às vezes, nos raros momentos em que pensava nela, ocorria a Helena Salviati que aquela estranha mulher talvez possuísse o dom de sobreviver a qualquer coisa. E, nessas ocasiões, não podia abster-se de sentir inveja.

— Estou feliz por vê-la com saúde, Emília de Hercole — saudou, acomodando-se no único banco que havia naquele ambiente exíguo. — Trago-lhe notícias do seu filho.

Ouviu-se na sombra o suspiro de uma prece interrompida e, a seguir, uma voz fina:

— Meu Cristiano... Ele está bem?

— Foi raptado pelos turcos — disse Helena, resoluta. — Se quer salvá-lo, deve me contar tudo o que sabe sobre o *Rex Deus*.

29

Para convencer Strozzi a deixar o navio, Nizzâm quase precisara recorrer à espada. Aquele cão infiel havia subido a bordo para criar desavença. Não tinha sido fácil conversar com ele, sobretudo porque Margutte, integrante da escolta, havia derrubado com um golpe de maça um dos oficiais de manobra. O desgraçado tinha sido arrastado dali com os miolos escorrendo do crânio, enquanto o cavaleiro de Malta tomava a defesa do gigante albino, afirmando em altas vozes que ele fora provocado. Apesar disso, o mouro conseguira acalmá-lo e comunicar-lhe a mensagem de Barba-Roxa. Ao ouvir o nome de Cosme I, readquirira a compostura e começara a prestar atenção a cada palavra; mas de novo Margutte interrompeu a conversa procurando briga com um marinheiro quase do seu tamanho, o que poderia envolver outros na balbúrdia.

Nizzâm mal havia resistido à tentação de mandar matar Strozzi e toda a sua escolta. Mas não podia desobedecer novamente a Khayr al-Dīn, sobretudo depois que ele tinha lhe prometido a cabeça de Sinan. Por isso, tivera de suportar de dentes cerrados os insultos e fizera os desordeiros voltar para a *Lionne* sem mais problemas. Em seguida, mandando recolher o passadiço e desdobrar as velas, voltou a proa para leste e distanciou-se.

Mas, de repente, o veleiro foi sacudido pelo choque de uma explosão.

— Strozzi está atirando em nós! — rugiu Nizzâm, aturdido pelo barulho de tábuas se estilhaçando. — Como ousa, o cão bastardo?!

— Não, meu *agá* — acudiu um marinheiro, mostrando a *Lionne*. — A nau francesa não disparou, está se afastando de nós.

O mouro agarrou-o pelo pescoço e sacudiu-o, furioso.

— Mas fomos atacados! Atingiram-nos, malditos sejam!

— O leme! — ouviu-se da popa. O piloto gritava desesperadamente, arrancando os cabelos. — Explodiram o leme!

Nizzâm correu para ele, incapaz de acreditar nos próprios ouvidos e deitando por terra quem se encontrava em seu caminho. Estava a tal ponto colérico que não conseguia nem mesmo pensar. Em sua mente, só havia um nome: Sinan. Devia ter sido ele. Não tinha provas e sequer imaginava como havia conseguido, mas *sabia* que o rapaz era o culpado. E, súbito, compreendeu também o comportamento de Strozzi, reconhecendo que tinha sido ludibriado desde o início.

Assumira uma expressão a tal ponto ameaçadora que o piloto, quando o viu à sua frente, caiu de joelhos. Era um homenzinho magro, com um nariz adunco que se projetava do meio de espessos bigodes.

— Deve ter sido uma granada, meu *agá* — explicou, trêmulo. — Não podemos mais governar o veleiro...

Incapaz de se controlar, Nizzâm golpeou-o com um pontapé e praguejou contra Alá, os Sitanis e os demônios do deserto, ouvindo o eco de seus próprios gritos no vento. Depois se apoiou à amurada com as têmporas pulsando violentamente e esforçou-se para refletir.

— O vento nos leva para sudeste — disse após um momento de silêncio. — Conseguiremos ao menos manter a rota?

O piloto, ainda de joelhos, cuspiu um dente.

— Creio que sim, meu *agá*, mas há um problema... — Esperou autorização para prosseguir. — A explosão abriu um rombo no costado. Se não perdermos peso, correremos o risco afundar. — Dito isso, levou as mãos ao rosto, esperando um novo acesso de cólera do comandante, mas, para sua grande surpresa, descobriu ter despertado nele emoções bem diferentes.

O mouro dirigiu-lhe um sorriso horripilante.

— Você quer dizer que lançaremos ao mar todos os escravos.

— Eu lhe recomendei que não trouxesse ninguém mais — exclamou Leone Strozzi. — E você volta para minha galera com a mulher mais traiçoeira que já conheci!

Sinan estava exaltado pela cena a que acabara de assistir. A explosão das granadas havia feito saltar pelos ares o leme do veleiro turco, iluminando com reflexos purpúreos a superfície metálica das ondas. Tudo fora cronometrado perfeitamente, dando-lhe tempo para voltar à *Lionne*. Podia imaginar a raiva de Nizzâm.

Quando ia responder, notou que o cavaleiro de Malta não estava olhando mais para ele e sim para as mulheres arrancadas às garras do mouro. Pareciam exaustas e, embora estivessem agora envoltas em cobertores secos, tremiam de frio. Salvá-las custara um grande esforço, pois nenhuma das duas sabia nadar. O rapaz observou a jovem ao lado de Isabel e se perguntou que ameaça podia representar um rostinho tão gracioso. A julgar pelo modo como a fitava, Strozzi devia conhecê-la muito bem.

— Senhor, por que fala assim? — replicou a ruiva. — Não se lembra mais daquela noite?

— Lembro-me perfeitamente, minha senhora, e por isso falo com conhecimento de causa. — Sua expressão continuava dura. — Cara Margarida, você é bela e perigosa como um tigre. Tê-la pela frente é um perigo.

— Mas eu jamais poderia lhe fazer mal, já o demonstrei... Eu o amo!

Strozzi levou a mão à fronte.

— Pelo amor de Deus, levem-na daqui!

Justamente naquele momento, o padre Maurand apareceu na ponte com o diário de Aloisius na mão.

— Chega a propósito, reverendo — disse o florentino. — Faça-me um favor, leve embora esta maluca e sua companheira. Ponha-as em algum lugar quente e dê-lhes de comer, mas, sobretudo, não as perca de vista.

— Na verdade, estou aqui por outros motivos... — disse o capelão, confuso. — Encontrei o último indício que tanto o preocupava...

— Não diga nem mais uma palavra, não diante desta víbora — calou-o Strozzi, olhando Margarida de soslaio. — Mas espere... Que há? — Voltou-se em direção à proa, atraído por um vozerio. — Qual o motivo daquele tumulto? — gritou, observando o rosto alarmado do primeiro oficial.

O homem atravessou rapidamente o convés e aproximou-se.

— Eu já ia adverti-lo, capitão — disse, quase sem fôlego.

— Sobre o quê?

— Uma galera se aproxima do norte!

— É Appiani! — exultou Sinan, abrindo um sorriso assassino. — Está voltando para nos desafiar!

— Só a galera? — quis se certificar o florentino. — Não há sinal dos outros dois veleiros?

— Não, capitão — respondeu o oficial. — A galera navega sozinha com vento em popa.

— Então vamos ao encontro dela, com todos os diabos! — ordenou o cavaleiro de Malta, correndo para o centro da nau. — Velocidade máxima de cruzeiro! Artilheiros prontos para disparar! Preparar-se para o combate!

Ao ouvir essas palavras, o padre Maurand inclinou a cabeça e retirou-se em passinhos miúdos para o castelo de popa.

Sinan mostrou-o a Isabel.

252

— Siga aquele padre, minha senhora — disse-lhe — e estará segura. — Mas, percebendo o aturdimento da jovem, esqueceu a euforia belicosa para exprimir-se no tom mais doce de que foi capaz. — Eu jamais me perdoaria se algo lhe acontecesse, minha cara. Arrisquei a vida por você, espero que compreenda... Mais tarde lhe explicarei tudo. Mas por ora faça o que digo, por favor, e siga aquele padre.

Isabel olhou-o ainda por um instante e o jovem se perdeu no verde de seus olhos, vislumbrando ali um brilho diferente. Em seguida, viu-a concordar com um leve gesto de cabeça, pegar a mão da companheira e correr na direção indicada.

Agora Sinan tinha um motivo a mais para combater. Desembainhou a espada e correu para a plataforma do castelo de proa, inebriado pelo cheiro da pólvora e pelos gritos dos marinheiros prontos para a batalha.

A velocidade da *Lionne* aumentou até dezoito remadas por minuto. Suas velas vermelhas se desenhavam contra o céu escuro como a morte, enquanto a nau de Appiani, tangida por um vento furioso, começava a disparar seus canhões.

Quinta Parte
A RELÍQUIA

30

A religiosa, contemplando o pequeno crucifixo pendurado na parede, hesitava em falar. Alguma coisa nela mudara de repente. Helena Salviati percebeu-o com absoluta certeza, não por causa de seus modos ou postura, mas da aura que dela emanava. Agora a dama se via em presença de uma desconhecida, num lugar hostil, como se aquela cela houvesse se transformado na jaula de uma fera. Mas esforçou-se para manter o controle, à espera de uma palavra ou gesto que a ajudasse a compreender a verdade sobre o *Rex Deus*.

Emília de Hercole quebrou o silêncio, fazendo-a estremecer.

— Você me obriga a evocar coisas que jurei extinguir no coração e na mente. — Sua voz era pouco mais que um sussurro, mas ainda assim gelava o sangue. — Coisas que pertencem a outra vida, a outra mulher. Coisas que não devem ser pronunciadas neste asilo sagrado.

— Nem mesmo pelo bem do seu filho? — desafiou-a Helena.

— Já não tenho filho — replicou a monja, incisiva. — Ou melhor, nunca tive. Como se poderia dar esse nome a um fruto concebido em pecado, longe da graça de Deus?

Dona Salviati não esperava semelhante reação. Pensara encontrar uma infeliz marcada por anos de clausura e via uma pessoa que não conseguia entender.

— Como pode falar assim? É o fruto de seu ventre...

— Quem não nasce em Cristo, nasce morto.

— Mas seu filho foi batizado, não se lembra? Isso aconteceu pouco depois de você voltar de Túnis. Meu marido é que o acompanhou à pia santa da catedral de Piombino, para ser lavado do pecado original e receber o nome de Cristiano.

Emília de Hercole continuou imóvel, olhos pousados no crucifixo. Helena observou a expressão que ela escondia sob o véu e distinguiu traços frios como uma superfície de mármore. Só os lábios estavam ligeiramente entreabertos, traindo um quê de licencioso, talvez vestígios da vida passada.

— Não existe batismo capaz de eliminar a vergonha de seu sangue... de sua estirpe — explicou a religiosa, deixando entrever um misto de compaixão e desprezo. — Meu Cristiano está fadado a ostentar para sempre a marca da infâmia, a fetidez da vergonha. — Levou as mãos ao ventre, num gesto inesperado. — É daqui que sai essa fetidez, pois gerei o último herdeiro de Caim.

Helena sentiu-se invadir por uma desagradável sensação de desconforto.

— A clausura fez você enlouquecer — murmurou. A mulher que viera encontrar parecia morta para sempre e isso lhe parecia incompreensível. Ouvira dizer que Emília de Hercole, no dia já distante em que tinha sido arrastada para aquele convento, se rebelara como uma fúria e exigira até o fim o direito de abraçar seu filho. Mas nada havia conseguido. Helena não sabia muito mais sobre aquele caso. Pelo que lhe dissera o marido, Emília tinha sido destinada à clausura por vontade dos Escondidos, enquanto seu filho ficava aos cuidados da família Appiani. Um drama, cuja simples lembrança fazia seu coração de mãe sobressaltar-se. Mas Helena não tinha vindo para se compadecer de uma doida emparedada viva e obrigou-se a calar todo sentimento de bondade. Fosse obsessão ou loucura, Emília de Hercole teria de dar com a língua nos dentes. De um modo ou de outro.

— Fale-me sobre o *Rex Deus* — ordenou-lhe em tom altivo — e a deixarei com suas orações.

A religiosa olhou para o punhal apontado à sua garganta e sorriu com indiferença.

— Não pense que vai me dobrar com essas ameaças. — Sua voz se tornara insinuante, leve como uma voluta de incenso. — Nem imagina o que sofri na primeira noite em que me encerraram neste lugar.

Helena interrogou-a com o olhar e, de repente, foi como se naquele rosto se abrisse uma fenda da qual escapavam o horror e o desvario. Aí está, pensou, a chave para a indiferença e a negação. O amor ao filho e à vida fora do convento devia ter sido anulado por um terror inenarrável.

— Na época, eu era uma pessoa muito diferente — revelou Emília de Hercole. — Acreditava ter sido afastada de um homem que me amava, o pai do filho por quem daria a vida. Era devota das blasfêmias de Maomé e, embora se dissesse que estava livre dos turcos, considerava Túnis minha casa e queria voltar para lá o mais breve possível. Sinan, o Judeu, me raptara, é verdade, mas com o tempo supus amá-lo e não imaginava felicidade maior que cair de novo em seus braços. Não conceberia perversidade maior que trair seus segredos ou desdenhar o que, antes, considerava sabedoria... Mas me arrependi de tudo isso. — Baixou as pálpebras, pesadas de um enorme fardo interior. — E o fiz no exato instante em que Savério Patrizi mandava dilacerar meus seios com ferros em brasa.

Helena levou as mãos ao peito, sacudida por um calafrio. Por um segundo, imaginou as horríveis cicatrizes que deviam esconder-se sob aquele hábito, mas logo sacudiu a cabeça para afastar esse pensamento.

— Não guardo rancor de Patrizi — prosseguiu a monja — porque a dor foi o instrumento de minha redenção. Naquele instante, compreendi que tinha sido uma criatura abjeta e que teria de pagar meu erro com a confissão e a mortificação. Sinan era um demônio e suas palavras não passavam de mentiras. Até nosso amor era uma ilusão nascida de sua heresia. Reconheci tudo isso. Foi a única maneira de aceitar o tormento a que me submetiam.

A dúvida se insinuou na mente de dona Salviati.

— Mas Savério Patrizi não a torturou para redimi-la...

— Não. Queria saber sobre o *Rex Deus*, como você.

— E vai me revelar esse segredo?

Emília de Hercole olhou-a de lado.

— Patrizi agia no cumprimento de uma missão sagrada, que era encontrar e destruir aquela *coisa* para proteger a Igreja de Roma da mentira. E você, o que pretende?

— Proteger a mim mesma.

— Objetivo bem mesquinho.

— Não seja hipócrita. Você renegou seu passado para sobreviver nestas condições sórdidas.

— Almejo a salvação do espírito, não da carne — retrucou a religiosa.

Helena permaneceu em silêncio por um instante, pensando qual seria o melhor passo a dar. De nada adiantaria ameaçar e muito menos prosseguir com as provocações. Se esperava abrir uma brecha na mente daquela mulher, deveria pôr em discussão os princípios de santidade sobre os quais repousavam suas obsessões. Antes de retomar a palavra, observou-a com uma ponta de malícia.

— E se eu dissesse que Patrizi a enganou?

Não obteve resposta.

— Ele não agiu para proteger a Igreja — continuou Helena —, mas para fortalecer a confraria dos Escondidos, à qual pertence. Seus desígnios são tão dignos de elogio quanto a avareza de um mercador cujo único objetivo é acumular riquezas.

— Não tem como provar isso — disse Emília de Hercole, desconfiada.

— Tenho, sim. Ouvi-o confabular com um espião do duque de Florença. Garanto-lhe que raramente me deparo com homens tão hábeis na arte da intriga.

Emília refletiu sobre essas palavras e deu a impressão de fazer um leve gesto de assentimento na penumbra.

— Ainda que isso fosse verdade — disse por fim —, o que sei sobre o *Rex Deus* não a ajudaria a encontrá-lo. O pai do meu filho me confidenciou pouca coisa a respeito e apenas relativamente à natureza do objeto.

— Mas isso poderia ser muito útil para mim. — Helena se aproximou mais da religiosa. — De que se trata?

— De uma relíquia — respondeu Emília, voltando a fitar o crucifixo. Seu espírito já parecia voar para longe, em busca da contemplação ou talvez do esquecimento. — Uma relíquia maldita, passada de pai para filho desde a noite dos tempos.

Sinan avistou uma muralha de água avançar entre as ondas e bater com violência contra a proa da *Lionne*. Ficou quase surdo pelo estrondo e depois pelo marulho das ondas que refluíam sobre si mesmas. Por um momento receou cair ao mar com o resto da tripulação, mas deu-se conta de que continuava sobre o convés enquanto a nau fendia aquela massa espumante a uma velocidade louca. Numa vertigem de euforia, olhou para a proa que se empinava e em seguida para Strozzi. O cavaleiro de Malta estava agarrado à amurada com os olhos fixos na galera de Appiani, agora ao alcance de tiro. Seu rosto se transfigurara numa máscara brutal.

— Fogo! — gritou.

Os falconetes de bombordo obedeceram ao comando, despejando uma lufada de relâmpagos purpúreos que envolveu o barco inimigo numa nuvem de fumaça. Por um segundo o rapaz não conseguiu enxergar nada, depois vislumbrou alguma coisa se projetar da explosão e rodopiar no ar como uma borboleta enorme. Era o mastro principal, arrancado pelo fogo da descarga.

O vento dispersou rapidamente a pólvora, revelando os danos sofridos pela galera no flanco e nas bancadas de remos. Mesmo assim, a nau continuava avançando a grande velocidade, sempre ameaçadora, graças à força dos remadores. Strozzi ordenou ao piloto uma virada imprevista para evitar os canhões de popa do inimigo, preparando-se enquanto isso para atacá-la pelo outro lado. Mas o príncipe de Piombino foi mais rápido e respondeu ao fogo com uma rajada de arcabuzes, atingindo a galera na área da ponte. O animal ferido vendia caro a vida.

As duas naus continuaram vogando juntas pelo mar tempestuoso e as respectivas milícias se postaram nas amuradas, mirando o inimigo. Mas a de Appiani, privada do mastro principal, levava desvantagem e não pôde evitar uma segunda descarga de falconetes, que estilhaçaram o parapeito da proa mandando para os ares toda a bateria de canhões. Então Strozzi ordenou uma manobra de abordagem e precipitou-se para a plataforma do castelo de proa seguido por um grupo de soldados. Sinan, que esperava ansiosamente aquele momento, acompanhou-o a passos largos, saboreando o instante em que se veria face a face com o príncipe de Piombino. Dessa vez, jurou a si mesmo, Jacopo V não lhe escaparia.

Esperou que a *Lionne* se aproximasse da nau inimiga e a aferrasse com ganchos e cordas, e preparou-se para saltar da plataforma.

— Ainda não — deteve-o o cavaleiro de Malta, que já empunhava a espada e a adaga. Mostrou alguns de seus homens que lançavam tríbulos* sobre o convés do barco de Appiani para dificultar a movi-

---

* O tríbulo ou "garra de corvo" era um prego metálico com três ou quatro pontas utilizado no século XVI pelos corsários franceses. Era jogado sobre o convés do navio inimigo para criar confusão entre os marinheiros, que normalmente andavam descalços.

mentação dos inimigos. — Vai ver algo que nunca viu — disse depois, observando o teatro de batalha. Aguardava-o um denso ajuntamento de *milites* munidos de armas brancas para o corpo a corpo. — A luta dentro de uma nau é a mais feroz que se possa imaginar.

— Saberei me sair honrosamente — garantiu Sinan.

Strozzi lançou-lhe um sorriso irônico.

— Não há honra nenhuma nisto que fazemos — disse; e, colocando o pé sobre a plataforma, avaliou a distância, convidando o rapaz a segui-lo.

Este venceu de um salto o pequeno espaço que separava os dois barcos e aterrissou com o companheiro sobre o convés inimigo. Seguiram-nos os mercenários suíços agrupados na plataforma, enquanto os marinheiros, de faca entre os dentes, preferiam lançar-se ao ataque agarrando as cordas que pendiam dos mastros. Muitos continuaram a bordo da galera para conter eventuais incursões da tripulação de Appiani.

Os soldados de Piombino lançaram-se contra os intrusos, arremessando quase metade deles ao mar antes mesmo de cruzarem as lâminas. Mas uma segunda onda de suíços se precipitou no convés para reforçar o assalto. Leone Strozzi, enquanto isso, rompia a primeira linha de resistência e guiava um grupo de lanceiros rumo ao centro da nau. Sinan não fez por menos e passou a fio de espada um adversário para em seguida ver-se frente a frente com um oficial que brandia uma adaga de lâmina triangular. Em volta, ressoavam tiros e gritos de guerra aos quais não tardou a unir-se o cheiro de sangue. O jovem se esquivou com destreza ao rival e correu em direção à popa, cuidando para não ser alvejado pelos arcabuzeiros de Appiani. Sem dúvida Jacopo V, velhaco como era, estava aguardando o desfecho da luta na ponte, o ponto mais seguro do navio. Antes de chegar, Sinan teve de se livrar do chefe da tripulação, um espanhol musculoso que empunhava um enorme machado. Furtou-se ao primeiro golpe, que estilhaçou a borda do passadiço, e projetou-se para a frente de um salto. O homem tentou antecipá-lo, mas o peso da arma atrapalhou seus movimentos. Sinan teve tempo de feri-lo numa das pernas, mas viu-se obrigado a recuar devido a um solavanco imprevisto da nau. Mal readquiriu o equilíbrio, saltou para o lado a fim de evitar o machado que descia sobre ele e desferiu uma estocada no braço esquerdo do adversário, fraturando-lhe o osso à altura do cotovelo.

O espanhol emitiu um grito selvagem de dor, mas mesmo assim conseguiu erguer o machado com um só braço. Um segundo depois, sua nuca explodia num jorro de matéria cinzenta. Sinan se desviou daquele corpo imenso que ruía por terra e olhou em volta para descobrir o que havia acontecido. Avistou um atirador suíço por trás da amurada da *Lionne*. Agradeceu-lhe com um aceno e continuou a correr. Mas foi logo detido.

Um alçapão se abriu à sua frente, vomitando sobre a ponte um grupo de homens seminus, armados com facas e porretes. Eram *buonavoglia*, remadores assalariados agora bem felizes por abandonar seus remos e defender a própria vida. O jovem precisou recuar a fim de não ser atropelado por aquela massa em fúria, aparou apressadamente alguns golpes mal direcionados e, quando lhe foi possível, apanhou com a mão esquerda uma lanterna acesa que pendia de um mastro. Começou a sacudi-la para conter os ataques dos inimigos e poder desferir-lhes estocadas. Desse modo, conseguiu derrubar dois deles, mas logo se viu ameaçado pelas costas e voltou-se instintivamente. A lanterna esbarrou na cabeça de um soldado, que logo se tornou uma tocha viva. O jovem afastou o desgraçado com um pontapé e livrou-se da lanterna, que derramava óleo incandescente. As chamas se espalharam ao tocar as pranchas da ponte.

À vista do incêndio, os *buonavoglia* arregalaram os olhos como bichos assustados. Não eram militares afeitos aos perigos, mas homens simplórios, de ânimo turbulento. Sinan aproveitou a pausa para atacá-los e dizimá-los, percebendo então que alguém o ajudava. Era Margutte, que surgira de repente com seu prodigioso vigor. O rapaz deixou a seu cuidado aqueles cães raivosos e, desvencilhando-se, voltou a correr para o castelo.

A ponte fora invadida por uma onda de corpos engalfinhados. O espaço para a luta era tão exíguo que os combatentes tinham de saltar sobre moribundos espalhados por toda parte, espezinhando-os sem misericórdia para ganhar terreno. O próprio Sinan precisou pisotear um monte de corpos queimados e destroçados, arriscando várias vezes a vida antes de atingir o castelo de popa.

Strozzi o precedera por um triz e já ocupava a área com seus mercenários. O rapaz encontrou-o coberto de sangue da cabeça aos pés; o corpo inteiro parecia pintado de vermelho. Sabendo que ele próprio se encontrava no mesmo estado, teve um movimento de repulsa. Não, reconheceu, não havia realmente honra naquilo que faziam. Saber-se hábil na tarefa de suprimir vidas não lhe pareceu, de súbito, um motivo de orgulho; e Isabel certamente não o amaria mais por causa daquele torpe talento. Suas virtudes guerreiras só valeriam alguma coisa se fossem dedicadas a um objetivo mais elevado. Sentiu-se então premido pela urgência de justificar os próprios atos; no entanto, por mais que se esforçasse, não conseguia pensar em outra coisa a não ser na perfídia de Appiani, na morte do pai e nas chicotadas recebidas no subterrâneo de Volterraio. Tanto bastou para que o desejo de vingança prevalecesse de novo, instilando-lhe ódio no coração.

— E *ele*, onde está? — perguntou, olhando em volta com um esgar de tigre.

O cavaleiro de Malta sacudiu a cabeça, apontando para os oficiais que haviam sido aprisionados.

— Mas deve estar aqui! — insistiu o jovem. — Escondeu-se em algum lugar! — E se precipitou para baixo, a fim de vasculhar o castelo de popa.

— Esqueça! — gritou-lhe o florentino, acompanhando-o de perto. — A galera está pegando fogo!

Corroído pela sede de vingança, Sinan sequer se virou para ele.

— Mesmo com risco de descer ao inferno, permanecerei aqui até encontrar e matar aquele bastardo! — rugiu, entrando no camarote destinado ao comandante. Mas encontrou-o vazio. Vistoriou as cabines uma por uma, revirando tudo. Ninguém.

— Não pode ser! — exclamou, incapaz de conter a raiva. Deu socos na parede e pôs-se a caminhar de um lado para outro, dominado pela ansiedade e o desapontamento. — Aquele maldito deve estar escondido por aí! Não pode ter sumido como um fantasma!

Strozzi ficou a observá-lo até conseguir chamar sua atenção.

— Não entende? — disse por fim. — Jacopo V nos enganou de novo. Mandou contra nós uma de suas três naus e fugiu com as outras.

— Ainda não sabemos. — Sinan derrubou com um pontapé uma mesa repleta de cartas náuticas. — Você olhou o porão?

— Não havia ninguém lá.

— Aquele patife!

O cavaleiro de Malta pousou-lhe as mãos nos ombros.

— Acalme-se, amigo. Prometo que terá sua vingança, mas não agora. Não podemos ficar aqui por mais tempo.

Sinan se desvencilhou e esboçou uma reação instintiva, mas logo a cólera desapareceu de seu rosto como uma sombra, refugiando-se nas pupilas. O florentino perscrutou por um instante aquelas luas negras e pareceu quase intimidado. Em seguida, deu-lhe as costas. Ouvira pronunciar seu nome.

Um mercenário suíço entrou no castelo.

— O navio é nosso, capitão! — anunciou com os dentes cerrados. — Mas o incêndio se espalha!

— Que o fogo devore tudo — determinou Strozzi. — Levem para a *Lionne* quantos barris de pólvora puderem e tomem como refém o oficial mais graduado.

— E os sobreviventes?

Antes de responder, o cavaleiro de Malta trocou um último olhar com Sinan.

— Deixem aqueles pobres-diabos entregues a seu destino.

A torre se erguia sobre os escolhos como uma enorme coluna cinzenta diante da face do mar, como se ali estivesse para conter a fúria dos elementos. Jacopo V Appiani debruçou-se nas ameias, alongando o olhar para o sul. Havia algo bem mais temível que a borrasca oculto na escuridão, mas aquele não era o momento de ceder ao medo. O príncipe de Piombino havia ordenado à sua nau capitânia que invertesse a rota para deter o navio de guerra que os seguia, enquanto ele próprio rumava com o resto da flotilha para o norte e lançava âncora na enseada protegida por aquela torre. Estava a um passo de desvendar o mistério. A esse pensamento, admirou com prazer as ruínas romanas na base do edifício e as colinas cobertas de matas que dominavam a pequena ilha. O *Rex Deus* se escondia ali, em algum lugar, e ele não tardaria a descobrir do que se tratava.

Impaciente por saber, virou-se para o monge que esperava no centro da plataforma, escoltado por dois guardas.

— E então, estamos no lugar certo? — perguntou-lhe.

— Esta é Igílio — disse Tadeus, olhando em volta. — A ilha de Giglio.

— Exatamente aonde você me pediu para trazê-lo — replicou Appiani. — Não me faça esperar mais e conte-me onde está o *Rex Deus*.

O velho monge pediu-lhe paciência com um gesto e apontou para o lado leste da torre. Dali, a ausência de uma ameia permitia descortinar um amplo trecho da paisagem. Depois de obter permissão para se aproximar, foi até lá e debruçou-se a fim de observar a sinuosidade da ilha. E por um instante permaneceu absorto, inspirando o cheiro salgado do vento.

— Vê alguma coisa? — indagou Jacopo V, ávido por saber a verdade. — Uma vereda para o esconderijo? Uma gruta?

Tadeus voltou-se para ele, um sorriso nos lábios ressequidos, e abriu os braços como o Cristo. Appiani observou sua mão corroída pela chama e teve um terrível pressentimento. Sentiu um aperto no estômago, mas já era tarde. O velho pronunciou uma última palavra, "Abracadabra", e se deixou cair no vazio.

Jacopo V sufocou um grito e atirou-se para a frente a fim de pegá-lo. Mas só viu um corpo envolto no hábito precipitar-se sobre os escolhos como um pássaro cinzento de asas quebradas.

Tadeus sentiu o vento acariciar seu rosto como uma presença quase palpável, viva, que se insinuava entre as dobras da pele e chegava até a alma. Ou talvez fosse o medo. Fechou os olhos para não ver o solo que se aproximava em velocidade vertiginosa e relembrou seu primeiro encontro com Sinan, o Judeu. Uma noite no mar da Toscana, durante uma abordagem dos turcos. Na época, era um homem tímido, incapaz de lutar ou de mentir. Depois, havia permitido que o mar e a experiência o temperassem para fazer frente às adversidades futuras. Para combater. Para sacrificar-se não apenas pelo *Rex Deus*, mas pelo orgulho e a paz de quem age corajosamente. Só assim se julgara digno de amar a vida e pedir a clemência de Deus sem enrubescer de vergonha. Digno, também, da morte. Enquanto se preparava para acolhê-la da melhor maneira possível, pensou no pai, a quem implorou perdão, e por fim na mãe. Jamais uma recordação lhe parecera tão vívida. Manteve os braços abertos, abandonando-se à queda, até que o vento deixou de acariciá-lo.

*   *   *

— Maldito velho! — rugiu Jacopo V com os olhos injetados de sangue. — Que queime no inferno!

— Meu senhor, que faremos agora? — interveio um soldado. — Sem as indicações do monge, precisaremos vasculhar a ilha inteira.

— Não entendeu? — interpelou-o Appiani, transtornado por um desespero colérico. — Tadeus me enganou! — Estendeu os braços, como se quisesse agarrar o fantasma do monge peregrino, mas o que segurou foi o pescoço do soldado. Viu-o empalidecer e soltou-o, voltando-se de novo para o mar. Todos os seus projetos tinham se esvaído no nada. Havia perdido, de um golpe, a chave do mistério e o homem tão procurado pela confraria dos Escondidos. Agora não sabia mais o que fazer. De um momento para o outro se encontrava sozinho e frustrado, uma peça inútil à mercê de eventos impossíveis de controlar. — Aquele infame nos trouxe a esta ilha com a intenção de me afastar do *Rex Deus* — murmurou. — Deve ter resolvido se sacrificar no instante exato em que descobriu meu jogo.

— Excelência!

O príncipe de Piombino se virou para ver de onde provinha aquela voz e avistou um de seus oficiais emergindo do alçapão que conduzia aos pisos inferiores da torre.

— Que há? — perguntou em tom ríspido.

— Não estamos mais sós — respondeu o homem, apontando para o mar.

Jacopo V sobressaltou-se.

— A frota barbaresca?

— Não, a frota genovesa — informou-lhe o oficial. — O comandante Giannettino Doria respondeu ao nosso chamado. Logo estará aqui.

269

Appiani calou seus pensamentos e, a passo hesitante, aproximou-se da amurada norte a fim de perscrutar as ondas tempestuosas. Permaneceu imóvel, os lábios contraídos num riso satisfeito, até que avistou uma formação de navios de guerra se aproximando.

— Agora não escaparão — disse, recobrando o ânimo. — Graças a Doria, mandarei para o inferno os barcos de Barba-Roxa e capturarei o filho do Judeu.

Aquele bastardo o levaria ao *Rex Deus* ou pereceria entre atrozes tormentos.

31

Sinan, mal pôs os pés na *Lionne*, retirou-se para um canto a fim de digerir seu mau humor. Primeiro tinha pensado em visitar Isabel, mas concluíra que o melhor seria deixar antes passar a raiva. Comparecer diante da mulher amada cheio de ira no coração não o ajudaria em nada, principalmente naquilo que pretendia dizer a ela. Preferiu refugiar-se no escuro e pedir a um criado uma tina de água para lavar o sangue do rosto e das mãos enquanto refletia. Estava ainda muito abalado para declarar seus sentimentos a Isabel, mas não demoraria a fazê-lo. Iria confessar-lhe sem falta aquilo que sentia, embora ela sempre o houvesse ignorado. Além disso, não era mais o rapazola inseguro confinado em Elba e achava que a jovem já havia prcebido sua mudança. Poucas horas antes, notara no olhar de Isabel emoções que nem de longe lembravam a indiferença e ficara entusiasmado. Assim, depois do combate na galera de Jacopo V, experimentara uma incontrolável necessidade de vê-la. Só de pensar em abraçá-la, sentia-se livre do inferno em que havia se precipitado.

Quando saiu ao ar livre, a primeira coisa que fez foi dirigir-se ao castelo de popa para saber de Strozzi como estava a situação. O vento serenara e as ondas não pareciam mais ameaçadoras.

O cavaleiro de Malta tinha se afastado de seus oficiais para falar com o padre Maurand. Desde que voltara à *Lionne*, não tinha parado um instante. Ainda encharcado de sangue, não se preocupara sequer em cuidar de um leve ferimento que trazia no pescoço.

O religioso tinha o rosto congestionado. Quando Sinan se aproximou, ouviu-o dirigir-se ao florentino com palavras de censura.

— Como pôde fazer isso? — dizia, agitando as mãozinhas gordas. — Justamente você, um cavaleiro do Batista!

— Eu não tinha alternativa, reverendo — defendia-se Strozzi, sempre impassível. — Ou eles ou nós.

O capelão sacudiu a cabeça.

— Homens da mesma fé não devem se massacrar como feras.

— Bela frase, mas isto aqui não é uma missa. Bons propósitos não desviam balas de canhão. — Vendo Sinan, acenou-lhe para que se aproximasse. — Todavia, padre Jérôme, vou lhe pedir para deixar de lado a indignação. Chamei-o aqui por razões muito diferentes.

— Quer saber sobre o diário de Aloisius, suponho.

— Exatamente. Se bem me lembro, o senhor descobriu alguma coisa.

— Sim, na última página — revelou o padre Maurand, fitando Sinan com desdém. — Mas não direi nada na presença deste aí.

Surpreso, o jovem interrogou-o com o olhar.

O religioso deu um passo atrás, aborrecido.

— Comenta-se na tripulação que ele renegou o Cristo.

— Se não tivesse feito isso, estaria morto — ponderou Strozzi.

Sinan se acercou do padre com um sorriso maldoso.

— E se não me contar o que está escrito naquele diário, você é que morrerá. — E, assim dizendo, apontou-lhe o punhal de guarda dourada que havia pertencido a seu pai.

O padre recuou, assustado.

— Vossa Excelência — balbuciou, virando-se para Strozzi — não permitirá que este herege me ameace!

— Não se assuste, reverendo, meu amigo está brincando — sorriu o florentino. — Mas mesmo assim seja cortês e diga-nos tudo o que descobriu.

Entre colérico e amedrontado, o religioso afastou a ponta do punhal prendendo-a delicadamente entre o indicador e o polegar.

— A abadia de Marmosolio — disse em seguida, já mais dócil. — Segundo as palavras do templário, é lá que o judeu Yona ocultou a última pista para o *Rex Deus*.

— Marmosolio — repetiu Sinan. — Nunca ouvi falar.

— Eu ouvi. — Strozzi esfregou a testa. — Mas não me lembro bem onde é. — Virou-se para localizar o piloto e fez-lhe sinal para que se aproximasse. — Traga-me um mapa costeiro do mar Tirreno, rápido — ordenou, voltando-se novamente para os companheiros. — Tenho quase certeza de que essa abadia não é longe.

O mapa — uma pele de vaca — oferecia uma representação fiel do litoral do ducado da Toscana e do Estado Pontifício, compreendendo as várias cidades marítimas e os centros habitados do interior, inclusive igrejas, castelos e conventos mais importantes. O florentino correu o dedo pelos topônimos, voltando várias vezes aos feudos localizados ao sul da cidade dos papas. Eram muitos os nomes, escritos em letras miúdas que requeriam uma leitura mais rigorosa.

— Ah, é como eu pensava! — disse por fim, colocando o dedo num ponto a sudeste de Roma. — Eis a abadia dos Santos Pedro e Estêvão de Marmosolio. Diz-se que outrora abrigava monges templários, mas hoje deve estar em decadência. É conhecida também pelo nome de Valvisciolo.

O jovem olhou-o desconfiado.

— Como sabe tanta coisa sobre essa igreja?

Strozzi deu de ombros.

— Você se esquece de que pertenço à Ordem de São João Batista, fundada pelos Cavaleiros Hospitalários. Meus antigos irmãos de armas não eram diferentes dos Templários e chegaram a acolher alguns depois da condenação por heresia que os fez desaparecer na sombra.

É, pois, natural que eu saiba muita coisa sobre eles, sobretudo relativamente às igrejas onde encontraram refúgio.

— Então não estamos distantes do objetivo — apressou-se a dizer Sinan, voltando a olhar para o padre Maurand. — Que tipo de pista deveremos procurar em Marmosolio?

— Um mapa — respondeu o religioso. — Um mapa de prata, mais precisamente. Segundo o diário, Yona tirou-o do fragmento de um grande planisfério construído há séculos pelo geógrafo Idrisi.

— Que mais sabemos sobre o tal mapa? — perguntou Strozzi.

Em vez de responder, o padre Maurand sacou do bolso o diário de Aloisius, abriu-o na última página e traduziu a conclusão:

O mapa de prata indicará o último lugar visitado por Yona, a ilha sem nome onde ele deseja ser enterrado vivo juntamente com o *Rex Deus*. Da ilha, deixo neste diário uma topografia, na esperança de que meus confrades possam um dia descobrir seu profundo mistério e oferecê-lo ao gênero humano, quando chegar um tempo de maior sabedoria e discernimento. Primeiro, porém, será preciso encontrar o mapa de prata. Este aguarda no sepulcro de Marmosolio, sob uma lápide branca dedicada a Sator Arepo, pronto para guiar quem possua a chave cilíndrica com a agulha e a estrela de cinco pontas. Deve-se seguir o caminho indicado pela mão direita com a chaga sagrada até a ilha insculpida no metal precioso. Somente assim, na escuridão do antro, poderá ressurgir a luz do *Rex Deus*.

Sinan não viu dificuldade nas alusões à topografia da ilha, à chave cilíndrica — com a agulha e a estrela de cinco pontas — e à abadia, mas não entendeu a parte final do texto. Devia ser uma instrução para a leitura do mapa de prata; mas o que significaria "mão direita com a chaga sagrada"? Resolveu, entretanto, solucionar um enigma por vez.

— Ao que parece — disse —, devemos procurar no sepulcro de Marmosolio.

— Ou em sua cripta — sugeriu Strozzi, devolvendo com rudeza o mapa ao piloto. De repente, sua expressão se tornou sombria. — Agora, porém, temos problemas mais urgentes a resolver... Padre Jérôme — disse ao religioso —, agradecemos muito pelo serviço que nos prestou. E agradeceremos mais ainda se não fizer menção deste assunto a ninguém, nem mesmo em suas notas de viagem. — Depois de receber um sinal de assentimento, voltou-se com um largo sorriso para Sinan. — Quanto a você, amigo, preciso falar-lhe urgentemente em particular.

O jovem concordou e se deixou conduzir a um canto isolado do castelo, enquanto o padre se dirigia para a despensa. Não conseguia entender a mudança de atitude do companheiro. Mas Strozzi era distante, quase hermético. Fazer-lhe perguntas diretas seria inútil.

— Lembra-se do oficial de Jacopo V capturado pelos meus homens? — perguntou o cavaleiro de Malta, quando ficaram sós.

— Perfeitamente.

— Mandei interrogá-lo para saber os planos de seu patrão.

— E o que descobriu?

— Parece que Appiani rumou para a ilha de Giglio. Se isso for verdade, é provável que já esteja lá.

Sinan se sentiu dominado pelo espírito de vingança.

— Então o apanhamos! — exclamou, observando a expressão atormentada do amigo. — Sabe também por que ele quis ir àquele lugar?

— Conforme o prisioneiro, está seguindo as indicações de um monge raptado em Campo Albo.

— Tadeus.

— Sem dúvida. — O cavaleiro de Malta suspirou. — Pelo que vejo, o velho amigo de seu pai vai conduzir Appiani ao *Rex Deus*.

— Eu não teria tanta certeza.

— Por quê?

— Tadeus não revelará jamais seus segredos a qualquer um. — O jovem lembrou-se da conversa que tivera com o monge na igreja da Rocca. — E você esquece um detalhe ainda mais importante. O velho está a par de muitas coisas, é claro, mas não do esconderijo do *Rex Deus*. Ele próprio admitiu que esse lugar está envolto em mistério.

A fronte do florentino se desanuviou.

— Portanto, admitindo-se que você tenha razão, Tadeus não poderia ajudar Appiani nem se quisesse.

— A vantagem ainda é nossa, estou certo disso — tranquilizou-o Sinan. — Só nos resta alcançá-lo e afundar seus navios.

— Não com tanta pressa — replicou Strozzi, para desapontamento do rapaz.

— O que espera?

— O resto da confissão do prisioneiro — revelou o florentino, deixando entrever que estava muito preocupado. — O príncipe de Piombino aguarda reforços. Uma frota genovesa sob o comando de Giannettino Doria com pelo menos trinta galeras. Entende? Não podemos, sozinhos, opor-nos a essa força. — Seu olhar se suavizou. — Sem contar a inutilidade de semelhante aventura. Agora que sabemos como encontrar o *Rex Deus*, não precisamos mais resgatar o monge, admitindo-se que Jacopo V se disponha a entregá-lo vivo.

O ânimo do rapaz mudou rapidamente. Estava a ponto de encolerizar-se.

— Maldito Appiani! — rugiu, cerrando os punhos. — Agora nós é que seremos caçados!

Strozzi concordou.

— Sim, teremos de fugir, mas primeiro usaremos uma estratégia para atrasar nossos adversários.

— Já pensou em alguma coisa?

O cavaleiro de Malta cruzou os braços, observando o mar, e logo seus olhos se iluminaram.

— Mandarei um homem de confiança espiar a enseada de Giglio — disse. — Se as naus de Doria estiverem atracadas lado a lado com as de Jacopo V, ele esperará a noite e fará ir pelos ares a capitânia. Isso talvez nos dê uma vantagem suficiente.

— Eu irei — prontificou-se Sinan. — E aproveitarei a oportunidade para me vingar.

— Impossível, a menos que queira ficar para trás. Já estarei então com a proa voltada para o sul, velejando rumo às costas da Maremma. O encarregado dessa missão deverá sabotar os inimigos e esconder-se na ilha, sem esperança de voltar para bordo da *Lionne*.

— Uma missão suicida, portanto.

— Não para quem saiba manejar uma faca.

Debaixo de uma pequena janela que dava para o mar, Margarida estava sentada num banco com um livro aberto sobre os joelhos. Era uma edição veneziana do *Morgante*, surrupiada de uma das prateleiras que atulhavam a cabine do padre Maurand. A ruiva folheava-o distraidamente, quase entediada, mas de repente franziu o cenho e se deteve numa passagem do poema. Recitou com ar sonhador:

... saberás então
De meu grave erro e de meu contínuo pranto,
Como vivi, o que senti
E por que demoro tanto a voltar.
Contar-te-ei as minhas desventuras,
Cuja simples lembrança me deixa amedrontada....*

Isabel ouviu-a sem lhe prestar muita atenção, surpresa principalmente pelo fato de a companheira ter encontrado no alojamento do padre um texto mundano e ainda por cima não em latim nem

---

* Luigi Pulci, *Morgante*, canto XIX, estrofe 120.

em francês. Estava sentada sobre o único colchão existente no local, mantendo-se bem longe da cabeceira, infestada de pulgas e piolhos. Sentia-se ainda perturbada pela fúria da abordagem, à qual assistira da janela, temendo ser atingida pelos arcabuzeiros inimigos. Ainda não havia se passado uma hora do fim da luta e a bela Marsili já parecia ter se esquecido de tudo. Isabel invejava seu domínio das emoções, mas ao mesmo tempo não ficava à vontade diante de uma frieza que lembrava demais a indiferença, quando não a apatia. De início supunha tratar-se de um processo de autodefesa erigido após tantas tribulações, mas ultimamente havia chegado a uma conclusão diferente. Aquela atitude de alheamento da realidade, pensou, era uma máscara por trás da qual Margarida ocultava sua hipocrisia. Do mundo e de si mesma.

— Conhece estes versos? — perguntou Margarida de repente.

A jovem sacudiu a cabeça. Quase não a tinha ouvido, empenhada como estava na tentativa de entender a nova marcha dos acontecimentos. A ruiva fechou o livro.

— Falam de Florinetta, a donzela libertada pelo gigante Morgante. — Não recebendo resposta, dirigiu-lhe um sorriso malicioso. — Para nós foi melhor — acrescentou —, fomos libertadas por um jovem muito simpático.

Isabel estremeceu ligeiramente e esperou que a companheira mudasse de assunto. Pura ilusão, pensou. Aprendera a reconhecer aquele tom de voz e preparou-se para ser questionada.

— O que há entre vocês? — perguntou, com efeito, a bela Marsili.

— Mal o conheço — respondeu Isabel, fingindo indiferença. — Fui hóspede de sua família adotiva por alguns meses, em Elba.

Margarida sorriu, incrédula.

— Quer me fazer acreditar que gozou da companhia de um homem tão bonito sem ceder a um instante de fraqueza?

A jovem reconheceu que Cristiano era de fato belo e estranhou não ter pensado nisso antes. Por outro lado, parecia que um século havia se passado desde a última vez que o vira.

— Não seja tola. Sabe muito bem que estou noiva de outro.

— Que chatice! Você fala do noivado como se tivesse feito voto de castidade. Evidentemente, seu noivo deve ser um sujeito muito enfadonho. Já aquele belo jovem... Como disse que se chama?

— Cristiano de Hercole — suspirou Isabel. E, temendo o rumo da conversa, procurou desviá-lo. — Mas já não é a mesma pessoa. O Cristiano que conheci jamais teria participado da abordagem de uma nau que ostentasse as insígnias de Piombino.

— Pode dizer o que quiser — atiçou-a a companheira —, mas sem dúvida ele não lhe é indiferente.

Golpeada no ponto fraco, Isabel tirou um livrinho da prateleira que encimava o leito e atirou-o na amiga.

— Pare com isso! — exclamou. — Está imaginando coisas. — Sentiu-se uma tola por dar sequência a uma conversa tão frívola num momento tão incerto, mas aquela distração aliviava seus nervos. E talvez também os de sua companheira.

Margarida cobriu o rosto com as mãos, desatando a rir.

— Não percebeu como o rapaz olha para você? — Parecia uma menina encantada com um jogo novo, mas logo fitou Isabel com um olhar atento. — E ele tampouco a desagrada. Você está com o rosto vermelho.

— Não diga bobagens. Meu pai jamais permitiria que um mouro me cortejasse.

— Agora não é mais um mouro, é um corsário. E se quiser possuí-la, não esperará decerto o consentimento de seu pai. — A ruiva já não brincava. — Não deixo de invejá-la.

A jovem percebeu nessas palavras uma alusão a Strozzi, o capitão da *Lionne*. Aquele homem soubera acender a paixão de Margarida no período mais obscuro de sua vida, em Toulon, mas Isabel achou-o bem diferente da descrição da companheira. Cínico e imperturbável, transmitia uma imagem ao mesmo tempo sólida e esquiva.

— Não gostei do modo como a tratou — disse, sem mencionar o nome. — É o homem de quem me falou, não?

— Não se iluda — reagiu asperamente Margarida. — Leone simulou desinteresse somente por estar diante de sua tripulação. Mas é um cavalheiro e não se recusará a receber-me em particular.

Isabel concordou para não desanimá-la, mas, no íntimo, duvidava que o capitão da galera consentisse em vê-la novamente. Parecera-lhe brusco demais com Margarida para alimentar sentimentos de ternura. Depois sua atenção foi atraída para a porta e todos os pensamentos desapareceram sob uma onda de embaraço. Um homem estava apoiado ao portal, observando-a de um modo tão intenso que a deixou desconcertada. Você é minha, diziam aqueles olhos negros e petulantes, mas não agressivos. Isabel percebeu neles uma nota de doçura, ou talvez de melancolia, e pela primeira vez na vida se sentiu completamente nua diante de alguém. Cristiano de Hercole devia ter vendido a alma ao diabo para, daquela maneira, conseguir abrir uma brecha em suas defesas apenas com um olhar, quando outrora era tímido e inseguro. Estava diferente também do que lhe parecera no último encontro. Agora se mostrava autoconfiante, com um sorriso audaz que a empolgava. Por um segundo, sentiu-se tentada a responder-lhe com um bater de cílios e talvez, inconscientemente, o tenha feito. Em seguida baixou as pálpebras para fugir àquele jogo e percebeu que Margarida o estava acolhendo com modos sedutores.

— Saia — ordenou ele, sem sequer olhá-la. — Preciso urgentemente falar com a senhora De Vega.

— E para onde acha que posso ir? — protestou a ruiva. — Lá fora só há homens rudes e suados. Se me vissem...

— Agarre-se à sotaina do padre Maurand — respondeu Cristiano com indiferença — e nada de inconveniente lhe acontecerá.

A ruiva emitiu um suspiro de indignação e, não vendo alternativa, saiu da cabine com um frufru de saias.

Mal ficaram a sós, Isabel se sentiu invadida por uma estranha euforia, que procurou de todos os modos combater.

— Que quer de mim? — perguntou, exibindo uma firmeza que não possuía. — Se veio para...

— Você está bem? — atalhou o rapaz, surpreendendo-a. — Não tive tempo de perguntar, e peço-lhe desculpas. Mas se alguém a ofendeu de algum modo, apenas diga-me e farei justiça. — O sorriso se atenuara, deixando entrever um vestígio de solicitude. Havia um pouco de falsidade naquela postura, uma sombra insidiosa que a jovem, porém, não achou desagradável.

— Ao que parece, você finalmente aprendeu a falar com uma dama — retrucou ela, surpreendendo-se com tamanha ousadia.

— Eu falava sério, senhora — insistiu o rapaz. Mas algo em sua expressão revelou a consciência de ter-se traído. "Não importa", pareceu dizer. — Para mim, é insuportável a ideia de que alguém lhe tenha feito algum mal.

Isabel desviou o olhar, tentando entender o que havia mudado naquele homem. Como, até agora, não notara seu fascínio arrogante?

— Sinto-me bem, mas cansada.

— Agora não há mais o que temer, está segura.

Vendo-o aproximar-se, Isabel se retraiu.

— Preocupo-me por meu pai — revelou. — Sabe alguma coisa dele?

Cristiano olhou-a surpreso e sacudiu a cabeça.

— Que lhe aconteceu?

— Vi-o há alguns dias numa praia da Maremma. Tentou seguir-me para me libertar dos turcos, mas desapareceu entre as ondas. Estava só e temo que...

— É um homem de coragem e tenho certeza de que se salvou.

— Vai me ajudar a encontrá-lo?

O rapaz hesitou um instante antes de responder.

— Sim — garantiu-lhe. Sua expressão havia mudado, parecia tensa no esforço de conter um turbilhão de pensamentos e emoções. Virou-se e apoiou uma mão na parede.

Isabel sentiu uma onda de dor emanar de sua figura, que por um segundo a contagiou. Tinha mil perguntas a fazer-lhe. Para onde fora aquela nau? O que acontecera a Volterraio? Por que Strozzi havia abordado um navio de Piombino? Mas, quando abriu a boca, só o que conseguiu indagar foi:

— Cristiano, o que houve com você? — Pergunta que ela não tinha deixado de fazer insistentemente a si mesma desde que o revira.

Respondeu-lhe uma voz carregada de tristeza:

— Tenho medo, senhora.

— Não entendo.

Ao olhá-la de novo, Cristiano parecia envelhecido.

— Despenquei num abismo de perfídias e batalhas. Todos parecem querer me destruir. Jacopo V Appiani, Barba-Roxa e agora até o comandante das galeras genovesas. — Balançou a cabeça, como para afastar um pesadelo. — Mas não é a morte que me intimida e sim o receio de perder-me, de não ser mais eu mesmo... Por mais que procure em meu coração, só encontro uma coisa que permaneceu intacta. — Inclinou-se para ela e tomou-lhe a mão. — O amor que sinto por você.

Isabel se desvencilhou daquela carícia.

— Não sabe o que está dizendo...

Ele a olhou com um sorriso escarninho.

— Pensa realmente que arrisquei a vida por uma mulher qualquer, subindo ao veleiro de Nizzâm?

— Suas palavras não lhe fazem honra.

— Deixo a honra para os fanáticos e os loucos — exclamou Cristiano, levantando a voz. — Em meu peito só há espaço para um sentimento, o amor por você. — Ficou por um instante em silêncio, como se lutasse para refrear as emoções. — Deve me desculpar, senhora, mas não era minha intenção dizer isso de maneira tão brusca — murmurou por fim, e riu de si mesmo. — Como vê, ainda não aprendi a falar a uma senhora.

Isabel não concordou. Aquele homem conseguira abalá-la mais que Nizzâm com toda a sua intempestividade brutal. Em Cristiano não havia apenas ardor e raiva, mas também uma paixão indômita e atormentada. Uma paixão que ela sentia queimar dentro de si própria.

— Arriscou mesmo a vida somente por mim?

— Duvida de minha palavra? — perguntou ele, devorando-a com suas pupilas negras.

— Serei franca — respondeu Isabel; e sentiu-se hipócrita. Se quisesse ser realmente franca, partilharia com ele as sensações que experimentava naquele momento. — Em Elba, notei seu interesse, mas supus que fosse apenas um entusiasmo passageiro. Achei que queria me conquistar por mero capricho. Pode então entender minha hesitação.

— Capricho? — repetiu Cristiano, sopesando aquela palavra como se estivesse diante de um enigma. — Pois eu também serei franco e lhe direi que talvez tenha razão. Quando a encontrei pela primeira vez, nunca havia visto mulher mais bela e desejei imediatamente conquistá-la. Passei noites em claro pensando no que sentiria acariciando sua pele... Sim, acho que tem razão ao dizer que, naquele momento, era para mim um simples capricho. Mas hoje, não. Não depois daquilo que passei. Não depois de ter posto à prova a mim mesmo e às minhas crenças. — Levou a mão ao peito. — Isabel, aquele sentimento cresceu desmedidamente e me permitiu sobreviver neste inferno. Amo-a de todo o coração e jamais renunciarei a você.

A jovem se esforçou para não ceder, pois receava tornar-se, caso o fizesse, um joguete nas mãos dele.

— Fala de amor como se isso fosse o mesmo que lançar-se à batalha.

Cristiano concordou, como se houvesse recebido um elogio.

— Nas duas situações, o que vale são o ímpeto e a coragem — argumentou o rapaz. E, num assomo imprevisto, curvou-se e beijou-a.

Isabel sentiu a pressão dos lábios de Cristiano e, após uma breve resistência, abandonou-se a seu sabor de sal, a seus movimentos ardentes e decididos. Pareceu-lhe que se diluía naquele langor, mas logo refletiu no que estava fazendo e tentou repeli-lo. Mas o rapaz apertou-a contra si e prolongou o beijo. Então ela se rebelou, mordeu-lhe os lábios e sentiu na boca o gosto de seu sangue.

Ao afastar-se, Cristiano sorria. Um sorriso doce e mau ao mesmo tempo. Tocou o ferimento nos lábios e observou a mancha vermelha que tinha ficado em seus dedos.

— Como lançar-se à batalha — repetiu satisfeito. E, com um gesto de saudação, dirigiu-se para a porta.

— Cristiano, espere! — pediu Isabel, sem saber bem o que iria dizer-lhe.

— Não me chamo mais Cristiano — retrucou ele. — Agora o meu nome é Sinan.

O suíço desembarcou na praia de Giglio sob um crescente lunar da cor do alabastro. O céu estava de um azul profundo e o vento áspero chegava a arranhar a pele. Pôs a seco a pequena embarcação, arrastando-a para o meio de uns arbustos de urzes, mas antes de escondê--la tirou de dentro dela um alforje cheio de pólvora e um arcabuz de cano longo, que colocou no chão com cuidado. Em seguida, olhou para o baú depositado na proa e, pensando em como iria gastar tudo aquilo, desejou já ter cumprido a missão. Strozzi fora generoso dando-lhe tantas moedas de prata, mas em troca de um serviço especial e muito arriscado.

Com o alforje a tiracolo e o arcabuz ao ombro, caminhou pela praia na direção dos recifes onde se erguia uma torre. Mais além, protegidas das ondas do mar aberto, fundeavam cerca de trinta galeras. Eram sem dúvida as naus genovesas. Avistara-as ainda a bordo de sua embarcação, quando se aproximava da ilha, e sentira-se tentado a ir até lá imediatamente. Mas logo mudara de ideia. Preciso ser prudente, dissera a si mesmo, para que não detectem minha presença. Aproximar-se a pé parecia um meio mais seguro, pois teria tempo de urdir uma estratégia e armar um plano de fuga.

Já perto da torre, subiu a um outeiro para observar a zona do porto e o território em volta. Notou várias fogueiras de sentinelas, mas também espaços de escuridão por onde poderia se esgueirar até a praia sem ser visto e atingir a nado as grandes embarcações atracadas ao largo. Isso lhe pareceu um plano simples e seguro, bem ao alcance de um homem que só podia contar com as próprias forças. A nau capitânia era a mais próxima da costa, ladeada por dois veleiros de dimensões reduzidas e cascos arredondados. Deviam ser os de Piombino, tal como havia previsto o comandante.

O suíço, tão logo chegou a uma concepção clara do que deveria fazer, tirou os sapatos e o gibão, colocando-os sobre o outeiro juntamente com o arcabuz, e encheu de pólvora uma ânfora de gargalo quebrado que havia encontrado na praia. Deixou metade da pólvora no alforje, para o caso de algo sair errado durante a retirada, e escondeu-o com suas roupas num buraco da rocha. Mais tarde, findo o trabalho, recuperaria tudo. Antes do amanhecer estaria de novo a bordo de sua chalupa, com as moedas de prata e mais uma missão cumprida. Desde que não o descobrissem. Essa possibilidade fazia parte do ofício. Enrolou um estopim em volta da ânfora e foi descendo com cautela.

Deslizou sobre os seixos e a areia evitando as fogueiras, sempre com a mão direita no cabo da faca, até chegar à linha de rebentação. Olhou em volta para se certificar de não ter sido visto pelas sentinelas postadas na torre e, sem mais demora, mergulhou. A água gelada arrancou-lhe uma praga. Nadou lentamente no mar calmo, só com a cabeça para fora da água, para poder respirar, e a ânfora, para que o conteúdo não se molhasse.

Embora fosse um hábil nadador, avançar com um único braço era extremamente cansativo. Quando, por fim, agarrou-se às cordas da capitânia, sentiu-se exausto e entorpecido de frio. Mas não havia tempo para repousar. Começou a subir, analisando mentalmente a situação. Era provável que o comandante estivesse em terra com seus oficiais, mas boa parte da tripulação devia se achar ainda a bordo, inclusive os soldados rasos e os *buonavoglia*. Decidiu, pois, avançar com a cautela de um felino até o paiol de munições e executar metodicamente uma ação por vez: subir à coberta, descer ao depósito, matar o guarda e forçar a entrada. E assim fez. Penetrou no paiol e instalou a ânfora no meio dos tonéis que continham a pólvora. Acendeu a mecha com a chama de uma lanterna e recuou, pronto para fugir e atirar-se ao mar antes da explosão.

Mas, ao virar-se, avistou um segundo guarda que entrava. Demorou demais, o tempo necessário para um punhal mergulhar em seu ventre. Não emitiu um gemido. Dirigiu àquele bastardo um sorriso agonizante, como se quisesse perdoá-lo ou congratular-se com ele por apanhá-lo de surpresa; em seguida, agarrou-lhe a cabeça com um gesto quase confidencial e torceu-lhe o pescoço.

Caiu ao chão em meio a uma poça de seu sangue, sem desviar os olhos da mecha que queimava. Inútil tentar pôr-se de pé e apagá-la; sentia-se fraco e frio, como se estivesse mergulhando nos gelos do abismo. Ouvia gritos de alarme, alguém mais devia tê-lo descoberto. Como conseguiria abrir caminho entre os inimigos com aquele buraco na barriga? Melhor sucumbir e não pensar em nada, exceto em suas moedas de prata escondidas entre as urzes, a poucos passos da praia. Sentiu-se então muito feliz.

Quando a capitânia explodiu, o mar se iluminou como se uma nova estrela estivesse nascendo.

32

Navegando a sudeste da ilha de Giglio, a *Lionne* virou contra o vento e dirigiu-se para o norte, ao longo da costa de Porto Ercole e as praias cobertas de matas dominadas pelo monte Argentário. Sinan permaneceu sentado na proa até quase o fim da manhã, observando um grupo de golfinhos que deslizava entre as ondas apartadas pela quilha. De vez em quando, tocava o lábio ferido, rememorando o que havia dito a Isabel. Prometera-lhe reencontrar seu pai, mas não tinha intenção nenhuma de cumprir a promessa. Se a má sorte pusesse dom Juan de Vega em seu caminho, o jovem certamente seria obrigado a separar-se da amada — e não estava nada disposto a perdê-la nem a restituí-la ao insosso fidalgote a quem ela tinha sido prometida. No momento, porém, aquelas eram preocupações remotas; tinha algo bem mais urgente a resolver. Queria esclarecimentos sobre a rota e, quando se cansou de olhar o mar, saiu à procura do cavaleiro de Malta.

— Não entendo — protestou, logo que o viu. — A abadia de Marmosolio localiza-se ao sul, mas nós corremos velozmente para o norte. Se essa não for uma tática para iludir o inimigo, creio que você me deve explicações.

— Receio não lhe ter contado um detalhe — desculpou-se Strozzi, com o tom pesaroso de quem cometeu um leve deslize. — Lembra-se do encontro que tive ontem com Nizzâm, antes da sabotagem?

— Lembro-me perfeitamente — respondeu Sinan —, embora ignore o que ele lhe disse.

— Pois bem, o mouro me comunicou uma mensagem de Barba-Roxa.

— Sobre o quê?

— O emir garante ter informações a respeito dos próximos deslocamentos de Cosme de Médici. Conhecê-los talvez apresse minha vingança.

— Fará o favor de me pôr a par desses movimentos?

— Ainda que quisesse, não poderia. — O florentino abriu os braços num gesto resignado. — O mouro foi categórico. Deixou claro que, para eu saber mais, terei de procurar Khayr al-Dīn em pessoa.

O rosto do jovem se contorceu numa expressão sarcástica.

— Uma astúcia do grande almirante para manter você ligado a ele.

— Sei disso — admitiu Strozzi —, mas não me resta escolha. Espero que compreenda.

— Compreendo muito bem, como compreendo igualmente o motivo de você ter me deixado na ignorância. Temia que, se eu pudesse escolher, me afastaria de Barba-Roxa.

— É verdade, para mim seria difícil não contar com sua ajuda num momento tão delicado. A busca do *Rex Deus* continua no centro dos meus projetos, sobretudo agora que estamos a um passo de encontrá-lo. Enganei-o e peço desculpas.

— Não seja hipócrita — resmungou Sinan, aborrecido. — Está se desculpando por uma mentira a que recorrerá milhares de vezes caso sirva a seus propósitos. — E surpreendeu o companheiro com um sorriso atrevido. — *Mea culpa*, eu não deveria ter confiado.

Strozzi, sem compreender, ergueu o queixo e interrogou-o com o olhar.

— Somos todos filhos de chacais quando se trata de defender nossos interesses — explicou o jovem. O embuste do florentino magoava-o mais do que estaria disposto a admitir. Depois de tantas desventuras, iludira-se pensando ter encontrado uma pessoa ao menos solidária, se não leal à sua causa, e agora era forçado a reconhecer que tinha sido ingênuo em confiar nela. — Filhos de chacais — repetiu, rilhando os dentes. — Sobretudo quando falamos de piratas, corsários e mercenários que cultivam seu egoísmo numa nau isolada do mundo.

— A liberdade dos mares nos torna insensíveis. — Mais que uma justificação, essa era uma flecha certeira disparada contra o próprio Sinan.

— A propósito — retrucou o jovem —, para onde estamos indo?

— Barba-Roxa me espera em Talamone.

— Quer dizer que ele está assediando outra povoação costeira?

— Você não sabia? — O cavaleiro de Malta pareceu surpreso. — Planeja essa incursão há meses.

— Não, eu não sabia.

— Uma vingança por uma ofensa recebida — esclareceu Strozzi com um gesto vago. — Mas, para dizer a verdade, podemos defini-la como uma pirraça de criança. — Esboçou um sorriso de cumplicidade, dando a entender que queria deixar para trás o ressentimento pela discussão. — O fato remonta ao outono passado, quando o capitão Bartolomeo Peretti voltou de Malta à frente de três galeras pontifícias e, em caminho, teve a ousadia de devastar propriedades turcas na ilha de Mitilene, entre as quais uma vila de Barba-Roxa. Uma vila suntuosa, da qual se diz que o emir gostava muito. — Permaneceu um instante em silêncio e contemplou a linha da costa, que ia se tornando cada vez mais inóspita. — Barba-Roxa soube do acontecido enquanto invernava em Toulon e se deixou dominar por uma ira funesta. Desde então, mantém-se sempre informado dos movimentos de Peretti. Civitavecchia, Siena e por fim Talamone, de onde o capitão não mais saiu. Nem ouso imaginar os tormentos que o emir lhe aplicará caso o capture.

Dom Juan de Vega caminhava com Montauto e seus homens por uma praia eriçada de ramos retorcidos, semelhantes a ossos projetados do chão. O calor só era suportável por causa do vento que soprava dos bosques e montes bravios da Uccellina. Mas pairava no ar um cheiro desagradável de putrefação, talvez proveniente dos pântanos de Grosseto. Embora quase imperceptível, esse cheiro incomodava o embaixador espanhol mais que o calor, despertando nele a lembrança de Appiani. As coisas, contudo, não iam mal. Na igreja da Rocca, dom Juan descobrira uma pista importante. À custa de fatigar os olhos, conseguira ler as palavras inscritas na insígnia dos cruzados que havia encontrado no alto da torre. Era uma frase latina: SS PETRI ET STEPHANI MARMOSOLII. Sem dúvida a consagração de uma igreja, deduzira. A fim de descobrir de que edifício se tratava, gastaram meio dia procurando entre as igrejas e mosteiros da ilha, até que os frades de uma capela das imediações de Campo Albo interpretaram aquelas palavras, indicando a Vega e Montauto a antiga abadia templária de Marmosolio, ao sul de Roma.

Dom Juan ignorava o que a abadia pudesse significar para Jacopo V Appiani e os corsários de Barba-Roxa, mas pressentia que, seguindo aquela pista, encontraria Isabel. Pouco importava que o capitão de mercenários estivesse interessado nela por outros motivos. O essencial era estarem de acordo quanto ao destino.

De repente, foi desviado de seus pensamentos. Os homens davam sinais de inquietação, pareciam sair do estado de sonambulismo em que os mergulhara o calor. O próprio Montauto, cauteloso, olhava para o sul com a mão no punho da espada, sem poder crer no que acontecia a uns cem passos de distância. Um enorme veleiro com as insígnias turcas oscilava inseguro sobre as ondas, como um cetáceo prestes a encalhar na praia. Tinha a popa escurecida pelo fogo e, a julgar por seus movimentos, o leme danificado.

O comandante deteve a coluna com um gesto de mão e apontou para uma sequência de dunas cobertas de arbustos, a pouca distância do ponto de atracação da nau, ordenando que os homens corressem para aquele baluarte improvisado.

— Quer se esconder? — perguntou-lhe dom Juan.

— Nunca — respondeu Montauto. — Vou preparar uma armadilha para esses canalhas muçulmanos.

E enquanto os soldados se agachavam atrás das moitas crestadas pelo sol, arcabuzes apontados para a praia, o veleiro encalhava pesadamente entre os escolhos, emitindo um rangido prolongado. Dom Juan não desviava os olhos da amurada e da proa munida de esporão, esperando que a tripulação desembarcasse, mas de repente ouviu o sussurro de uma prece e, voltando-se para a esquerda, avistou um soldado jovem de joelhos e mãos postas. Ainda não devia ter 20 anos e estava aterrorizado.

— Pegue sua arma, filho — repreendeu-o, batendo-lhe rudemente no ombro. — Ou pensa que a Santa Virgem descerá com o *Niño* sobre esta praia para defendê-lo?

Sem esperar resposta, olhou de novo para a nau encalhada e viu-os. Diabos negros com turbantes, couraças e cafetãs multicoloridos começavam a descer pelo casco como formigas de uma árvore em chamas. Dezenas e dezenas de turcos armados até os dentes, sem saber que estavam sob a mira do inimigo. Alguns traziam o uniforme da divisão dos janízaros; outros eram *ghazi* de equipamento improvisado, mas certamente não menos temíveis. Dom Juan, absorto a contemplá-los, quase não ouviu Montauto dar ordem de atirar. De repente seus tímpanos foram abalados pela explosão de uma vintena de arcabuzes.

Boa parte dos turcos tombou na primeira descarga e os remanescentes, confusos, olhavam em torno para descobrir de onde vinham os tiros. A segunda descarga foi menos proveitosa, mas não desperdiçada. Os sobreviventes corriam a esconder-se atrás do casco da nau, à espera de que seus companheiros ainda a bordo descessem para organizarem a defesa. Mas isso não seria fácil, calculou o embaixador espanhol; estavam em campo aberto, expostos aos tiros das armas de fogo. Defender-se na praia era praticamente impossível: seriam massacrados na primeira tentativa de lançar-se à carga.

Oto de Montauto continuou a ordenar fogo contra os incautos que não haviam conseguido encontrar refúgio. Mas de súbito seus gritos se perderam numa explosão de areia e corpos estraçalhados. Dom Juan se viu projetado no ar e perdeu totalmente a sensação de peso. Ao cair, virou-se de lado para ver o que havia acontecido e notou que a duna onde estivera não existia mais. Olhou então, instintivamente, para a proa do veleiro e percebeu uma nuvem de fumaça erguendo-se do canhão de vante. Uma colubrina de boca de dragão podia lançar balas de ferro de trinta quilos.

— Aqueles filhos de um cão estão nos alvejando a canhonaços! — gritou Montauto, erguendo-se no meio dos corpos dos atingidos. Um fio de sangue escorria de sua têmpora. — Atirem! — ordenou, colérico, mostrando um novo grupo de turcos que descia à terra.

Os atiradores dispararam com displicência, quase ao acaso, permitindo aos demônios de Alá reunir-se em formação compacta e alcançar rapidamente a praia. Um segundo tiro de colubrina sibilou no ar, descrevendo uma parábola que passou por cima do contingente de Montauto e cobriu-o com uma chuva de areia.

Dom Juan pensou em desembainhar a espada para enfrentar o corpo a corpo, mas tropeçou no cadáver do jovem soldado com quem falara pouco antes. Ajoelhou-se ao lado e, sem mesmo olhar para ele, pegou seu arcabuz. Era um modelo de cano longo, dotado de um mecanismo de serpentina. Sopesou-o e percebeu que estava descarregado; inclinou-se então de novo sobre o morto para apanhar o polvorinho e a bolsa de balas de chumbo. Em seguida, imitando a maior parte dos companheiros, agachou-se para alvejar os inimigos — e avistou o guerreiro turco mais imponente sobre o qual já pusera os olhos. Vestido da cabeça aos pés de preto, a cor de sua pele, lançou-se da proa do veleiro montado num magnífico corcel e, num salto audacioso, pousou em terra. O mouro empinou o cavalo, a boca escancarada num urro bestial, e atirou-se ao ataque de cimitarra em punho.

Dom Juan manteve-o sob a mira. À espera de que se aproximasse, encheu a caçoleta com pólvora fina, carregou o ouvido com pólvora grossa e uma bala de chumbo, e encostou a coronha no ombro direito. Seguiu o alvo por um instante, revivendo num átimo a juventude passada no destacamento dos *carabins*,* e, mirando, apertou o gatilho. A serpentina percutiu a caçoleta, fazendo inflamar a pólvora, e a explosão o cegou por um momento. Recuperou a vista a tempo de ver uma fenda vermelha abrir-se no pescoço do cavalo e o mouro cair por terra aos trambolhões.

— Ao ataque! — gritou Montauto.

Vega percebeu que não havia mais tempo para atirar. Dando prova de uma coragem que beirava a loucura, os soldados do veleiro ganhavam velozmente a praia, ultrapassavam a linha de defesa e iniciavam um combate sem quartel.

O espanhol repeliu o assalto de um *azap* afundando-lhe o nariz com uma coronhada, desembainhou a espada e avançou, encontrando-se face a face com um janízaro. Deteve a cimitarra com um golpe entre o punho e a guarda, arrancando-a da mão do adversário. Então o turco brandiu a acha de guerra que trazia pendente às costas

---

* Os *carabins* eram soldados espanhóis da cavalaria ligeira equipados principalmente com armas de fogo, em geral arcabuzes de roda e pistolas compridas. Semelhantes aos *Reiter* alemães e aos *pistoliers* franceses.

e começou a desferir golpes de cima para baixo. Dom Juan dobrou os joelhos e, com a mão esquerda, apanhou um punhado de areia e atirou-a bem nos olhos do inimigo. O janízaro gritou, momentaneamente cego — não pela lâmina toledana que lhe perfurava o ventre, mas pela deslealdade ignóbil do adversário.

Vega, olhando em torno, percebeu que o combate estava se tornando desfavorável aos turcos; estes lutavam em desordem, sem o comando de um chefe, com uma tenacidade capaz apenas de expô-los ao massacre. Esquivando-se a outros duelos, correu em campo aberto para encontrar o cavaleiro mouro contra o qual disparara havia pouco. Não conseguia tirar da cabeça seu aspecto majestoso e a fúria com que se atirara do veleiro. Achou-o ainda por terra, o rosto sumido na areia e os dedos cravados no chão, como se houvesse tentado arrastar-se antes de perder os sentidos.

Apontou a espada para as costas do mouro, pronto a mergulhá-la entre seus ombros, mas alguma coisa o reteve. Estava diante de um bandido otomano, provavelmente o chefe dos chacais vomitados pelo mar naquela praia, mas sua intuição lhe dizia que talvez fosse cometer um erro. Não mataria uma fera qualquer, mataria o mais nobre e feroz do grupo. Um exemplar sem igual. Liquidá-lo a sangue-frio seria um insulto ao próprio conceito de valor.

De repente o mouro estremeceu e ergueu o rosto da areia, lançando-lhe um olhar cheio de ferocidade. Dom Juan se sentiu percorrido por um frêmito de excitação e quase o ajudou a levantar-se para desafiá-lo a um duelo; mas o senso prático venceu.

— Você é meu prisioneiro — disse-lhe com um sorriso cruel.

Em seguida, golpeou-o com a coronha no rosto, mergulhando-o de novo no esquecimento.

33

Quando Sinan e Strozzi chegaram a seu destino, restava bem pouca coisa de Talamone. Notaram isso mesmo antes de atracar no porto, trocando informações com um veleiro do Crescente enfurnado ao largo das costas rochosas do norte de Orbetello. Khayr al-Dīn tinha destruído a cidade a partir do mar, com os canhões de seus navios, mas ao descer soubera que o tão odiado Bartolomeo Peretti falecera havia quatro meses, de uma doença grave. O emir interpretara esse fato como uma afronta pessoal, uma espécie de careta feita às suas costas. Dele não escapavam sequer os mortos, comentara, e, não satisfeito com o fim do valente capitão, mandara desenterrar seu cadáver e mutilá-lo de modo horrendo diante dos cidadãos acorrentados. O mesmo tratamento receberam seus oficiais e servidores, cujos corpos foram profanados e empilhados na praça pública para serem queimados com o de Peretti. Enquanto isso, cento e cinquenta turcos avançavam pelo interior até as montanhas, expugnando um castelo e fazendo dezenas de prisioneiros, em grande parte moços e moças para abastecer os haréns dos paxás e as fileiras dos janízaros.

— Em se tratando de vingança — comentou Strozzi —, o emir não fica a dever nada a ninguém.

Sinan assentiu, lacônico. Embora tivesse evitado mencioná-lo, não havia perdoado ainda o florentino por tê-lo conduzido à toca do lobo. Se dependesse dele próprio, àquela hora estariam já em Marmosolio, a um passo de desvendar o enigma do *Rex Deus* e descobrir um segredo antigo que lhe permitiria ver a seus pés o papa e o sultão. Em vez disso, devia preparar-se para mentir de novo a fim de salvar a pele. Não poderia, é claro, transmitir a Barba-Roxa todos os detalhes de suas descobertas, pois correria o risco de ser posto de lado ou mesmo morto por causa de suas repetidas insubordinações. E não poderia também contar como tinha enganado Nizzâm, deixando-o à deriva com o leme despedaçado. Seu único consolo era que Strozzi corria os mesmos perigos e, como ele, não podia se permitir ser inteiramente sincero. Um devia se apoiar no outro. Mas Sinan não havia previsto o pior.

Khayr al-Dīn esperava no porto de Talamone, na ponte da galera bastarda, com a armadura cintilando aos reflexos avermelhados do crepúsculo. Ao ver a *Lionne* lançar âncora, franziu o cenho numa máscara feroz. Depois que as naus ficaram lado a lado, ordenou ao filho do Judeu e ao cavaleiro de Malta que subissem a bordo da capitânia.

— Podemos conversar comodamente daqui mesmo — retrucou Strozzi, saudando-o cautelosamente da popa. — Bastará falarmos em voz alta.

Pela primeira vez, Sinan notou que o florentino exibia diante do emir algo mais que uma respeitosa deferência. Devia temê-lo, como ele próprio, e no entanto parecia disposto a desafiar sua cólera para obter o que queria.

— Ousa desobedecer-me? — gritou Barba-Roxa, irritado. — Lembro-lhe o pacto de lealdade que nos une.

— E eu lhe lembro o alcance de meus falconetes. — O florentino, impassível, mostrou a artilharia disposta no flanco esquerdo de sua galera. — Estão apontados para você.

O esgar do corsário se diluiu numa expressão de desconcerto.

— Está me ameaçando?

— Na verdade, não — entoou Strozzi, zombeteiro. — Apenas convido-o a ser cortês.

Antes de retrucar, Barba-Roxa examinou com atenção os dois companheiros postados à sua frente na ponte da *Lionne*. Parecia uma fera calculando o bote para apanhá-los. Mas por fim levou a mão ao peito como se estivesse muitíssimo decepcionado.

— Não entendeu bem minhas intenções, Leone. Esse convite é um sinal da amizade que sinto por você.

— Dê-me provas — desafiou-o o florentino. — Pelo que me contaram, tem uma informação importante a me comunicar. Pois bem, cá estou em Talamone, como você pediu. Sou todo ouvidos.

Os grossos bigodes de Khayr al-Dīn se encurvaram numa careta medonha, revelando os incisivos.

— Vou lhe comunicar o que prometi, fique tranquilo. Desde que me entregue este homem — e indicou Sinan.

O rapaz estremeceu. Não havia motivo para tanta hostilidade, a menos que o emir houvesse descoberto sua trapaça. Mas como a descobriria em tão pouco tempo? Três dias antes, mostrara-se condescendente, sem saber de nada, e até lhe permitira embarcar na *Lionne* para perseguir Appiani. Agora, porém, olhava-o com desconfiança, impaciente por tê-lo em suas garras.

— Se isso não lhe desagradar — objetou Strozzi —, continuarei com o filho do Judeu sob minha proteção pessoal. — Bateu o punho no peito. — Dou-lhe minha palavra de que não fugirá e de que, graças a ele, encontraremos o *Rex Deus*.

A ira silenciosa do corsário pareceu aumentar.

— Portanto, ainda não o encontrou!

— Não, mas estamos no caminho certo — interveio Sinan. — Agora falta pouco.

Barba-Roxa ignorou-o, continuando a fixar o cavaleiro de São João Batista.

— Você está se expondo por um traidor mentiroso, não percebe?

— Permita-me duvidar — replicou o florentino.

— Que seja — exclamou o corsário. — Vou considerá-lo seu companheiro, mas ainda assim quero ao menos interrogá-lo.

O florentino concordou.

— Pode fazer isso daí mesmo. O filho do Judeu responderá a todas as suas perguntas, dou-lhe minha palavra.

— Responderei, sim — disse Sinan, mais tranquilo. Strozzi havia dado prova de uma coragem invejável. Poucos homens, por mais audazes que fossem, ousariam falar com tamanha firmeza ao almirante de Solimão; mas esperar sobreviver a semelhante conversa era uma insensatez. Não bastava esconder-se atrás de uma dezena de falconetes para sair ileso. O jovem teve a certeza absoluta disso ao ver o sorriso do emir, onde se lia a tácita promessa de uma punhalada traiçoeira.

Contudo, Khayr al-Dīn dirigiu-se a ele quase com ternura.

— Pois bem, filho, o que tem para me contar?

O rapaz abriu os braços para dar ênfase ao que iria dizer.

— Grandes progressos!

— Encontrou o monge raptado da Rocca?

— Sim — mentiu, para evitar atribuir suas descobertas ao diário de Aloisius. — E antes de morrer ele me revelou a última pista necessária para achar o *Rex Deus*.

— Mais uma pista... — resmungou o corsário, com ceticismo. — E qual é?

— Um mapa de prata escondido num sepulcro.

Essa notícia pareceu divertir Barba-Roxa.

— Pelo que vejo, continuaremos a vasculhar túmulos! — zombou. Em seguida, ficou sério. — E onde se encontra esse sepulcro?

— Numa abadia dos templários, ao sul de Roma.

— Está sendo muito vago.

Isso Sinan não podia negar; e, querendo igualar Strozzi em ousadia, decidiu exprimir claramente seus pensamentos.

— Se eu der detalhes, minha vida não terá mais nenhuma importância para você.

A expressão do corsário se contraiu num esgar aterrorizante.

— Pequena serpente! — rugiu, socando a amurada. — Como se atreve a me falar assim? Só está vivo por causa de minha clemência!

— E lhe agradeço por isso — replicou o jovem, procurando manter a firmeza da voz. Estava ereto como uma verga, decidido a não se dobrar. — Permita-me então continuar a servi-lo.

O emir pareceu gostar dessa determinação.

— Eu o farei — disse, em tom decisivo. — Desde que me entregue a única chave para o *Rex Deus*. — E, inclinando-se sobre a amurada, trespassou-o com o olhar. — A chave cilíndrica.

Sinan teve de se esforçar para reprimir a surpresa e não perder o controle. Ignorava que o corsário tivesse conhecimento daquele pormenor. Trocou um olhar com Strozzi, que se mantinha imperturbável como uma estátua de sal — e detestou aquele sangue-frio. Em seguida, virou-se para o grande almirante com o ar mais inocente de que era capaz.

— Não sei a que se refere, senhor.

— Maldito mentiroso! — exclamou Barba-Roxa. — Você está com ela, não tenho dúvida!

— Ignoro por que diz isso, mas eu...

Khayr al-Dīn silenciou-o com um gesto exasperado e mandou conduzir à ponte um homem velho, vestido de branco, seguro pelos braços por dois *ghazi*. Sinan observou-o cada vez mais tenso e, estremecendo, reconheceu-o: era o sábio Omar el-Aziz. O amigo de seu pai. O homem que tinha cuidado dele num momento de necessidade. Observou aquele rosto inchado de contusões e, por trás das lentes de seus óculos, um reflexo de medo.

— Que significa isto? — gritou, indignado.

— Durante anos hospedei em meu navio este traidor — disse o emir, com desprezo. — Um indivíduo falsamente vulnerável que tramou às minhas costas com seu pai, Sinan, o Judeu, mantendo-me na ignorância de informações preciosas sobre o *Rex Deus*.

O jovem quis retrucar, mas Barba-Roxa ignorou-o.

— Não satisfeito com seus embustes anteriores — prosseguiu —, este indivíduo voltou a maquinar também com você, rindo de minha magnanimidade e da confiança quase fraterna que eu depositava nele. — Emitiu uma risada semelhante ao grasnar de um corvo. — Acreditava mesmo que estava fora do meu controle?

— O mestre Omar não sabe de nada!

O riso cessou.

— Foi o que ele repetiu muitas vezes, até resolver falar de uma estrela de cinco pontas encerrada num pequeno estojo de metal. A chave cilíndrica, como a chamou. Em seguida, referiu-se a uma confraria sem nome, uma descendência de sangue ligada ao segredo do *Rex Deus*. Você teria o desplante de negar tudo isso?

Sinan não respondeu. Fitou o rosto sofrido do sufi e viu-o contorcer-se numa expressão contrita. Fui um fraco, parecia dizer o velho. O jovem sacudiu a cabeça para lhe comunicar que o perdoava. Sabia muito bem como uma pessoa se sente sob tortura, quando, ao fim das chibatadas, só lhe resta a humilhação indelével de ter sido submetida por outro homem. Como uma mulher violada.

— Entregue-me a chave cilíndrica! — ordenou Khayr al-Dīn, calando-lhe todos os pensamentos com sua voz possante. — Está com você, este traidor me confessou. Você já a tinha quando subiu pela primeira vez à minha nau. Entregue-a como prova de sua lealdade — repetiu — e prometo que o autorizarei a levar a termo a busca do *Rex Deus. Para mim.*

O jovem continuou olhando para o sufi, esperando que ele o autorizasse com um gesto a falar.

— Não sei a que você se refere.

O corsário permaneceu imóvel, uma figura envolta na luz esbraseada. Um soldado de porte hercúleo postou-se a seu lado; brandia uma cimitarra e parecia impaciente por usá-la. Esperou que os dois *ghazi* segurassem Omar pelos pulsos, abrindo-lhe os braços como se fossem crucificá-lo, e a um aceno de Barba-Roxa desferiu um golpe violento que amputou seu braço esquerdo.

Omar emitiu um grito lancinante. O sangue jorrava do corte à altura do ombro, encharcando as vestes muito brancas.

— Lembre-se da estrela, Sinan! — bradou o infeliz, a boca escancarada pela dor. — Lembre-se das cinco chagas!

O emir se interpôs entre Sinan e aquela imagem viva do sofrimento.

— Dê-me a chave cilíndrica — sibilou com bárbara ferocidade — e o mestre será poupado!

O jovem cerrou as mandíbulas, a mente em chamas e o estômago convulsionado pela náusea. Por um instante, foi como se existissem apenas os lamentos de Omar e a espuma sanguinolenta que escorria pela amurada da galera. A dor e a raiva dilaceravam sua alma como golpes de cimitarra, a mesma que havia decepado o braço do sufi. Mas, se cedesse à emoção, tudo estaria perdido. Não podia dar vitória ao almirante turco. O espetáculo a que deveria assistir, porém, era desumano. Sentiu a vista embaralhar-se, perdeu o equilíbrio e cairia se uma mão não agarrasse seu braço e o trouxesse de volta à realidade. Virou-se rapidamente, como se acordasse de um pesadelo, e o olhar intrépido de Strozzi infundiu-lhe nova coragem.

— Não a tenho! — gritou de um fôlego, virando-se para Barba-Roxa como se fosse amaldiçoá-lo. — Não tenho nenhuma chave cilíndrica!

A resposta veio da lâmina do soldado, que amputou rente também o braço direito de Omar. O velho desabou no convés sobre um lago de sangue; seus gemidos eram um vagido indescritível.

Os olhos de Khayr al-Dīn estavam esbugalhados como as órbitas de uma caveira.

— Quero a chave cilíndrica! — Agarrou o sufi pelos cabelos e ergueu-o do chão como a uma marionete obscena, pousando-o na amurada com o rosto virado para o mar. — Do contrário, o amigo de seu pai morrerá.

— Eu já lhe disse! — protestou Sinan, contendo uma ânsia de vômito e o sentimento de culpa. — Não possuo nenhuma maldita chave!

Não viu a lâmina do soldado nem ouviu seu zunido. A cabeça do subi saltou sobre a borda do navio e desapareceu nas ondas como um objeto inanimado. A água tragou-a com um gorgolejo horripilante. O jovem gostaria de pôr-se de joelhos para desafogar a cólera, chorar e lamentar a impotência egoísta que o retivera diante do sacrifício do pobre velho. Mas teve de permanecer impassível para não trair essas emoções. De um modo ou de outro, pensou, Barba-Roxa havia conseguido arrancar-lhe o resto de bondade que ainda conservava na alma.

— Começo a me persuadir de sua sinceridade — disse o corsário, recuperando o bom humor. Parecia satisfeito, quase feliz, como se acabasse de voltar de um passeio. Mas Sinan, apoiado com fria obstinação à amurada da *Lionne*, conseguia perfeitamente vislumbrar as chamas do inferno que crepitavam no fundo de suas pupilas.

— Talvez Omar estivesse mentindo, afinal de contas — concluiu Barba-Roxa. — Ou talvez você, meu filho, seja uma obra-prima de ingratidão. O homem mais cruel que já encontrei desde que navego os mares. — Ordenou aos *ghazi* que atirassem às ondas o corpo desmembrado do sufi e dirigiu-se pela última vez ao rapaz. — Mas isso pouco me importa, desde que encontre o *Rex Deus*. O mesmo vale para seu aliado. Se me decepcionar, nem canhões nem todos os santos de seu falso paraíso o protegerão de minha ira.

— Não o decepcionaremos, emir — interveio Strozzi, em tom mordaz. — Mas agora que está satisfeito, atenha-se ao pacto e diga-me onde posso encontrar Cosme de Médici. — A palidez de seu rosto denunciava que a execução do sufi devia tê-lo impressionado mais do que deixava transparecer.

Khayr al-Dīn respondeu com firmeza:

— Dentro de um mês, ele irá a Elba. Parece que propôs ao imperador cristão reforçar o golfo de Ferraio à própria custa.

Tentando recuperar-se das violentas emoções, Sinan balançou a cabeça.

— Impossível — declarou. — Appiani não permitiria jamais que o duque de Florença pusesse os pés em sua ilha.

— Está mal informado — contradisse-o o emir. — Corre o boato de que o arquipélago de Piombino desperta a cobiça de homens bem mais influentes que o príncipe Appiani.

— Sei disso. — Strozzi fez sinal ao amigo para que se calasse, dando a entender que lhe explicaria tudo depois. E, voltando-se de novo para o corsário: — Está bem, a informação pode me ser útil. Mas eu também trago uma notícia importante para você.

Barba-Roxa pousou as mãos nos quadris.

— Então diga logo.

— A informação tem um preço — acrescentou o florentino. — Mas saiba que não quero enganá-lo, ela é importante para sua frota.

— O que quer em troca?

— Sua palavra de que não infiltrará sicários em meu navio para matar ou raptar Sinan. Além disso, exijo total liberdade de ação sempre que tiver de me separar de sua frota para executar minha vingança.

— Exige muito. Mas, desde que isso não atrapalhe a busca do *Rex Deus*, aceito. Juro por minha honra.

— Pois bem, então você deve levantar âncora e zarpar imediatamente. Appiani se uniu à esquadra genovesa e juntos estão varrendo os mares de Túscia à sua procura. São mais de trinta galeras. Avistei-as perto de Giglio e tentei retardá-las com uma sabotagem, mas não creio que ficarão detidas por muito tempo.

O corsário assentiu, com ar sério.

— Um conselho precioso, caro amigo. Rumaremos esta noite para o sul. — De repente, sua expressão mudou: estava fitando, curioso, um ponto às costas dos dois companheiros.

Sinan se virou instintivamente para descobrir o que havia atraído tanto a atenção de Barba-Roxa e viu atrás de si Isabel e Margarida. Deviam ter acabado de sair do castelo.

— Quem são estas duas moças? — quis saber Khayr al-Dīn, deixando entrever uma certa cobiça. Embora de idade avançada, era famoso pela luxúria. Contavam-se inúmeras histórias sobre criadas e concubinas de beleza extraordinária, como as mouras Khalidja de Granada e Aisha de Argel, mas também sobre prisioneiras cristãs muito jovens; a mais recente, Maria Gaetano, filha do governador espanhol de Reggio, fora obrigada a segui-lo para salvar a vida dos pais.

— Damas nobres sob a minha custódia — apressou-se a responder o cavaleiro de Malta.

— Parece que você protege muita gente — observou o emir, sem tirar os olhos das duas jovens. — Com sua licença, pretendo aliviá-lo de tamanho encargo. Ao menos em parte.

Sinan não se conteve e deu um passo à frente para se opor; mas o companheiro segurou-o, fulminando-o com o olhar.

— Não são reféns — disse com firmeza — e não posso dispor delas como se fossem escravas.

Diante da negativa, Barba-Roxa pareceu ainda mais espicaçado pelo desejo.

— Hoje vocês já puseram suficientemente à prova minha paciência — disse. — Não aceitarei mais uma recusa, palavra de honra. — E, franzindo o cenho, apontou o dedo para uma das duas mulheres. — Quero esta!

Num assomo de desespero, Isabel se agarrou a Sinan com o rosto banhado em lágrimas.

— Você não pode permitir isso! — exclamou, incapaz de entender como os acontecimentos pudessem ter mudado de maneira tão brusca. Pouco antes estava segura na cabine do padre Maurand, conversando com Margarida; depois, os gritos lancinantes de dor provenientes do convés haviam-na induzido a sair com a companheira para ver do que se tratava. Assistira ao tormento do velho na ponte da nau turca, mas não esperava que fosse encontrar Barba-Roxa e muito menos que o corsário notasse a presença de duas mulheres.

O rapaz pegou-a docemente pelos pulsos e afastou-a de si, balançando a cabeça.

— Não posso me meter — murmurou. Isabel não atinava com o motivo de aquela voz antes tão gentil agora soar com tanta frieza, quase com irritação. — Só conseguiria expô-la ao perigo de ser levada no lugar dela.

A jovem se desvencilhou, furiosa.

— Você não entende, não podemos nos separar! Somos como irmãs... — e voltou-se para o capitão da *Lionne*, na esperança de convencer pelo menos a ele. — Como irmãs... — repetiu, recomeçando a chorar. — Ela o ama, cavaleiro, você não pode permitir que isso lhe aconteça!

A expressão de Strozzi deixou entrever uma emoção fugidia, entre o curioso e o incrédulo, e depois se fechou numa máscara empedernida.

— Volte ao castelo, senhora — intimou-a, acenando para que um marinheiro a acompanhasse. — Aqui não é lugar para você.

— Não! — gritou Isabel, tentando segurar a companheira antes que esta fosse posta numa chalupa. — Jurei protegê-la!

Sinan correu para ela e agarrou-a pelos quadris, puxando-a.

— Acalme-se! — sussurrou-lhe ao ouvido. — Se Barba-Roxa perceber o que sinto por você, fará de sua vida um inferno!

Isabel se debateu ainda por um instante; mas, quando aquelas palavras penetraram em sua mente, aquietou-se. Observou-o, conturbada pelas emoções, e leu naquele rosto uma amargura que o rapaz a custo conseguia disfarçar. Depois sentiu, quase com desgosto, que o aperto de seus braços se afrouxava.

— Despeça-se dela — murmurou com tristeza. — Mas não se exponha, suplico-lhe.

E, assim, Isabel de Vega viu pela última vez Margarida Marsili, a dama de Collecchio raptada nos montes da Uccellina. Jamais lhe pareceu tão bela como naquele instante. Viu-a colher as saias e descer para a chalupa com orgulhosa resignação, segurando o braço de um soldado. Enxugando as lágrimas, admirou sua cabeleira ruiva semelhante a uma chama sacudida pelo vento e concentrou-se em seus olhos, duas fendas negras voltadas para Leone Strozzi. Naquele olhar, reconheceu a fúria dos oceanos que agitam as paixões de uma mulher. Raiva, dor, gelo abissal e sonhos despedaçados contra escolhos. Após breve hesitação, aqueles olhos pousaram também sobre ela e transpassaram-na como uma ponta de lança. Você prometeu, pareciam dizer — rutilantes de inveja e de puro ódio.

Isabel jamais se libertaria daquele olhar.

Quando Margarida se voltou, Isabel foi invadida por um profundo remorso, mas também por uma sensação imprevista de leveza. Como se uma raiz escura houvesse sido arrancada de sua alma.

E, por experimentar essa emoção, odiou a si mesma.

34

Savério Patrizi chegou após as vésperas. Insinuou-se na cela de clausura sem fazer ruído, uma sombra na luz amarelada entre a porta e os portais. A mulher envolta na túnica reconheceu-o imediatamente, mas não se moveu; continuou ajoelhada diante do crucifixo, pensando em como os pesadelos mais sorrateiros deslizam para dentro da vida dos homens com o movimento silencioso de um filete de óleo.

— *Pax vobiscum*, Emília de Hercole. — O inquisidor entrou naquele ambiente asfixiante e, após uma breve reflexão, acrescentou irônico: — Irmã.

Ela respondeu com um aceno de cabeça, sem fitá-lo nos olhos. Se o fizesse, ele perceberia sua expressão estranha, em que o ódio e o terror se entrelaçavam a ponto de confundir-se.

— Há pouco, uma pessoa a visitou — continuou Patrizi, fechando a porta às suas costas. — Uma dama muito nobre. Mandei segui-la e por isso sei que esteve aqui.

A mulher notou a intensidade das pupilas do inquisidor atravessar a penumbra e pousar sobre ela. Concordou sem dizer uma palavra.

— No passado, você me jurou obediência — lembrou-a o religioso, aproximando-se. — Peço-lhe, pois, que me conte qual foi o assunto de sua conversa, sem titubear. Abra sua alma para mim.

Um tanto desconcertada, ela corcordou novamente. Pareceu-lhe captar naquela voz um vestígio de concupiscência. Patrizi sentiria prazer em subjugar suas vítimas? Uma dúvida pertinente, disse para si mesma, sobretudo num homem alheio a qualquer outro tipo de sedução.

— Não quer falar? — pressionou o inquisidor num tom suspeitoso, ajoelhando-se a seu lado. — Por quê?

A mulher estremeceu e por fim decidiu brandir o objeto metálico que escondia na manga. Ao seu contato, sentiu uma intensa onda de calor, vindo depois a certeza de estar prestes a cruzar uma fronteira, um limite além do qual não mais seria a mesma. E, livrando-se de tudo isso com uma exclamação seca, golpeou o abdome do religioso, tomada por uma sensação ao mesmo tempo de gozo e raiva.

Patrizi cerrou os lábios para conter um urro de dor, tombou para trás e, agarrando-se à primeira coisa ao alcance da mão, arrancou o véu da monja, descobrindo-lhe o rosto. Caiu de costas, fixando com os olhos arregalados a farta cabeleira loira e os traços sedutores até então escondidos.

— Você não é Emília de Hercole! — gemeu, deslizando para o chão.

— Receio que tenha se enganado de cela, reverendo. — Helena Salviati levantou-se para finalmente poder tê-lo a seus pés e desafogou suas emoções com uma risadinha estrídula. — Sóror Emília está longe daqui, deste convento, para que nem você nem os Escondidos possam prejudicá-la. Obriguei-a a me contar o que sabia sobre o *Rex Deus* e depois tomei o seu lugar para esperá-lo.

— Então agora sabe sobre a relíquia... Aquela maldita relíquia...

— Sim. — Helena contemplou sua máscara de sofrimento, satisfeita por ter quebrado enfim a impassibilidade do frio inquisidor. — *Sei tudo e, após sua morte, retomarei o controle de minha vida.*

Savério Patrizi contorceu-se num acesso de tosse.

— Como previu minha... chegada?

— Achava mesmo que eu confiaria no cocheiro? Tinha certeza de que fora corrompido por você, como a maior parte de minha criadagem, e de que correria a avisá-lo. Só tive que esperar.

— Mulher estúpida! — O religioso comprimiu o ventre como se quisesse estancar a hemorragia. — Pensou então que, com a minha morte, resolveria seus problemas? Não faz ideia das dimensões da intriga... Das sombras que pairam sobre seu principado... — Tossiu. — Aproveite bem os últimos privilégios que ainda lhe restam, pois logo não será dona de nada...

Helena se inclinou sobre ele e agarrou-o pela túnica.

— Que quer dizer? — Apontou o punhal para seu pescoço. — Quem tem a intenção de me prejudicar?

— Cosme I de Médici... O rei de Nápoles... O próprio imperador... — Patrizi observou o pequeno punhal, como se estivesse decepcionado por ter sido ferido por uma arma tão insignificante. — Vossa Senhoria entrou em decadência e não poderá fazer coisa alguma para evitar isso. — Em seguida, fechou os olhos e murmurou, expirando: — A sorte está lançada.

Helena permaneceu ajoelhada diante do corpo do inquisidor e, numa explosão de raiva descontrolada, cravou o punhal em seu peito. Uma, duas vezes...

— Não é verdade — rugia enlouquecida, enquanto o golpeava. — Não é verdade!

— Não me tome por aquilo que não sou — disse com desprezo Giannettino Doria, enquanto observava a troca de vigias no cesto da gávea. Era um homem robusto, mas de traços delicados. Moreno, olhos da cor do mar e uma vocação inata para o comando. Mal o vira, Jacopo V Appiani sentira por ele uma aversão natural, unida ao desgosto de não poder igualar nem o valor nem o carisma daquele líder. — Não sou seu protetor e muito menos um instrumento para você alcançar seus objetivos — continuou o almirante da frota genovesa. — Se atendi ao seu chamado foi porque afirmou conhecer os deslocamentos de Barba-Roxa. Minha família está em guerra com os corsários turcos há trinta anos e agora essa rivalidade corre em nossas veias como um destino inelutável.

— Só o que pretendo é libertar o mar daquele flagelo — garantiu o príncipe de Piombino, em tom melífluo. — Longe de mim incomodá-lo com segundas intenções, excelência.

A nau capitânia deslizava sobre uma superfície azulada que parecia unir-se ao céu, não fosse pela linha escura da costa, pontilhada de minúsculas cintilações de faróis, castelos e aldeias. A embarcação era de dimensões consideráveis, que, porém, não se comparavam às do navio destruído ao largo das enseadas de Giglio. Um acidente no paiol de munições, diziam alguns. Uma sabotagem, segundo a opinião dos mais experientes. Fosse como fosse, Doria havia se irritado com aquela perda e agora se entrincheirava por trás de um mau humor tempestuoso, que infundia terror na tripulação e antipatia em Appiani. Tivera a sorte de, no momento da explosão, estar em terra firme na companhia de seus oficiais superiores, mas nem por isso o fato tinha deixado de aborrecê-lo tremendamente.

— Campo Albo, você disse? — perguntou.

— Sim — confirmou Jacopo V. — É onde o avistaram pela última vez.

— Partiremos de lá para o sul. Será a rota de Barba-Roxa, caso ele não a mude.

— Essa é também a minha opinião.

— Sua opinião não me interessa — replicou Doria, com um sorriso agressivo. — Não preciso de você nem de seus dois veleiros. No primeiro porto descerá do meu navio e tomará seu rumo.

Appiani resistiu à tentação de esbofeteá-lo. Insolente asqueroso, pensou. Se tinha algo em comum com dom Juan de Vega era o desprezo pelos genoveses e não estava nem um pouco satisfeito por ter pedido ajuda à sua maldita frota. Mas tinha de fazer da necessidade uma virtude, pois, se desejava pôr as mãos em Cristiano de Hercole e no *Rex Deus*, não podia ainda ceder ao orgulho.

— Talvez eu lhe seja útil — ponderou, tentando ignorar as ofensas que gostaria muito de devolver àquele gracioso senhor.

— Duvido.

— Posso pedir reforços ao rei de Nápoles — insistiu Jacopo V, prometendo algo que sabia não ser capaz de cumprir.

Doria fitou-o, nem um pouco convencido.

— Admitindo-se que ele responda — zombou.

— Não custa tentar — continuou o príncipe de Piombino, agarrando-se à esperança de poder continuar a bordo daquela nau tempo suficiente para encontrar o filho do Judeu. — Além disso, posso mesmo ajudá-lo.

O comandante deu de ombros. Faça o que quiser, parecia dizer. Eu sulco os mares para lutar, pouco me importando a vitória ou a derrota.

35

O grosso da armada turca virou para o sul enquanto a retaguarda se demorava ao longo da costa para espalhar o terror como a cauda de um cometa nefasto. Foram capturados cerca de setecentos escravos e decapitados inúmeros notáveis, religiosos e rebeldes. Sinan ficou sabendo do incêndio do castelo de Montiano, da tomada de Porto Ercole e da terrível ameaça que pairara sobre Civitavecchia. Barba-Roxa não esquecera que a expedição contra Túnis, dez anos antes, havia zarpado daquela cidade marítima, base das galeras pontifícias, e queria vingança a todo custo. Mas Strozzi conseguira dissuadi-lo.

— Não foi nada fácil convencê-lo a renunciar a essa empreitada — confessou o florentino, informando Sinan sobre os últimos acontecimentos. — Depois da confissão do sufi, o emir pondera cada palavra minha com a maior desconfiança.

O jovem se apoiou à amurada, gozando o sol do fim da manhã. O mesmo sol que atormentava os remadores da *Lionne*. O sacrifício de Omar era uma ferida ainda aberta, mas ajudara-o a preservar o segredo da chave cilíndrica, muito embora ele ainda ignorasse seu significado. Não conseguia entender como aquele pequeno objeto poderia ajudá-lo a interpretar o mapa de prata. Talvez em Marmosolio, pensou, descobriria o que fazer.

— E como — interpelou o amigo — você conseguiu convencer o emir?

— Fazendo-o compreender que assediar Civitavecchia o exporia a uma armadilha do inimigo. — O cavaleiro de Malta franziu o cenho. — Mas isso não foi nada. Precisei também aplacar sua inquietação com respeito à ausência prolongada de Nizzâm. Por enquanto, desviei suas suspeitas ventilando a hipótese de que o lugar-tenente tenha sido interceptado por Doria no caminho de volta.

— Nem eu inventaria uma mentira melhor.

O florentino concordou, distraído, como se não pretendesse levar a conversa adiante.

Sinan observou-o, curioso.

— Ultimamente, você vem se comportando de maneira estranha.

— É que estamos a um passo do *Rex Deus* — justificou-se Strozzi. — Além disso, minha vingança não tarda.

O jovem sacudiu a cabeça.

— Achei que fosse outra coisa. — Estudou as rugas em torno da boca e da fronte do companheiro, detendo-se no olhar ligeiramente distraído. — Seja franco, custou-lhe muito separar-se daquela mulher.

O cavaleiro de Malta voltou-se para o mar.

— Não diga tolices.

— Vi como a fitava quando ela desceu para a chalupa. — Sorriu, piscando-lhe um olho. — Levou a mão ao cabo da espada pelo menos duas vezes.

— Cale-se, não quero falar sobre isso.

— Ela disse que o amava — insistiu Sinan, tentando abalar aquela frieza. — Mas você não quis encontrá-la. Por quê?

Strozzi continuou de olhos fixos no mar e, avistando uma revoada de gaivotas, por um instante pareceu invejar sua leveza.

— O amor não é tudo — disse finalmente, seguindo o voo daquelas asas brancas.

— Não entendo.

O cavaleiro se voltou e encarou-o com amargura. Traía uma hostilidade velada, uma raiva contida havia dias.

— Pedi-lhe para não salvar mais ninguém daquela maldita nau — desabafou em tom seco. — Mais ninguém! — e, com um gesto súbito, golpeou o jovem no peito.

Sinan recuou um passo, desorientado por aquela atitude. Não se tratava de uma provocação, nem mesmo de uma advertência. O companheiro apenas o fizera compartilhar de um sofrimento oculto. Amava aquela mulher, agora não havia dúvida, mas na pressão de seu toque havia também a reserva de quem age com conhecimento de causa. A reserva de quem deseja ser leve como uma gaivota, voando para longe de armadilhas e abraços de mulher. O cavaleiro de Malta parecia pagar de bom grado o preço do distanciamento, sulcando os mares da vingança sem precisar pôr o pé em terra, onde a ira e a honra podiam se derreter no calor de um leito.

Sinan, solidário, não disse nada, obtendo como resposta um gesto de satisfação.

— Ela ficará bem? — perguntou em seguida.

— Ninguém a tocará até chegarem a Constantinopla — respondeu Strozzi, afastando-se. — Será dada ao sultão.

Quando Sinan entrou na cabine, hesitou por um instante na soleira até avistar a jovem na sombra. O padre Maurand cedera-lhe aquele espaço e retirara-se para um alojamento menor, mais modesto, contaminado pelo fedor da sentina. Um gesto nobre, comentara Strozzi, sabendo embora que por trás daquele ato houvera a mão insistente — e ameaçadora — do filho do Judeu.

Isabel parecia a personificação da tristeza. Sentada num banco com os cabelos negros caídos sobre os ombros, folheava um volumoso livro de estampas, o rosto marcado pela dor da perda da amiga. Esperando um gesto seu, o rapaz contemplou-a em silêncio e lamentou não ter podido fazer nada para poupá-la a semelhante desgosto.

Saudou-a em silêncio e procurou ignorar o conhecido aperto no estômago que sempre preludiava seus encontros.

— Notícias de sua companheira — disse para consolá-la, dando um passo à frente. — Não lhe farão nenhum mal.

— Como sabe?

— Será dada de presente ao sultão.

— De presente... — repetiu ela, em tom sarcástico. — Como um cavalo.

Sinan abriu os braços, consternado.

— Não pude evitá-lo.

— Já me disse isso uma vez. — Isabel lançou-lhe um olhar de reprovação. — Não costuma se expor por uma mulher qualquer.

— Não seja injusta. Quando vi que Barba-Roxa tinha escolhido ela, dei graças aos céus. E faço-o de novo agora, contemplando você aqui sã e salva, você que o emir sem dúvida exigiria caso eu houvesse tentado resgatar sua amiga.

Como resposta, Isabel jogou o livro no chão e pareceu prestes a explodir numa crise de raiva. Mas, ao contrário, levou as mãos ao rosto.

— Não está entendendo... — soluçou. — Ela não me perdoará jamais...

Sinan se ajoelhou à sua frente para enxugar-lhe as lágrimas com a ponta dos dedos e se pôs a contemplá-la.

— Não chore, senhora — sussurrou, seduzido pela perfeição de seus traços. — Há destinos bem piores...

Isabel afastou os cabelos do rosto e pareceu ler na mente do rapaz.

— Refere-se ao homem sacrificado no convés da nau capitânia, certo? O velho vestido de branco. Quem era?

— Um amigo. Talvez o único em que eu pudesse confiar, embora só o tenha encontrado uma vez. Contou-me coisas incríveis sobre meu pai e meus antepassados... Coisas que eu sequer imaginava.

— E não fez nada para salvá-lo?

Sinan esteve a ponto de calá-la com uma exclamação seca, mas se conteve.

— Isabel, você não pode entender. — Levantou-se, os gritos de Omar ecoando ainda em seus ouvidos. — Eu sou a criatura mais parecida ao Anticristo que jamais caminhou sobre a Terra.

A jovem recuou.

— Está me assustando.

A mente do jovem continuava atormentada pelo remorso e o horror da morte.

— Não, não se assuste, minha cara. — Moderou o tom de voz. — Aquilo de que falo não envolve nenhuma maldade. Envolve a missão de uma confraria empenhada, há quinze séculos, em esconder um segredo de tal modo importante que pode desmascarar a grande mentira da fé católica. O segredo do *Rex Deus*.

— Mas o que significa isso? De que mentira está falando?

— Da mentira dos dogmas da Igreja. Da mentira de uma crença baseada em incertezas.

Isabel pareceu tomar aos poucos consciência daquelas palavras e sentiu-se abalada.

— E, a seu ver, esse segredo... esse *Rex Deus*... poderia destruir a sagrada instituição da Madre Igreja? — perguntou, incrédula. — Você ousaria mesmo tirar a esperança e o conforto de todos os seus devotos?

Até o momento Sinan nunca se fizera aquela pergunta, havia agido apenas por interesse pessoal, sem refletir sobre o valor intrínseco do *Rex Deus*. E de repente era posto face a face com as terríveis consequências que poderia provocar revelando ao mundo aquele mistério. Isso seria justo? Para encontrar a resposta precisaria do saber do templário Aloisius; e, abatido, se deu conta de que todas as pessoas capazes de ajudá-lo — Tadeus, Omar e seu pai — haviam desaparecido para sempre. Estava sozinho diante de um enigma sem solução.

Sozinho diante de Isabel. Mas, refreando a timidez, ergueu os ombros e refugiou-se na sombra.

— Prefere viver na mentira? — retrucou, para não ficar em silêncio.

— Fala sobre mentira com muita facilidade — censurou-o a jovem. — Nenhum mortal está em condições de discernir o verdadeiro do falso. Deve apenas confiar em Deus e tentar descobrir Sua vontade. Apenas isso.

— Você fala como um jesuíta — brincou Sinan.

— E você, como um homem sem fé.

Sinan emitiu uma risada nervosa.

— Tenho fé unicamente na vingança contra Jacopo V Appiani, o homem que me enganou, humilhou e matou meu pai, obrigando-me a assistir impotente à sua morte. Jamais lhe perdoarei essa crueldade e juro que vou fazê-lo pagar por ela, de um modo ou de outro.

Isabel pareceu muito impressionada, mas também entristecida.

— Seu coração está cego de ódio. Só se importa com essa vingança?

— Importo-me também com você, Isabel. — O jovem se aproximou de novo, incapaz de refrear a paixão. — Não sabe dos sentimentos que tenho a seu respeito e da esperança de que você possa partilhá-los?

A jovem enrubesceu.

— Quer me confundir...

— Você é que me confunde — insistiu ele, acariciando-lhe o rosto para enxugar os últimos resquícios de lágrimas. Um gesto audaz, calculado. — Sinto ainda o gosto de seus lábios nos meus.

Isabel se desvencilhou do seu toque.

— Além daquele beijo, entre nós não existe nenhum vínculo.

— Está mentindo, querida. Leio a paixão em seus olhos.

— Cristiano! — exclamou ela, enrubescendo ainda mais. — Um cavalheiro não se dirige assim a uma dama!

— Já lhe pedi para não me chamar de Cristiano — replicou o jovem, com altivez. — E quanto ao resto, não sou decerto um cavalheiro.

— É um corsário — disse a jovem. — Um corsário sem escrúpulos que chega ao ponto de reclamar uma mulher.

— A única que já desejei — confirmou Sinan, sem recorrer à hipocrisia. Não recuaria agora, diante do desafio daqueles olhos verdes. "Você é minha", continuava a pensar. Disso nunca estivera tão certo quanto naquele momento, mas mesmo assim parecia-lhe que Isabel se esfumava na névoa, como se uma parte dela ainda lhe fosse desconhecida. — Estou aqui por sua causa, esta é a verdade. E cheguei sem carruagens, sem pajens ou boas maneiras. Não sou um fidalgo de alta estirpe. — De repente, precisou enxugar os olhos para não verter lágrimas de raiva e não percebeu o modo como a mulher o observava. — Mas aprendi a lutar com coragem e não tenciono esconder mais aquilo que sou ou que sinto, para não naufragar na dor e na loucura. Ontem você era minha, Isabel, senti isso quando a beijava; e, se negar que foi dominada pela paixão, estará mentindo. Mas juro por minha honra que jamais lhe encostarei um dedo se você não quiser. — E, com um cumprimento apressado, caminhou para a porta.

— Espere! Não vá, Sinan — ouviu-a chamar.

O rapaz se encostou ao portal, confuso pelo som daquela voz, e ao voltar-se viu o mesmo rosto de mulher de quem se despedira na véspera. Um rosto cuja expressão hesitava entre a incerteza e o desejo. Um rosto que ainda conservava seu nome nos lábios. Naquele instante, Sinan ouviu o grito de uma gaivota, asas solitárias em fuga sobre o mar, e desejou ser livre de todos os laços. Mas logo calou esse impulso, pois a mulher esperava uma resposta, e, num assomo de paixão, voltou rapidamente para seu lado, para satisfazer àquela exigência tácita. Então Isabel de Vega mergulhou os dedos em seus cabelos, abandonando-se ao assédio de sua boca e à carícia de suas mãos. Ondas de sensualidade submergiram a noite.

36

A frota turca ultrapassou a foz do Tibre e manteve-se ao largo das costas da Santa Sé, enquanto um destacamento se separava da formação para atracar numa enseada escondida. Eram a *Lionne* e o barco de Mohammed Chiaurak, pirata argelino fiel ao emir. Ao cair da noite, parte de suas tripulações se dirigiu à terra firme a bordo de um grupo de chalupas com a missão de alcançar a abadia de Marmosolio. Sinan e Strozzi foram os primeiros a descer na praia, ambos envoltos em capas negras que os confundiam com as trevas. Iam acompanhados de seis milicianos suíços munidos de armas de fogo e bestas. O astuto Chiaurak tinha trazido consigo outros tantos janízaros com ordem de não perder de vista o filho do Judeu e impedi-lo de urdir novas artimanhas pelas costas de Kahyr al-Dīn. Sinan não tinha ilusões e suspeitava que logo teria de lutar como nunca, caso desejasse sobreviver até o dia seguinte. Por isso, antes de deixar a galera, pedira a Margutte que tomasse conta de Isabel; se algo acontecesse, ele a levaria para terra e a libertaria tão logo a situação fosse propícia.

De lanternas na mão e lâminas prontas a golpear, esperaram que as últimas chalupas desembarcassem os cavalos, montaram e galoparam pela extensão de areia até o começo de uma senda flanqueada por oliveiras. Segundo as indicações do cavaleiro de Malta, em uma hora de marcha batida chegariam à abadia de Marmosolio.

Sinan tinha trazido o diário de Aloisius e a chave cilíndrica, na esperança de finalmente entender, no momento oportuno, que uso faria daquele objeto. Por ora, sabia apenas estar em busca de um túmulo assinalado pela expressão bizarra "Sator Arepo", mas, não obstante a incerteza do destino, sentiu-se revigorado ao contato com a terra. Havia semanas não respirava o odor da erva e do barro nem ouvia o rumor da folhagem e das aves de rapina escondidas na copa das árvores. Redescobrindo essas sensações, fez com os companheiros todo o trajeto até os feudos de Sermoneta, onde a senda desembocava na via Pedermontana que, quatro séculos antes, havia sido percorrida por uma expedição de monges templários a Marmosolio e, pouco depois, pelo impávido Aloisius com o sábio Yona. E agora vinha ele, um peregrino desembarcado do mar, último sobrevivente da estirpe do *Rex Deus*, ignorante da tarefa que fora chamado a cumprir.

Esquecendo as dúvidas, continuou a guiar o cavalo por colinas cobertas de faias e castanheiros, tomando depois por uma estrada cada vez mais difícil, ladeada por um muro baixo de pedras desconexas. O cavaleiro de Malta emergiu da sombra, assegurando-lhe que o caminho era aquele mesmo.

Finalmente, chegou a um espaço aberto e avistou-a.

A velha abadia destacava-se no seio da noite como restos de naufrágio perdidos desde a aurora dos tempos. O jovem contemplou o corpo de três naves dominado pelo florão da fachada e, estremecendo, julgou distinguir um cortejo de monges brancos saindo pela porta. Depois piscou e percebeu que a área estava completamente deserta. Uma igreja decadente, dissera Strozzi. E de fato era: a sensação de abandono transpirava de cada pedra. Pensou na nave interna com suas capelas e arcos, figurando-os como costelas de uma enorme caixa torácica.

Freou o cavalo e desceu para investigar as imediações, seguido pelo florentino e por Chiaurak. Mas, indiferente à presença deles, dominado como estava pela ânsia imprevista de concluir a busca, iluminou o passeio que contornava a abadia e começou a percorrê-lo como se atendesse a um chamado remoto. Tinha a sensação de já ter estado ali e vislumbrou outra vez a procissão de monges brancos à sua frente, como se os espíritos de Marmosolio quisessem indicar-lhe o caminho. No entanto, o passeio não era usado havia anos e o mato denso impedia-o de avançar com desenvoltura. Precisava conter-se e andar com cuidado, erguendo bem alto a lanterna.

Chegando aos fundos do edifício, encontrou a área das sepulturas. Uma centena de lápides semicobertas por erva daninha. Ingenuamente, olhou em volta, esperando que outras visões o guiassem até o objeto de sua busca, mas distinguiu apenas o rastro fugidio dos vaga-lumes. Então saiu daquela espécie de sonambulismo e acenou aos companheiros para que se espalhassem e começassem a procurar.

— Sator Arepo — recordou-lhes.

As lápides eram de todos os formatos e dimensões. Algumas traziam o nome dos defuntos e às vezes o ano de sua morte. O jovem encontrou algumas que datavam de cinco séculos ou mais, constatando que nem todas pertenciam a monges. Muitas eram de cavaleiros, nobres e simples peregrinos ali chegados dos lugares mais inverossímeis.

Ouviu um chamado e viu Strozzi fazer um sinal para que interrompessem a busca. Um pouco desapontado por não ter sido ele a descobrir a tumba mencionada por Aloisius, juntou-se ao amigo, mas, quando viu a lápide de mármore diante da qual ele tinha parado, ficou intrigado.

— Não vejo aí nenhum nome — disse, estranhando o fato. — A pedra traz apenas um desenho curioso.

— Observe melhor — recomendou o florentino, pedindo-lhe que aproximasse a lanterna.

O desenho mostrava uma estrela acrescida de caracteres alfabéticos e círculos concêntricos traçados com precisão sumária. Os caracteres eram 25 e não pareciam dispostos ao acaso, mas de modo a formar cinco palavras verticais e outras tantas em volta dos círculos. Antes de tentar descobrir seu significado, Sinan notou uma semelhança com a estrela inscrita no quadrante da chave cilíndrica. Sem dúvida, obra de Yona, pensou. Leu então as palavras contidas na imagem.

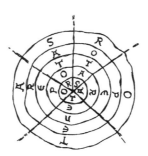

— Reconheço as palavras na parte superior do desenho — exclamou por fim, virando-se para o amigo.

Strozzi concordou, satisfeito.

— Sator Arepo.

— Portanto, estamos no lugar certo.

— É o que logo veremos.

Chiaurak adiantou-se com um riso desdenhoso e lançou um olhar rápido ao monte de terra na frente da lápide.

— Bem, senhores, cavem! — ordenou, atirando duas pás a seus pés.

Irritado com a afronta, Sinan ia reagir, mas o cavaleiro de Malta deteve-o indicando com o olhar os três janízaros que os mantinham na mira de seus *tüfek*.

— Melhor obedecer — sussurrou-lhe, cauteloso.

O jovem conteve-se.

— Por enquanto — disse.

Os dois apanharam as pás e começavam a cavar, sempre de olho nos atiradores turcos e sobretudo nos mercenários suíços, que aguardavam ansiosos uma ordem do chefe para entrar em ação. Mas Leone Strozzi deu prova de grande humildade, ajudando Sinan a retirar até o último torrão pedregoso, como se estivesse fazendo uma penitência. Na verdade, o trabalho físico parecia acalmar seu espírito, conferindo-lhe a expressão de um homem simples e sem segredos, em paz com o mundo.

Depois de escavar três metros, as pás tocaram uma superfície sólida. O florentino trocou com o jovem um olhar significativo.

— Cá estamos — disse.

Removeram a última camada de terra e se depararam com os contornos de um ataúde de madeira. Nesse momento, a voz de Chiaurak incitou-os da beira da cova:

— Vamos, senhores, não é hora de tagarelar! Examinem o que há aí dentro.

Ruminando uma praga obscena, o filho do Judeu dominou a irritação e destapou o ataúde com um golpe seco de pá. Sua surpresa foi tamanha que ele se esqueceu imediatamente do odioso pirata argelino. A luz da lua, penetrando no buraco, refletiu-se na superfície de um objeto metálico com a forma de um escudo redondo. Excitado, o jovem empunhou a lanterna e examinou-o cuidadosamente, constatando que aquela preciosa relíquia estava inteiramente coberta de linhas que traçavam perfis de ilhas, golfos, rios e cadeias de montanhas.

— O mapa de prata... — murmurou, quase incrédulo.

— Um fragmento do grande planisfério de Idrisi — acrescentou Strozzi, igualmente admirado. — Diante de tamanha magnificência, pergunto-me como seria a obra inteira, que segundo o padre Maurand compreendia toda a Terra Habitada.

— O que encontramos — disse Sinan — representa apenas a península italiana.

A voz de Mohammed Chiaurak ecoou de novo do alto.

— E então? Isso aí é o *Rex Deus*?

— Cale a boca, ladrão! — retrucou o jovem, mostrando-lhe o punho. — Ou juro que, ao sair deste buraco, vou arrancar sua língua!

— Não dê atenção ao meu amigo, paxá — interveio prontamente o cavaleiro de Malta. — Está entusiasmado com a descoberta. Tenha paciência. Este ainda não é o *Rex Deus*, apenas um indício a ser interpretado.

— É de prata? — indagou o argelino, bastante interessado.

— Se nossas informações são verdadeiras — respondeu Strozzi —, é muito provável que sim.

— Ótimo. Quando terminarem, mandarei fundi-la em lingotes.

— Bárbaro desgraçado — grunhiu Sinan, inclinando-se de novo sobre o mapa para estudá-lo. No centro, em correspondência com a Urbe, viu um furo circular de onde aflorava uma cruz grega. Em volta, admirou uma representação pontilhada que havia custado sem dúvida os olhos a mais de um mestre ourives, a julgar pela habilidade com que haviam sido cinzeladas as linhas geográficas e os caracteres dos topônimos em língua árabe. Não era possível saber como Yona se apossara daquele objeto, mas o importante no momento era descobrir de que modo ele revelaria o esconderijo do *Rex Deus*. Segundo o diário de Aloisius, o mapa de prata apontaria o caminho para uma ilha. Contudo, Sinan percebera logo que a representação continha muitas ilhas e nenhuma parecia se destacar das demais.

— Achou alguma coisa? — perguntou Strozzi, postando-se a seu lado.

— Ainda não. Não consigo determinar de que ilha se trata.

— Talvez deva usar a chave cilíndrica — sugeriu o companheiro, em voz baixa para que Chiaurak não o ouvisse. — Como recomendou Omar.

— Tem razão. — O jovem tirou a pequena bússola do bolso e observou-a, girando-a pensativo entre os dedos. — Mas de que maneira? — Se seu pai ainda estivesse vivo... Ele, sim, saberia muito bem o que fazer ou, pelo menos, o ajudaria... Infelizmente, estava sozinho, no frio de um buraco de sepulcro, sem atinar com a solução! Já desanimado, dirigiu o foco da lanterna para um detalhe da bússola que já tinha examinado, a cavidade em forma de cruz praticada na base. Fixou-a por um instante, segurando uma pergunta na ponta da língua, e, obedecendo a uma súbita intuição, observou o furo no centro do mapa de prata. Era circular, aproximadamente do mesmo diâmetro da bússola. E nos dois objetos havia uma cruz grega, uma côncava, a outra convexa...

Sem se preocupar com explicações, seguiu o instinto. Inseriu a chave cilíndrica no furo do mapa de prata e percebeu que se encaixava perfeitamente; súbito, ouviu o rangido de um mecanismo oculto e viu a agulha da bússola começar a girar vertiginosamente até que, de repente, parou. Apontava para o norte do mapa.

— Deve ser um ímã que atua sobre a agulha — deduziu Strozzi, após seguir com atenção os movimentos do companheiro.

— Mas no norte não há ilhas — objetou Sinan.

— O diário de Aloisius não nos instrui a procurar no norte... Lembra-se de suas palavras? "Deve-se seguir o caminho indicado pela mão direita com a chaga sagrada."

O jovem pôs-se a refletir.

— Omar disse alguma coisa referente às cinco chagas... — e esfregou a testa no esforço de recordar. Mas desde a conversa com o sufi haviam ocorrido incidentes demais para que ele pudesse conservar uma lembrança precisa.

— Acho que entendi! — exclamou o florentino.

— Então me explique, por favor.

— Farei isso — garantiu Strozzi, saindo do buraco. — Mas primeiro você precisa entender o significado das inscrições na lápide.

*   *   *

A humilhação era excessiva para Nizzâm. Seguia amarrado atrás de um carro puxado por dois cavalos, como um arado sobre a areia, diante do que havia restado do valente destacamento dos *akinci*. A maior parte de seus homens fora abatida pelos tiros dos arcabuzes cristãos e os sobreviventes, aprisionados, agora tinham de acompanhar a marcha dos inimigos. O mouro não sabia quem eram os soldados que o haviam surpreendido na praia nem por que se dirigiam para o sul ao longo das costas da Maremma, mas punha toda a culpa em Sinan, aquele bastardo. Evidentemente, o filho do Judeu era protegido pela divindade mais poderosa dos Sitanis, já que havia conseguido fazer a maldição de Nizzâm voltar-se contra quem a proferira. Mas, entre aqueles espíritos, o soberano era Iblīs, o diabo, e o preço de seus serviços era a danação eterna. Mesmo assim, Nizzâm aceitaria de bom grado abismar-se no inferno se pudesse desafogar contra Sinan toda a sua cólera. Uma cólera feroz, que crescia a cada passo dado naquela praia iluminada pela luz da lua.

Ainda não tinham chegado a Talamone quando o mouro distinguiu, de longe, as chamas da devastação. A espada do emir devia ter se abatido sobre aquelas terras, tingindo-se do sangue da vingança. A esse pensamento, Nizzâm sentiu a vergonha da derrota queimar-lhe o estômago, de mistura com o desgosto por não ter podido tomar parte no extermínio dos cães cristãos.

Mas sua amargura cessou à vista das grandes naus atracadas na costa.

Pouco depois, percebeu que os soldados inimigos começavam a ficar inquietos — farejavam uma armadilha! — e foi tomado por uma súbita esperança. Mas logo se decepcionou.

Cerca de cinquenta soldados surgiram sobre a duna e os cercaram. Não pertenciam à frota do Crescente, estavam equipados como os *tercios*, ostentando insígnias cristãs entre as quais predominavam as cores de Gênova e a imagem de uma águia negra em campo amarelo.

O que surpreendeu Nizzâm foi constatar que não vinham em paz.

* * *

Dom Juan de Vega sentiu-se apanhado numa cilada. Observou os milicianos de Gênova apontarem suas armas de fogo enquanto os homens de Montauto se agrupavam num núcleo compacto e trêmulo. O encontro anterior com os turcos tinha-os posto a dura prova e não estavam decerto em condições de safar-se de uma armadilha. Antes de poder consultar o capitão de mercenários, o espanhol percebeu um movimento entre as linhas genovesas e ouviu uma voz ressoar junto ao estandarte da águia negra.

— Ao que parece, ainda está vivo, excelência. — Era Jacopo V Appiani. Abriu caminho por entre os soldados junto com um homem bem mais alto que ele e de expressão feroz.

— Com grande desprazer — replicou o embaixador espanhol — digo o mesmo de você.

— Contudo, supero-o no talento de conseguir aliados. — Saindo das fileiras, o príncipe de Piombino apontou respeitosamente para o homem que o ladeava. — Sua Graça Giannettino Doria, comandante da esquadra genovesa. — E prosseguiu, com arrogância: — Atracamos há pouco ao largo desta costa para avaliar os danos do assalto turco a Talamone. E eis que você aparece em companhia de mercenários florentinos.

Oto de Montauto deu um passo à frente. Da testa enfaixada às pressas, escorria sangue para o rosto e a barba.

— Meus homens não são mercenários! — exclamou irritado, levando a mão à espada.

— Concordo com você, capitão. Definir assim essa gentalha seria um exagero — zombou Jacopo V. — São excrementos arregimentados por Cosme de Médici para empestear minhas terras.

Oto ia responder à altura quando Doria o calou com um gesto enfadado e virou-se para o companheiro:

— Então, príncipe Appiani, que tipo de hospitalidade ofereceremos a eles?

Com um riso de hiena, Jacopo V recuou de súbito para a segunda linha.

— A mesma que se reserva a inimigos, excelência.

Mal concluíra a frase, os gritos dos homens inundaram a noite como um cântico de morte. Os soldados de Montauto desembainharam as espadas enquanto os genoveses os acossavam por todos os lados numa maré de sombra e aço.

O choque foi tal que dom Juan se viu obrigado a recuar até o carro de prisioneiros, ficando a um passo do mouro possante que havia capturado.

— Liberte-me! — disse-lhe ele, agarrando-o por um braço com suas mãos fortíssimas. — Liberte-me e combaterei a seu lado!

— E por que você faria isso?

— Porque não quero morrer como escravo!

O espanhol observou os olhos congestionados do prisioneiro, vendo neles uma ferocidade de causar espanto. Naquelas íris de pantera ardiam o orgulho ferido e o instinto ancestral, a ânsia irrefreável de chacinar. Sem dizer palavra, ergueu a espada e de um golpe cortou as cordas que o prendiam.

Mal se viu livre, Nizzâm empurrou-o para o lado e pagou imediatamente o favor derrubando com um soco um agressor prestes a surpreender o espanhol pelas costas. Em seguida, projetou-se para diante com uma cabriola, a fim de evitar um tiro de besta, e postou-se ao lado do carro, escondendo-se dos atiradores. Sem demora, apossou-se do jugo dos cavalos abatidos e começou a agitá-lo no ar. Em sua fúria, lançou por terra pelo menos cinco homens de Doria, deixando-os esvair-se na areia com os crânios despedaçados.

Dom Juan contemplava-o perplexo. Seria um homem ou uma fera? Mas um segundo depois voltou à carga e foi surpreendido por um disparo de arcabuz que fez seu joelho direito explodir num estalar de ossos. Caiu de costas, atormentado por uma dor intolerável, como se os nervos da perna se houvessem transformado numa serpente eriçada de espinhos. Praguejou contra o céu e contra Jacopo V Appiani, já sem compreender o que estava acontecendo à sua volta. Só via corpos emergindo de nuvens de pólvora e tombando, formas sem sentido nem dimensão. Quando, por fim, readquiriu o controle dos membros, procurou dominar a dor e palpou a ferida para descobrir sua gravidade. E constatou que a parte inferior da perna não existia mais.

É o fim, pensou, enquanto as forças o abandonavam. Via os soldados de Montauto caindo à sua volta e por cima dele, olhos arregalados para o vazio, gritos que ecoavam no nada — e, de repente, sentiu-se o último homem da Terra. O firmamento se tornara um vórtice de pensamentos negros como piche. Parecia querer sugá-lo e arrebatá-lo para as alturas, para as trevas abissais, onde num tempo já remoto a lua resplandecia. Foi então que dom Juan de Vega teve medo. Um medo antigo e de tal modo estranho que quase lhe pareceu um consolo. Porque nas profundezas de sua alma brilhava uma única estrela, pura e luzidia como o alabastro. Uma estrela de nome Isabel.

Antes de se desvanecer no nada, soube com certeza que jamais a veria novamente.

37

Aliviado por poder respirar de novo o ar puro, Sinan seguiu o florentino para fora da cova enquanto Chiaurak gritava como um possesso, ordenando-lhes que não saíssem dali até lhe dizer onde estava escondido o *Rex Deus*.

— Logo teremos a resposta, paxá — tranquilizou-o o cavaleiro de Malta, sem dar atenção a seus comentários ofensivos.

O jovem gostaria muito de saber por que o companheiro teimava em agir de maneira tão servil, evitando o confronto direto. Mas agora tinha mais em que pensar. Viu-o debruçar-se sobre a inscrição e ler atentamente os caracteres ali inscritos. Cada vez mais curioso, aproximou-se.

— Pode me explicar? — indagou.

— É como eu pensava — murmurou Strozzi, atiçando ainda mais a impaciência do rapaz. Em seguida, apanhou um seixo do chão e começou a traçar palavras na superfície da lápide.

S A T O R
A R E P O
T E N E T
O P E R A
R O T A S

Ignorando as infindáveis imprecações do pirata argelino, Sinan continuou atento ao que seu companheiro fazia.

— Você alinhou as letras do desenho da estrela — disse por fim. — Mas ignoro como isso possa nos ajudar a resolver o problema.

O cavaleiro de Malta dirigiu-lhe um sorriso enigmático.

— Sempre vendo palavras onde existe apenas um símbolo!

— Seja mais claro.

— Pois bem, saiba que estamos diante de um antigo criptograma.

De novo, o jovem reconheceu que o amigo sabia mais do que sempre dera a entender. Se por um lado aquilo o aliviava, por outro o fazia sentir-se irritado e quase traído.

— Como tem tanta certeza?

Strozzi deu de ombros.

— Nos últimos dias, tenho refletido bastante sobre o caso. Desde que ouvi a expressão Sator Arepo, agitou-se em minha mente uma recordação familiar. Há anos, ouvi essas palavras da boca de um padre suspeito de heresia, mas depois de tanto tempo já não me lembrava de seu significado. Assim, consultei o padre Jérôme e seus livros até que, na noite passada, encontrei a resposta num velho manual de hermetismo. Mas chega de explicações. Saiba que essas palavras, na verdade, constituem um anagrama.

Sinan examinou as letras gravadas na lápide, mas, embora se esforçasse, não conseguiu penetrar seu segredo.

— Os fatos farão você entender melhor — disse o florentino. E, continuando a escrever com o seixo, dispôs os 25 caracteres numa ordem diferente.

```
            A
            P
            A
            T
            E
            R
A   P A T E R N O S T E R   O
            O
            S
            T
            E
            R

            O
```

— Eis o que se oculta no enigma de Sator Arepo — sussurrou por fim, para não ser ouvido por Chiaurak.

— Um *Pater Noster* repetido duas vezes de modo a formar uma cruz.

— Uma cruz em cujas pontas vemos um *a* e um *o*, ou seja, um alfa e um ômega. O princípio e o fim — esclareceu o espanhol. — Temos aí um símbolo de proteção pertencente ao gnosticismo cristão ou talvez mesmo ao esoterismo templário. Mas o certo é que, em toda essa história do *Rex Deus*, o corajoso Aloisius deve ter desempenhado um papel bem mais determinante do que admitiu em seu diário.

— Como assim?

— Quero dizer que Aloisius e Yona talvez fossem a mesma pessoa.

Sinan ficou fascinado com a lógica desse raciocínio. O judeu fugido de Montségur e o templário que o salvou da Inquisição seriam a mesma pessoa? Não era de espantar, pensou. Afinal, tratava-se de uma confraria de monges sem nome, da qual Tadeus fora o último representante. Uma confraria que havia prosperado à margem da história para preparar e proteger os guardiões do *Rex Deus*, nutrindo-se dos mistérios dos essênios, dos templários, dos cabalistas judeus e até dos piratas otomanos. Nada de surpreendente, pois, que o autor do diário achado em Campo Albo houvesse possuído um espírito dúplice, em que a devoção de Aloisius convivia com o hermetismo de Yona.

— Voltemos ao enigma — disse por fim Sinan. — Se bem entendi, remanejando o anagrama da lápide, transformamos a estrela numa cruz...

O cavaleiro de Malta assentiu.

— A cruz de Cristo.

Sinan teve uma inspiração.

— As cinco chagas! — exclamou apenas.

— Sim.

— A cruz tem quatro braços, mas as chagas de Jesus são cinco...

— É claro, concluiu para si mesmo. A estrela devia representar as extremidades do corpo de Cristo. Não disse isso em voz alta, para evitar que Chiaurak o ouvisse.

— "Deve-se seguir o caminho indicado pela mão direita com a chaga sagrada" — sussurrou Strozzi, citando a passagem do diário do monge.

Sinan desceu à cova e examinou o quadrante da chave cilíndrica. Agora sabia o que fazer! A agulha apontava para o norte, para a coroa alpina gravada no mapa de prata, e, desse modo, se sobrepunha perfeitamente a um dos cinco raios da estrela. Deve ser a cabeça do Cristo, pensou o jovem; interpretou os dois raios inferiores como as pernas de uma figura humana estilizada e, prosseguindo no raciocínio, concentrou-se naquilo que seriam os membros superiores. Nas extremidades, imaginou duas mãos marcadas pelas chagas da crucificação. Elas apontavam para o noroeste e o nordeste de Roma, respectivamente... No mapa de prata, seguiu a trajetória da mão direita para noroeste, com a ajuda da ponta do punhal, para não se desviar.

E encontrou a ilha.

Ao sair da cova, exibia um tal sorriso de vitória que não precisou se explicar ao companheiro. Strozzi se limitou a fazer um gesto de satisfação e virou-se para Chiaurak com ar decidido.

— Agora se afaste, paxá de meia-tigela.

— Como ousa? — balbuciou o argelino, espantado com aquela mudança de atitude.

— Já chega de bancar o valentão. — O cavaleiro de Malta postou-se à sua frente com os braços cruzados. — O enigma está resolvido, mas só o filho do Judeu sabe onde se encontra o *Rex Deus*. E é inútil atentar contra a minha vida para lhe soltar a língua. Vi-o assistir com a maior indiferença à morte do sufi e ele faria o mesmo no meu caso. Não falará nem mesmo sob tortura, pois sabe perfeitamente que seria morto logo depois.

Enfim, Sinan compreendia o jogo do florentino. Ele havia suportado com paciência os desaforos de Chiaurak até ter a oportunidade de inverter a situação e ditar as regras. Evitara assim derramamento de sangue e havia conseguido solucionar com relativa tranquilidade o mistério do mapa de prata, o que não aconteceria caso entrasse em conflito com o argelino.

— Se vê as coisas desse modo — ameaçou Chiaurak —, acho inútil poupá-lo.

— Ora, vamos — contemporizou Strozzi. — Só lhe peço a garantia de chegar incólume à praia. Quando Sinan e eu estivermos a bordo de nossa chalupa, já sem recear uma agressão sua, revelaremos de bom grado o que quer saber.

Antes de retrucar, Chiaurak refletiu por um longo tempo, olhando-o de soslaio. Sem dúvida, recebera ordens muito diferentes, mas agora não tinha escolha.

— Certo — grunhiu por fim, acenando para que os janízaros baixassem as armas. — Para a praia!

O pirata argelino manteve a palavra. Sinan pôde fazer a viagem de volta sem sofrer a mínima ameaça. Já a bordo da chalupa que o levaria para a *Lionne*, esperou que Strozzi se sentasse a seu lado e observou Chiaurak, que subia para seu próprio bote. Pronunciou então, em altas vozes, o nome da ilha do *Rex Deus*:

— Montecristo!

Nesse instante, veio do mar um ruído que parecia o lamento de mil demônios. Ventos de tempestade.

Não abriu os olhos por causa da luz da manhã, mas do balanço da nau, que prenunciava mar revolto. Nizzâm constatou então que não havia dormido. Recordou-se da batalha na praia, dos golpes que vibrara com o jugo no ar salobro e da segunda carga dos soldados genoveses, que o haviam subjugado e feito de novo prisioneiro. Em seguida, tinha deslizado para uma semiconsciência semelhante a um estado alucinatório, incapaz de lembrar o que lhe acontecera, incapaz de saber para onde fora. Enquanto isso, continuava a agitar os braços num movimento obsessivo e desordenado, alheio à sua vontade. Reabriu os olhos, enquanto uma certeza terrível lhe contraía o estômago. A primeira coisa que viu foi um homem encurvado, com as costas nuas e diláceradas a golpes de chicote. Movia-se sem descanso, embora parecesse sofrer terrivelmente e a ponto de desmaiar. Depois se sentiu banhado por uma densa onda de suor e reconheceu os vigorosos golpes de remos, escandidos como que por um enorme órgão pulsante. Não podia ser verdade, pensou, e, obedecendo ao espírito de rebelião, tentou levantar-se para fugir, mas percebeu que estava acorrentado a um remo. Seu gesto, porém, não passou despercebido: um bastão golpeou-lhe as costas.

Nizzâm gritou. Não por causa da dor, mas do terror escaldante que, de súbito, lhe tinha invadido o coração. Até então nunca soubera o que fosse o medo, mas não se desprezou por aquilo que estava sentindo. Havia sido vitimado pelo pior dos pesadelos, uma armadilha sádica que o consumiria até a medula, privando-o do orgulho, do ódio e da sede de vingança. Depois, não restaria mais nada, nem mesmo seu nome. Até um deus sentiria medo.

Maldito fosse, para sempre, o nome de Sinan!

Acabara na bancada de remos de uma galera cristã.

38

Depois de traçar a rota para Montecristo, a esquadra turca sulcou as ondas inquietas na esteira da capitânia e da *Lionne*. Barba-Roxa, informado por Chiaurak dos acontecimentos em Marmosolio, decidira dar preferência absoluta à recuperação do *Rex Deus*. A importância da missão era tal que havia aplacado momentaneamente sua antipatia por Sinan e Strozzi. A ilha não era longe, em condições normais poderia ser alcançada em seis horas, mas as intempéries trabalhavam contra ele. Ao amanhecer, haviam sido surpreendidos por rajadas de vento e chuva tão fortes que o grosso da frota tivera de ficar para trás, permitindo apenas o avanço das naus mais ágeis, dotadas de remos. Os navios otomanos precisaram avançar em formação solta, espalhados entre as ondas como um enxame de gafanhotos. E o pior aconteceu quando chegaram às imediações do arquipélago toscano. Sinan viu então duas fustas turcas, sacudidas pelas ondas, espatifar-se contra os escolhos de Giglio.

Indiferente à sorte dos náufragos, a capitânia prosseguiu na vanguarda da frota, ao encontro de uma tempestade de proporções bíblicas. Por um instante o jovem chegou a se perguntar se não tinha sido a cobiça de Barba-Roxa que instigara a fúria dos elementos, como se a vontade divina procurasse de todos os modos repeli-lo. Mas o emir não era o único a dar prova de coragem, Strozzi o igualava. Ereto no castelo de popa, o cavaleiro de Malta continuava gritando ordens ao piloto, ao imediato e aos oficiais; nos raros momentos de calmaria, perscrutava sem medo o movimento das águas, antegozando o sabor da vingança. Sentimento partilhado por Sinan, embora, ultimamente, a prioridade do jovem fosse outra. Agora que tinha Isabel, julgava--se responsável por ela e temia que, se fosse morto ou capturado, a mulher ficasse exposta a novos perigos. Quanto a isso, não se iludia. Em Montecristo, deveria usar de muita prudência para não perdê-la, ao *Rex Deus* e à própria vida. Mas contava com uma vantagem sobre o emir. Revelara a Chiaurak apenas o nome da ilha, conservando para si e para Strozzi a informação sobre a localização exata do *Rex Deus*. Tranquilo por esse lado, tocou o bolso do gibão onde guardava o diário de Aloisius, rememorando o mapa da ilha traçado pelo templário...

Súbito, sua atenção foi capturada por uma imagem majestosa, surgida em meio à barragem de vento e chuva, uma enorme silhueta cinzenta provida de esporão e olhos chamejantes. O estrondo dos dois canhões fez estremecer o ar e os projéteis atingiram o flanco direito da *Lionne*. A galera rugiu como um animal ferido e se inclinou perigosamente a bombordo, com risco de abalroar a capitânia, e por fim virou para esquivar-se. Sinan agarrou-se à amurada para não perder o equilíbrio e acompanhou o balanço do casco que deslizava sobre a crista luminosa de uma onda. A nau inimiga continuava à direita, com o esporão prestes a arrancar as velas. Prontamente a *Lionne* respondeu ao fogo com uma poderosa descarga de seus falconetes e safou-se, voltando a cortar livremente as ondas.

— Quem são? — gritou o jovem para Strozzi.

— A águia negra de Gênova — respondeu também aos gritos o cavaleiro de Malta, mostrando com um gesto largo o espaço de mar diante de seus olhos.

Então Sinan constatou que a galera surgida do nada não estava sozinha, mas pertencia a uma frota de navios de guerra dispostos em leque à sua frente, uma horda de espectros que avançava em meio à sombra plúmbea da tempestade.

— Doria nos achou! — exclamou Strozzi. — Mas que esse cachorro não se iluda! Vai morrer! — E ordenou ao timoneiro que seguisse em frente, rumo ao centro da falange inimiga.

Olhando à esquerda, Sinan percebeu que Khayr al-Dīn planejava a mesma coisa. Estava lançando sua galera bastarda ao ataque, disparando sem cessar com o canhão de proa. As naus turcas vinham atrás, oscilando entre as ondas sem conseguir manter total estabilidade e muito menos uma formação compacta. Algumas penetraram entre as embarcações inimigas para travar combate, numa confusão de velas, cascos e remos ofuscados pela chuva e a fumaça da artilharia pesada.

— Inimigos a estibordo! — ouviu gritar do cesto da gávea. Virando-se, Sinan avistou dois navios genoveses que se aproximavam rapidamente. A *Lionne* passou entre eles, desafiando a turbulência da água, enquanto o capitão ordenava aos artilheiros e arcabuzeiros que mandassem a tripulação adversária para o seio do Criador.

Sinan não duvidou de que isso seria feito, pois a galera possuía uma incomparável potência de fogo e se podia dizer que nenhuma outra era capaz de afundá-la. Sua esperança aumentou ainda mais quando, um segundo depois, avistou no horizonte tempestuoso uma pequena ilha. Aguçou a vista, esquecendo o fragor dos canhões para estudar sua conformação. Havia chegado! Mas não teve tempo para se entusiasmar. Olhando à esquerda, estremeceu: acabara de pôr os olhos na coisa mais espantosa que já tinha visto na vida.

Negra como o inferno, a tromba marinha se erguia dos abismos emitindo um rugido que parecia capaz de arrancar o coração do peito. Sugava o negrume da noite e a efervescência do mar, dispersando, em seu avanço funesto, as embarcações como folhas secas ao vento. Dominado por um terror inominável, Sinan viu uma nau sair do ápice daquele turbilhão enlouquecido e precipitar-se com estrondo no mar.

Gelado de assombro, esforçou-se para dominar as emoções e correu ao encontro de Strozzi a fim de pô-lo em guarda, mas o florentino estava de tal modo absorto na batalha que deu ordem para seguir em direção à capitânia de Doria. O rugido da tempestade tornava-se cada vez mais ensurdecedor, até que o jovem percebeu a tromba marinha a menos de vinte braças do casco.

Para além da monstruosa coluna de água, avistou a capitânia otomana voando como uma flecha para o coração do inferno e, por um segundo, distinguiu o terrível velho que a comandava. Khayr al-Dīn Barba-Roxa, ereto na popa, enfrentava a fúria da tempestade com uma compostura sobre-humana. O vento lhe arrancara o turbante, deixando à mostra uma longa cabeleira branca que flagelava seu rosto, verdadeira máscara de gozo selvagem. Por fim, a capitânia penetrou na escuridão cada vez mais densa e a figura do pirata se perdeu entre as ondas.

Sinan quase não percebeu o estrondo. Foi projetado com violência contra a amurada e por pouco não caiu ao mar. Levantou-se a tempo de evitar uma descarga de arcabuzes, mal compreendendo de onde ela provinha, e procurou se orientar em meio a uma balbúrdia geral, sem conseguir avistar Strozzi, enquanto os suíços, de arma em punho, corriam em peso contra os besteiros. Então se deu conta de que tinham sido abalroados. A proa da capitânia genovesa, com os canhões ainda fumegantes, estava fincada no costado esquerdo da *Lionne*, emitindo uma série de rangidos sinistros.

A abordagem começou de modo caótico, sem comando. Uma onda de soldados inundou a galera, travando um feroz corpo a corpo com lanças curtas e espadas, enquanto os disparos continuavam de ambos os lados. Rapidamente, o jovem desembainhou a espada para tomar parte na luta, mas foi detido por uma voz imperiosa.

— Amigo — disse, avistando Strozzi —, receei tê-lo perdido em meio à confusão.

O florentino sacudiu a cabeça com um sorriso brutal e chamou sua atenção para a ponte da nau inimiga. A princípio, o jovem não compreendeu, mas logo sentiu ferver dentro de si um instinto selvagem que guiou seu olhar; e antes mesmo de distinguir o que lhe era mostrado, já ardia de cólera homicida.

Junto ao mastro principal, estava *ele*.

A causa de todos os seus sofrimentos.

O assassino de seu pai.

Jacopo V Appiani observava a abordagem sem dar a impressão de querer participar. Temeroso do desfecho da luta ou talvez da fúria dos elementos, olhava em torno como se buscasse uma rota de fuga. Mas, com íntima satisfação, Sinan disse a si mesmo que de uma nau não há como escapar. Combater ou morrer: não existe outra alternativa. E, com risco de ser arrebatado pela tromba marinha, jurou pelo que tinha de mais caro que, finalmente, obteria sua vingança.

— Vá! — gritou-lhe Strozzi, fixando-o com uma expressão quase paternal. — Mesmo se naquele navio estivesse o diabo em pessoa, não seria eu que o impediria de ir lá. — Brandiu a espada e a adaga, despedindo-se com um gesto marcial. — Não posso acompanhá-lo, amigo. Tenho de ficar na *Lionne* para comandar meus homens.

Sinan aquiesceu e, após vê-lo desaparecer entre a turba, começou a procurar um ponto de acesso para a galera de Doria. Poderia saltar para a proa que penetrava como o focinho de um peixe-espada no costado da *Lionne*, mas, se fizesse isso, esbarraria com os atacantes genoveses. Não vendo outra solução, tomou coragem e ia arriscar-se quando, de repente, se lembrou de algo mais importante que a vingança. Parou um instante, dividido entre a ânsia de matar Appiani e o receio pela sorte de Isabel. Se a galera fosse tomada, não haveria esperança para a mulher que amava. Olhando em volta, achou a solução para o problema entre os tripulantes da *Lionne*: Margutte.

O gigante albino combatia um pouco distante do centro da refrega, tentando proteger o acesso ao castelo de popa.

— Preciso de você — disse Sinan, aproximando-se ofegante.

O homenzarrão derrubou um genovês com um golpe de maça e assentiu, obediente.

— Sabe manobrar uma embarcação pequena? — perguntou o jovem.

Margutte fez outro sinal afirmativo.

— Muito bem! Vá buscar a senhora de Vega, ponha-a numa chalupa e leve-a daqui — ordenou Sinan, indicando a silhueta de Montecristo. — Para aquela ilha.

O gigante deixou entrever uma leve perplexidade e encostou o dedo no peito do jovem.

O rapaz afastou sua mão com maus modos, acenando para que se apressasse.

— Estarei com vocês mais tarde. Tenho um assunto pessoal a resolver. — E afastou-se.

Seguindo uma fileira de bravos que começava a invadir a nau de Doria, Sinan agarrou uma corda que pendia do mastro do traquete da capitânia. Desprezando o fogo inimigo e o sibilar do vento, balançou-se e, num salto mortal, caiu sobre a ponte genovesa. Daquele momento em diante, viveu apenas para o sangue e o aço. Foi imediatamente acossado por três inimigos, mas estava tão ansioso por matar Appiani que nem mesmo percebeu estar aniquilando vidas humanas: abriu caminho por entre uma selva de corpos que se interpunha entre ele e o objeto de sua vingança. Lutou com fúria e, em poucos minutos, deixou atrás de si uma esteira de corpos mortos e mutilados, gritando o nome do príncipe de Piombino toda vez que parava para recuperar as forças. Sua voz, fazendo eco ao estrondo da tromba marinha, confundia-se com o estalido das naus agitadas por ondas de vinte braças de altura. Já não temia a tempestade, sentia-se um com aquela força sobrenatural que parecia empenhada em subverter o mundo inteiro. Só desejava ter tempo para tirar a vida de um homem.

E após abater mais um adversário, achou-se diante daquele que havia jurado matar. Fitou seu rosto, comprazendo-se com o gélido ódio com que conseguia defrontá-lo sem se deixar dominar pelo instinto cego.

— Você! — rugiu, apontando-lhe a espada tinta de sangue. — Não faz ideia de quanto sonhei com este momento! Finalmente me vingarei por mim e por meu pai.

Appiani não reagiu, apenas olhou em volta à espera de soldados que o defendessem. Mas o resto dos tripulantes estava ocupado em enfrentar os bravos da *Lionne*, que aos poucos inundavam o convés da galera. Assim, o infame decidiu desembainhar a própria espada, rindo na cara do rival.

— Não se vingará de ninguém, bastardo. — Seu rosto era uma mescla de medo e loucura. — Logo estará de joelhos, implorando piedade, como já fez em Volterraio. Lembra-se de meu chicote? — Desferiu um golpe. — Vai senti-lo de novo e dessa vez me revelará tudo sobre o *Rex Deus*.

— Antes a morte! — bradou Sinan, lançando-se ao ataque.

As lâminas se entrechocaram e Jacopo V bloqueou a primeira investida.

— Esta eu vou lhe dar, fique tranquilo!

O jovem repeliu uma estocada.

— A mesma morte que deu ao meu pai? — Desferiu outro golpe. — Você o matou à traição, como um covarde.

— É só o que um pirata turco merece! — exclamou Appiani, acompanhando as palavras com uma cutilada.

Sinan não o subestimava. Embora velhaco, o príncipe era um hábil espadachim, sem contar que até o momento havia poupado suas forças. Já ele estava esgotado, mas tinha a vantagem da raiva.

— Veremos — replicou, obstinado. — Agora você está diante do filho daquele pirata. Nada impedirá minha vingança!

— Venha! — instigou o príncipe de Piombino. — Dê-me uma prova da coragem de que você tanto se vangloria. — Seu riso maldoso perdeu-se no vento. — Coragem de que até agora não vi nada.

Sinan respondeu à provocação com uma formidável estocada que obrigou Appiani a recuar. Seguiu-se uma combinação de golpes furiosos dirigidos ao peito e ao abdome. O adversário se defendia encarniçadamente, mas bateu as costas contra o mastro e precisou se ajoelhar com rapidez a fim de não ser degolado por uma cutelada.

Sinan usou tanta força para desferir esse golpe que sua lâmina se cravou na madeira.

— Farei você em pedaços! — gritou, tentando liberar a espada.

Aproveitando-se da ocasião, Jacopo V atingiu-o no rosto com o cabo da arma, atirando-o por terra.

— Ameaças vãs — zombou, tentando feri-lo no ventre. — Você não vale a metade de seu pai.

Sinan esquivou-se à estocada rolando sobre o assoalho da ponte e, junto à amurada, sacou seu punhal recurvo para defender-se.

— Talvez, mas meu valor será suficiente para destruí-lo. — E pôs-se de joelhos para evitar outra cutilada, que no entanto lhe arrancou a arma da mão.

— Mouro miserável! — Appiani se sentiu invadir pelo gozo sádico de quem está prestes a vencer. — E você me amava! Como era ingênuo! — Apontou a lâmina para seu pescoço. — Pois saiba que, de minha parte, eu estimava muito mais o último de meus cães!

O jovem estava desarmado, completamente à mercê do adversário. Sentiu o ferro roçar-lhe a carne, mas dominou o medo e continuou a fitá-lo direto nos olhos. A nau oscilava com violência, rodeada pela procela; e, súbito, Sinan percebeu que um grupo de soldados genoveses corria em sua direção. De um modo ou de outro, era o fim.

Pensou em Isabel e revoltou-se à ideia de tê-la perdido para sempre. Não, disse para si mesmo, não daria tamanha satisfação àquele bastardo. Não de novo. E, ardendo de raiva, olhou-o, desafiador.

— Não se dê esse trabalho, querido padrinho — disse, em tom mordaz. — Eu soube aproveitar bem o veneno que você me instilou no coração. — E, com um gesto fulminante, desviou a lâmina do adversário com a mão sinistra, enquanto, com a direita, sacava o pequeno punhal envenenado que trazia escondido na bota. Indiferente à possibilidade de ser ferido, saltou para diante e agarrou Jacopo V pelos cabelos, arrancando-lhe um urro de surpresa. — Aqui vai uma amostra, senhor, de que se lembrará até o último suspiro.

Cada fibra de seu ser estava embebida de um ódio tão profundo que o deixava eufórico. Talvez aquela sensação decretasse de uma vez por todas a morte de sua alma, mas, ainda que fosse inspirada por Satã, não faria nenhuma diferença. Enfim tinha Appiani a seu alcance e podia gritar-lhe no rosto todo o ódio que sentia. E, ao riscar-lhe a face com a lâmina, gozou o prazer íntimo de ver naqueles olhos o horror da morte. "Por você, meu pai", pensou, com o rosto banhado em lágrimas. Deteve-se, quase fora de si. Alegre como um louco, experimentava ao mesmo tempo uma tristeza sem nome, como se seus sentimentos acabassem de sair, todos juntos, de um escrínio que os aprisionara até aquele momento. Incapaz de compreender o que estava acontecendo, deixou-se guiar pela fúria e praticou na carne do inimigo um talho profundo. Depois, dirigiu o punhal para o pescoço...

De repente, viu os soldados inimigos correr para ele e, a fim de evitar um tiro de arcabuz, foi forçado a pôr de lado qualquer sentimento e agir por instinto. Galgou a amurada e atirou-se ao mar, enquanto Appiani, uma máscara de sangue, vomitava impropérios apertando a ferida.

Um turbilhão de espuma envolveu-o e a fúria das ondas sugou-o como um inferno gelado.

Quando reabriu os olhos, viu-se numa praia deserta. Tossiu, surpreso por ainda estar vivo, e em seguida pôs-se de joelhos, tentando recordar o que havia acontecido. Vingara-se. Esse pensamento vívido permitiu-lhe recuperar plenamente a consciência. A intervenção dos soldados não lhe permitira afundar o punhal no pescoço de Appiani, mas o veneno da lâmina teria de qualquer forma matado o príncipe de Piombino, submetendo-o a dores atrozes. Essa certeza o fez sentir-se leve. Não tanto pelo prazer de imaginar o padrinho moribundo quanto pela sensação repentina de não mais experimentar a raiva que até havia pouco lhe consumia a alma. O ódio se esvaíra como névoa ao sol, deixando-o, naquela praia, novamente senhor de si mesmo.

Sua pele cheirava a algas, o vento assobiava em suas orelhas. Limpou a areia do rosto, virando-se para o mar a fim de encontrar resposta a outras perguntas. Não viu nenhuma nau. A tempestade havia destruído a armada turca e a frota genovesa ou as dispersara sabia Deus para onde. Julgou ser o último sobrevivente de uma guerra sem objetivo, que desaparecera deixando atrás de si uma sensação de vazio. E uma derradeira questão.

Levantou-se e caminhou ao longo da praia, enquanto as ondas depositavam na linha de rebentação os destroços do combate. Tonéis, pedaços de madeira, cordame, farrapos de velas... Um impulso súbito fez com que desviasse o olhar para o interior, para os promontórios envoltos em nuvens, até o ponto mais alto, onde se erguia um mosteiro. Foi como se ouvisse um chamado, tal como lhe sucedera em Marmosolio. Desde que tinha aberto os olhos, sabia estar em Montecristo, a um passo do *Rex Deus*. E, à ideia de que Yona havia sido sepultado ali, entre aquelas rochas, sentiu aflorar no íntimo uma reminiscência fugidia. Rebuscou nos bolsos à cata do diário de Aloisius, mas descobriu que o mar o arrebatara. O mapa da ilha se perdera — para sempre, juntamente com o diário. Por um instante, sentiu-se também ele perdido, sem esperança; depois, voltou a contemplar o mosteiro sobre o monte e acalmou-se.

O mapa havia desaparecido, mas ele o sabia de cor.

Estudara-o demoradamente para lembrá-lo em todos os detalhes e, pegando um graveto do chão, rabiscou-o na areia. Um desenho elementar, com poucos traços delineando os contornos da ilha oval, com um alto promontório no centro, onde se abria uma gruta assinalada por uma estrela de cinco pontas. O suficiente para poder se orientar. O suficiente para seguir sua intuição. Notando uma grande semelhança entre as referências do mapa e o relevo que tinha diante dos olhos, atentou de novo para o monte onde se erguia o mosteiro. Reconhecera-o, não era um edifício qualquer. Os marinheiros mencionavam-no havia séculos, espalhando sua lenda pelos portos das grandes cidades, a ponto de transformá-lo numa meta de peregrinação. Dizia-se que tinha sido construído sobre a Grotta del Santo, o lugar onde, dois mil anos antes, são Mamiliano matara um dragão.

Talvez se tratasse da mesma gruta escolhida por Yona e Aloisius. A gruta do *Rex Deus*.

Sinan começou a subir a encosta, em meio a um bosque ralo, parando apenas para se orientar. A ânsia de saber ia aumentando aos poucos, fazendo-o ignorar o cansaço e a sede, até que chegou às imediações do mosteiro. Em vez de se dirigir à entrada, porém, começou a procurar uma senda que conduzia um pouco mais para baixo, rumo a uma cavidade na rocha semelhante à boca de um covil.

Ao chegar diante dela, hesitou, como se temesse encontrar o dragão de são Mamiliano. Mas recuperou a coragem e entrou.

As paredes da gruta eram recobertas de inscrições e nomes, sinais deixados pelos devotos em memória de um culto que devia ter mais de quinze séculos, quando o objeto de veneração não era ainda o santo, mas o *draco* que habitava as grutas da ilha. À medida que avançava, a escuridão ia se tornando mais densa, a ponto de Sinan resolver voltar e improvisar uma tocha com ramos secos e farrapos de pano. Foi então que teve a sensação de uma presença; e, saindo da caverna, julgou perceber ao longe uma figura humana entre as árvores. Recuou para a sombra a fim de observar, lembrando-se subitamente de que estava desarmado... Mas logo, não avistando mais nada, persuadiu-se de que tinha sido vítima da imaginação e da fadiga.

Quando a tocha ficou pronta, voltou a arriscar-se na gruta até chegar aos recessos mais escuros, onde a chama iluminou paredes de rocha virgem, restos de inscrições e outros traços da passagem humana. A esperança de que aquele fosse o esconderijo escolhido por Yona começou a se desvanecer. Prosseguiu, todavia, decidido a chegar até o fundo da gruta.

E foi com o maior espanto que, no fim do caminho, se deparou com uma porta de pedra escavada na rocha. Aproximou a tocha e viu, no centro, o desenho de um brasão em baixo-relevo. Era um símbolo estranho, uma serpente enroscada sobre si mesma com uma coroa na cabeça. Embaixo da figura, duas palavras gravadas:

REX DEVS

Sinan leu-as várias vezes, temendo que fossem uma miragem. Passou os dedos pela superfície da porta de pedra, para sentir o relevo do brasão. Não, não se enganava. Aquilo era real! Tornou a examinar a serpente coroada, o dragão de Montecristo, e não pôde conter um grito de júbilo. Desejou de todo o coração que seu pai, onde quer que se encontrasse naquele momento, o visse para dividirem a alegria da descoberta.

Esforçando-se para refrear o entusiasmo, pousou a tocha no chão e tentou abrir a porta, mas constatou que estava bloqueada. Tentou de novo, empurrando-a com toda a força que tinha, mas a pedra sequer se moveu. Inútil, pensou. Encostou um punho na superfície e recuperou o fôlego; para uma empreitada daquelas, seriam necessários pelo menos dez homens... Mas não podia render-se justamente agora! O *Rex Deus* devia estar atrás daquela porta. E devia haver um modo de chegar até ele. Se Aloisius, dois séculos antes, abrira-a sozinho, havia usado sem dúvida algum artifício...

Começou a examiná-la com mais atenção, até se deter na imagem da serpente, e percebeu junto à coroa uma cavidade redonda com o diâmetro de um polegar... Lembrou-se então do diário de Aloisius. O desenho da ilha, feito pelo templário, incluía uma estrela de cinco pontas. Sim, a chave cilíndrica! Devia funcionar como tinha funcionado no mapa de prata!

Mas logo após essa intuição foi invadido pelo pânico. Onde havia colocado a chave cilíndrica? Não se lembrava. Deixara-a cravada no mapa de prata? Caíra então nas mãos de Chiaurak ou do próprio Barba-Roxa? E se ele, Sinan, a houvesse recuperado antes de partir de Marmosolio? Inútil: sua mente era um vácuo absoluto. Os fatos haviam acontecido depressa demais para que ele conseguisse se lembrar desse detalhe. E mais: mesmo que a chave estivesse em seu poder, o mar a teria engolido juntamente com o diário...

Com a fronte coberta de suor, enfiou a mão num bolso da calça e sentiu ali um objeto conhecido. Suspirou aliviado.

Sem perder mais tempo, inseriu a chave cilíndrica na cavidade da coroa e, empurrando-a bem para dentro, ouviu o rangido de uma fechadura e depois o silvo do ar que penetrava na fresta da porta. Fazendo um último esforço, experimentou de novo deslocar a pesada laje, que dessa vez, embora com dificuldade, se moveu o suficiente para lhe dar passagem.

Apanhou a tocha do chão e entrou.

O lugar era exíguo, semelhante à capela de uma igreja. Ao longo das paredes viam-se numerosos vasos de terracota cheios de rolos de pergaminho. Sinan se inclinou sobre um deles, que continha vários documentos escritos em latim, depois sobre outros, que guardavam cadernos cobertos de caracteres hebraicos, e por fim sobre o último, repleto de alfarrábios ainda mais antigos, em papiro. Não se preocupou em lê-los, pois sabia exatamente do que se tratava. Jamais o confessara a ninguém, mas, antes de expirar, seu pai havia lhe revelado o segredo do *Rex Deus*.

Ergueu-se então para examinar o grande objeto que ocupava o centro do recinto. Um sarcófago adornado com símbolos templários. Na tampa, via-se o baixo-relevo de um escudo ilustrado pela imagem da serpente coroada.

Pousou as mãos na borda da tampa para empurrá-la de lado e, ao ver o que o sarcófago continha, compreendeu que as suposições de Strozzi tinham sido acertadas.

Dentro, repousava o corpo de um templário inteiramente vestido com a armadura e os restos do antigo uniforme. O templário que havia fugido de Montségur para colocar o *Rex Deus* em lugar seguro. O mesmo homem que depois escrevera um diário, atribuindo todos os seus méritos e ensinamentos a alguém que talvez nunca houvesse existido. Aloisius e Yona deviam mesmo ter sido a mesma pessoa.

Sinan se inclinou respeitosamente diante do cadáver e pousou os olhos na urna de vidro que ele segurava nas mãos, contemplando com emoção a relíquia ali contida. A relíquia que todo servo da Igreja temia mais que uma manifestação palpável do Maligno. A relíquia conservada no maior segredo por pelo menos quinze séculos.

A relíquia do *Rex Deus*.

A urna estava coberta de pó, mas através do vidro podia-se distinguir claramente uma forma escura de tecidos mumificados, quase petrificados, que conservava ainda o relevo das articulações e a juntura das unhas ao fim de dedos muito longos. Depois vinha o pulso, com os ossos protuberantes no lugar onde tinham sido quebrados, e por fim a palma, aberta e cortada por rugas profundas. Com o prego da cruz ainda fincado no centro.

Certo de estar diante de um objeto capaz de mudar o curso da história, Sinan estendeu a mão para apanhar a urna. Mas, de repente, estremeceu. Alguém o tocara no ombro. Voltando-se assustado, avistou um homem enorme, de aspecto ameaçador. O rosto era pálido como o de um cadáver e os olhos, infantis.

A *Lionne* lançou âncora em Montecristo, fazendo desembarcar um só homem. Quando chegou à praia, Leone Strozzi observou de longe sua galera, gravemente danificada pelo ataque de Doria. Seria necessário reconstruir parte do casco e os mastros de velas vermelhas, além do passadiço entre a popa e a proa. Apesar de tudo, quisera a sorte que ele levasse a melhor contra o comandante genovês e a tempestade, e que alcançasse sem maiores percalços a ilha.

O cavaleiro de Malta trazia consigo o mapa de Aloisius. Não o original, perdido com o filho do Judeu, mas a cópia que, previdentemente, havia encomendado ao padre Jérôme Maurand, às escondidas de Sinan.

Graças a isso, pôde orientar-se ao longo da caminhada. A ilha era pequena, com poucos pontos de referência. Após umas duas horas de busca incessante, avistou o mosteiro e a gruta abaixo dele. Entrou com cuidado, afastando as trevas com uma lanterna, e por fim chegou ao esconderijo, onde avistou a tumba do templário. Logo encontraria o *Rex Deus*, pensou, e com ele a isca perfeita para atrair Cosme I de Médici a uma armadilha. Mas não devia dividir o segredo com ninguém. Nem com Sinan nem com Barba-Roxa. Só lhe restava procurar...

O grito de raiva que saiu de sua garganta ecoou na escuridão mais profunda, espantando da gruta uma revoada de morcegos aterrorizados.

De início não pôde acreditar nos próprios olhos, mas por fim teve de aceitar a realidade. Examinando um por um os documentos contidos nos jarros, encontrou todos queimados! Mas o que mais o transtornou foi a próxima descoberta. O objeto sem dúvida mais precioso, seguro havia dois séculos entre as mãos do templário, desaparecera!

O cavaleiro de Malta permaneceu imóvel diante da tumba de Aloisius, até a chama da lanterna se extinguir. Agora estava só, nas trevas, lesado em seu orgulho e em seus sonhos de vingança, com uma voz de mulher ressoando de longe em seus ouvidos. Uma mulher ambígua, que o fazia sentir-se fraco e melancólico. Uma mulher má, de quem sentiria falta a vida inteira.

E, incapaz de saber se tinha tomado a decisão certa, começou a rir descontroladamente, quase sem respirar, como só riem os desesperados.

EPÍLOGO

A barca sulcava as águas rumo ao sul, onde uma brecha entre as nuvens deixava entrever os raios do sol do meio-dia. Sinan contemplou a vela branca recortada contra o céu, leve como a asa de uma gaivota. Respirou o perfume inebriante da liberdade enquanto a pequena embarcação deslizava veloz, governada por um gigante albino com expressão de criança. Era incrível a maneira como seus caminhos haviam se cruzado de novo. Margutte tinha lhe explicado tudo por sinais, com a ajuda de desenhos sumários traçados na areia. Mal havia desembarcado em Montecristo, deixara Isabel numa enseada bem escondida e percorrera a ilha. Por puro acaso, entrevira o jovem a caminho da Grotta del Santo, seguira-o entre as árvores e na caverna, até surpreendê-lo diante da tumba do templário. Depois, levara-o para junto de Isabel de Vega...

Sinan certificou-se mais uma vez de que a relíquia estivesse bem segura na caixa posta sob o banco da proa e olhou para a esplêndida mulher sentada a seu lado.

— Por que queimou os documentos da gruta? — perguntou ela.

— Salvei o necessário — respondeu Sinan. — Um manuscrito de trezentos anos, em latim, que explica toda a história da relíquia e como ela nega a Ressurreição.

Sem se abalar, Isabel de Vega afastou do rosto os cabelos tumultuados pelo vento.

— Acha mesmo que é verdadeira?

— Não importa o que acho e sim quanto os *outros* estarão dispostos a pagar por ela.

— E se fosse autêntica? — sugeriu a mulher. — Se fizesse milagres?

Sinan deu de ombros.

— O manuscrito não diz nada sobre isso.

— A propósito — continuou Isabel, observando-o curiosa —, por que o guardou?

No rosto de Sinan, desenhou-se um sorriso satisfeito.

— Porque não fala só da relíquia. — Os lábios sorridentes de Sinan se aproximaram do rosto da jovem, roubando-lhe um beijo. — Fala também de um tesouro, o tesouro do *Rex Deus*. Parece que está escondido em outro lugar. — O olhar de Sinan se perdeu nas águas. — É para lá que vamos.

Isabel se limitou a concordar com um gesto de cabeça e, retomando a expressão enigmática, voltou a tecer os fios de palha da boneca que tinha sobre os joelhos.

Uma boneca de cabelos ruivos.

NOTA DO AUTOR
(Entre História e Ficção)

As fontes históricas não dizem muito sobre a morte de Jacopo V Appiani. Conta-se que faleceu em virtude de uma doença desconhecida, no palácio de Piombino, a 20 de outubro de 1545, após uma longa agonia. Se isso se deu por causa do punhal de Sinan, então o veneno de ervas tropicais deve ter agido mais lentamente do que havia prometido Strozzi. Mas, como se sabe, os venenos nem sempre correspondem às expectativas, sobretudo quando destilados de plantas exóticas das quais, na época, ainda não se conheciam bem os efeitos. Seja como for, o príncipe Appiani morreu depois de um prolongado sofrimento, entre os braços de sua quarta esposa, Helena Salviati. A vingança foi obtida, ao menos no âmbito da ficção, onde talvez o filho de Emília de Hercole tenha feito mais do que de fato ocorreu na realidade. Ele se tornou o sucessor do pai, o astuto Sinan, o Judeu, natural de Esmirna, herdando além de seu nome sete galeras que o conduziram até a cidade de Suez, nas costas do Egito. Manipulei essa figura histórica para criar uma personagem capaz de evocar, ao menos em parte, os grandes heróis do *feuilleton* e dar forma a uma história de mar e coragem. Contudo, mais intrépido que o filho deve ter sido o pai. *Grande inventor de dissimulações e astrólogo sapiente* (no dizer dos historiadores A. Guglielmotti e P. Hubac), Sinan, o Judeu, foi com efeito acusado de magia negra por conseguir, valendo-se apenas de uma balestra, calcular sua posição no mar. Era um corsário inigualável e também um guerreiro de suprema crueldade, nisso inferior unicamente a Khayr al-Dīn Barba-Roxa.

Passemos agora às personagens femininas, começando por Helena Salviati. Há documentos sobre a luta vã que essa dama travou, depois de viúva, para conservar a senhoria de Piombino, mas o principado caiu nas mãos do duque de Florença com o beneplácito de Carlos V de Habsburgo. As últimas palavras do inquisidor Savério Patrizi (uma das poucas personagens inventadas deste romance) correspondem, portanto, à verdade, mesmo que não aludam ao complô de uma confraria secreta. Como, porém, ter certeza? A esse evento se liga, entre outras coisas, o surgimento do centro de Cosmopoli, junto ao porto de Ferraio, em Elba, que reforçou depois as defesas de castelos e torres de vigia erigidos pelos Appiani no mar da Túscia. Se Jacopo V expirou realmente após as incursões barbarescas, não posso dizer que fui igualmente fiel com relação a Isabel de Vega, a qual, na verdade, desposou dom Pedro de Luna e nunca viveu aventuras marítimas ou conflitos amorosos. Peço desculpas, mas não consegui deixá-la esperar em segurança, atrás das ameias de uma torre, a vinda daquele fidalgote sem graça. Melhor colocá-la no mar com Sinan, rumo a um destino incerto. O fado de Margarida Marsili, ao contrário, foi tornar--se amante do sultão, dar-lhe um filho — assim reza a história — e continuar talvez a urdir novas artimanhas.

O terrível Khayr al-Dīn, sobrevivendo à tromba marinha com o grosso de sua armada, não parou de devastar as costas italianas, sempre seguido por Doria, até não conseguir mais voltar para Constantinopla. Com respeito às suas incursões piratas, as fontes mencionam numerosas batalhas. Algumas são citadas neste romance, em primeiro lugar o assalto a Elba, Campo Albo (Castiglione della Pescaia), Talamone, Montiano, Porto Ercole e a ilha de Giglio; mas houve outras. Entre os vários historiógrafos da época, essas aventuras são narradas pelo reverendo Jérôme Maurand, que descreve em suas memórias

(*Itinéraire d'Antibes à Constantinople*) a tomada de Talamone e a profanação do cadáver de Peretti.

Mas a expedição de Barba-Roxa não se resumiu a uma guerra travada no mar. Personificações do flagelo otomano foram, em terra firme, os cavaleiros *akinci* de Nizzâm, que em suas correrias capturavam o maior número de cristãos possível. Fala-se numa quantidade espantosa de escravos amontoados nos porões das naus turcas para serem conduzidos ao Oriente. Um "carregamento" de cerca de vinte mil prisioneiros, dos quais apenas sete mil chegaram a seu destino. Pela maior parte sucumbiram aos maus-tratos, à fome e às doenças, sendo lançados ao mar durante o trajeto. Uma página funesta da miséria humana.

Peço desculpas também a Leone Strozzi por não fazê-lo degustar o sabor da vingança — mas uma coisa é preencher os vazios históricos com material fictício e bem outra subverter o fluxo dos eventos realmente acontecidos. Por isso tive de abandonar o capitão da *Lionne* na gruta de Montecristo, com mil perguntas e outros tantos tormentos. Todavia, a triste sorte de seu pai é autêntica, assim como a missão de Leone na qualidade de embaixador do rei Francisco I da França junto à frota barbaresca.

Também a Grotta del Santo existe realmente, lá mesmo em Montecristo, perto do mosteiro de São Mamiliano (século V); mas quem quiser se aventurar em suas profundezas, saiba que não encontrará nem a tumba de Aloisius nem os sinais da passagem de Yona. Talvez porque nunca existiram; ou talvez porque alguém apagou seus traços. Cumpre ter presente, com efeito, que as lendas sobre Montecristo não surgiram do nada. Parece que Barba-Roxa a atacou para se apossar das riquezas de São Mamiliano. Mais especificamente, restam indícios de uma lenda referente a um tesouro, antiga a ponto de levantar as suspeitas que inspiraram o próprio Alexandre Dumas. Trata-se de uma memória escrita por um monge camaldulense, hoje guardada no Arquivo Histórico da Comuna de Portoferraio (e citada por A. L. Angelelli em *L'Abbazia e l'Isola di Montecristo*): em abril de 1670, quinze homens partiram da Córsega a bordo de uma gôndola "porque um deles achara um livro segundo o qual existia, sob o altar [da igreja de São Mamiliano], um tesouro de inestimável valor; aportando sãos e salvos, após um esforço de quinze dias e quinze noites, encontraram alguns vasos cheios de cinzas e tiveram de renunciar ao empreendimento". O tesouro havia se reduzido a cinzas antes de sua chegada...

Algo, no entanto, persiste: o enigma de SATOR AREPO associado a Marmosolio (hoje Valvisciolo). Esse mosteiro existe de fato e não só hospedou por algum tempo os monges templários como conserva, gravado em seu interior, o misterioso acrônimo aqui mencionado e para o qual ofereci, entre as muitas interpretações, a que me pareceu mais razoável.

A fim de conhecer a verdade sobre o *Rex Deus*, porém, será preciso ir mais longe, ao lugar mágico em que a história se mistura com a lenda, naquela neblina que oculta escolhos, destroços e ciladas de todo tipo. Acredita-se que esse nome designa os progenitores dos templários ou os herdeiros do segredo escondido no templo de Jerusalém, e ainda algumas das primeiras comunidades religiosas que se formaram em torno de Jesus e do Batista. Mas, a meu ver, não há aí certeza alguma, à parte o fato de que as coisas nunca são o que se diz delas. Não inteiramente, pelo menos. Por isso, nenhum teólogo, filósofo, maçom ou cultor do esoterismo jamais solucionará nossas dúvidas. E, pensando bem, é melhor assim. A fé se resume à graça de saber reconhecer um desígnio maior — qualquer que seja — naquilo em que pousarmos os olhos. O resto são palavras.

AGRADECIMENTOS

Este romance é dedicado ao meu pai. Não só porque me contava histórias, como está escrito na dedicatória, mas também porque me ensinou — e me ensina ainda — a ser eu mesmo e a levar adiante os valores nos quais acredito, ao custo de uma luta diária. Não por orgulho, mas por aquele direito que é de todos nós desde que abrimos os olhos pela primeira vez. Agradeço também à minha mãe, que lê com paciência os primeiros esboços dos meus trabalhos, aos quais ainda não tenho a coragem de dar o nome de "romances". Minha gratidão a Giorgia, que com seu amor está me ajudando a imprimir um novo rumo à minha vida. E meus agradecimentos, como sempre, às minhas agentes Roberta Oliva e Silvia Arienti. O mesmo à minha editora, Newton Compton, em particular a Raffaello Avanzini e Alessandra Penna. Enfim, meu reconhecimento especial à ilha de Elba. Bastou-me vê-la de passagem, quando sulcava as ondas do mar, para me sentir a bordo de uma nau corsária.